여자들의

집

여자들의 집

래티샤 콜롱바니 장편소설 | **임미경** 옮김

Les Victorieuses
Laetitia Colombani

밝은세상

내 어머니와 딸에게,

그리고 '여성 궁전'의 모든 이에게

이 책을 바친다.

여성이 눈물을 흘리는 한, 나는 싸우겠다.

아이가 배고픔과 추위에 떠는 한, 나는 싸우겠다.

거리에 몸 파는 여성이 있는 한 나는 싸우겠다.

싸우고, 싸우고, 또 싸우겠다.

_윌리엄 부스(구세군 창립자)

한 가지 사실은 분명한데,

죽은 이들은 사라지지 않고 그 자신이 살았던 장소에 어른거린다는 점이다.

마치 그들에 대한 기억이 어떤 주입 원리에 의해 대지 속으로 배어든 것처럼.

_실뱅 테송, 《아주 가벼운 흔들림》

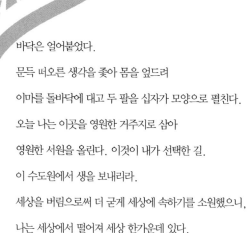

바닥은 얼어붙었다.

문득 떠오른 생각을 좇아 몸을 엎드려

이마를 돌바닥에 대고 두 팔을 십자가 모양으로 펼친다.

오늘 나는 이곳을 영원한 거주지로 삼아

영원한 서원을 올린다. 이것이 내가 선택한 길.

이 수도원에서 생을 보내리라.

세상을 버림으로써 더 굳게 세상에 속하기를 소원했으니,

나는 세상에서 떨어져 세상 한가운데 있다.

왁자지껄한 성읍에서보다 이곳에서 내가 더 쓸모 있음을 느낀다.

시간의 흐름이 멈춘 이 수도원에서

눈을 감고 기도한다.

기도가 필요한 사람들을 위해 기도하고,

삶에 상처받고 버림받아

길 위를 헤매는 사람들을 위해 기도하고,

추위와 배고픔에 짓눌려

희망을 잃고 의욕을 잃은 사람들을 위해 기도하고,

모든 것을 잃은 사람들을 위해 기도한다.

내 기도가 이 벽돌 틈새에,

이 정원, 이 텃밭에,

얼어붙은 이 겨울의 예배당에,

내게 주어진 이 작은 방에 스몄다가 솟아난다.

세상을 살아가는 사람들이여

계속해서 노래하고 춤을 추시오.

나는 이 고요, 이 어둠 속에 남아

혹시라도 당신이 번잡과 소란 속에서 넘어질 때

당신을 향해 내미는 따뜻하고 힘센 손이 있기를 기도하리니.

친절한 손 하나가 잘잘못을 묻지 않고 당신을 붙잡아 일으켜

빙글빙글 돌아가는 삶의 원무 속으로 되돌려 보내 줄 것이오.

당신이 계속해서 춤을 출 수 있도록.

_19세기 십자가수녀회 수도원의 이름이 알려지지 않은 한 수녀

1장

모든 일이 눈 깜작할 사이에 일어났다. 솔렌은 아르튀르 생클레르와 함께 법정을 나선 참이었다. 조금 전 내려진 유죄 판결은 부당하다고, 판사가 왜 그런 식으로 가혹하게 나오는지 이해를 못하겠다고 생클레르에게 말하려 했다. 그럴 시간은 주어지지 않았다.

생클레르가 별안간 내달려 유리 난간을 훌쩍 뛰어넘었다.

법원 청사 7층 난간 너머 좁은 통로에 발을 디뎠나 싶은 순간 그의 몸이 허공을 향해 날았다.

영원처럼 끝나지 않을 것 같던 몇 초 동안 생클레르의 몸은 허공에 떠 있었다. 그러고는 25미터 아래로 추락해 바닥과 충돌했다.

그다음 일을 솔렌은 기억하지 못한다. 맥락 없는 몇 개의 영상이 슬로 모션처럼 떠오를 뿐이다. 아마도 비명을 질렀던 것 같다. 그러고는 기절했다.

깨어나 보니 사방 흰색 벽에 둘러싸인 병실이었다.

의사가 솔렌을 향해 뭔가 말하고 있었다. 그의 말 가운데 '번아웃'이라는 단어가 귀에 들어왔다. 처음에 솔렌은 의사가 어째서 자신에게 그런 말을 하는 것인지 어리둥절했다. 다른 어느 환자의 일을 이야기하는 걸까? 그러다가 기억이 되살아났다.

솔렌은 아르튀르 생클레르와 업무상 관계이긴 해도 오래 알고 지내 왔다. 그는 유력한 기업인이지만 탈세 혐의로 기소된 상태였다. 솔렌은 생클레르 삶의 사적 영역, 몇 번의 결혼과 이혼에 대해, 또 그가 사귀는 여자들에 대해서도 전부 알았다. 전처들과 자식들에게 양육비를 꼬박꼬박 보내고, 외국에 나갔다 올 때는 매번 그들을 위한 선물을 챙겨 온다는 것도 알았다. 생트막심에 있는 그의 별장, 회사 건물 꼭대기 층의 호화로운 사무실, 파리 7구의 최고급 아파트에도 가 본 적이 있다. 그는 솔렌에게 개인적인 고민과 속마음을 털어놓기도 했다.

이번 재판을 위해 솔렌은 지난 몇 달의 시간을 쏟아부었다. 대비하지 못한 요소가 재판 중에 불거져 나올 가능성은 전혀 없다고 자신할 만큼 철저히 준비했다. 저녁 늦게까지 사무실에 틀어박혔고 휴일도 휴가도 포기했다. 솔렌은 능력 있고 열성적인 변호사였다. 완벽을 추구했고 성실했다. 이것은 솔렌이 소속된 유명 로펌 내에서도 모두가 인정하는 점이었다. 알다시피 법정에서 내려지는 판결에는 돌발 변수가 있기 마련이다. 하지만 자신이 맡아 변호한 사람에게 그런 판결이 내려지리라고는 전혀 예상하지 못했다.

판사는 피고에게 실형을 선고하고 손해 배상금까지 물어내도록 했다. 평생 갚아야 할 만큼 거액이었다. 사회가 생클레르의 명예를 부정하고 박탈해 버린 것이다. 생클레르는 그 사실을 견디지 못했다.

그는 새로 건축된 파리 법원 통합 청사, 자연광이 쏟아져 들어오는 거대한 수직 건물에서 허공으로 몸을 던지는 편을 택했다.

건축가들은 새 법원 청사의 모든 가능성을 고려했을 테지만 이런 일은 예상하지 못했을 것이다. 그들이 생각한 것은 완벽하게 설계된 아름다운 건물, "유리와 빛으로 빚어낸 궁전"이었다. 건물 전면은 테러 위협에 대비해 초고강도 소재 외벽 유리를 사용하고, 보안 장치와 출입구 통제 시설, 감시 카메라를 설치했다. 또한 건물 내부에 최신형 침입 탐지용 센서, 전자 출입 시스템, 인터폰과 감시 스크린을 빈틈없이 배치해 놓았다. 하지만 이 건물 설계자들은 한 가지 사실을 간과했다. 법의 정의 구현이 인간이 다른 인간을 판결하는 방식으로 이루어지는 만큼 판결을 받는 사람이 절망하는 경우를 완전히 배제할 수 없다는 점이다. 새 법원 청사의 법정은 2층에서 7층까지 여섯 개 층에 나뉘어 배치되고, 그 아래로는 5000제곱미터 면적의 아트리움이 펼쳐진다. 천장까지의 높이가 28미터에 달하는 로비에는 무엇인가 정신을 아득하게 만드는 요소가 있다. 법정에서 방금 유죄를 선고받고 나온 사람이라면 그 공간을 내려다보며 어떤 생각에 사로잡힐 수도 있는 것이다.

교도소는 재소자의 자살을 방지하기 위해 안전망을 설치해 놓는다. 하지만 법원 청사에는 그런 대비가 없다. 유리 난간을 뛰어넘기만 하면 곧바로 허공을 면한 좁은 통로에 발을 딛고 서게 된다. 생클레르가 난간을 뛰어넘은 뒤 허공에 몸을 던지기까지 필요한 절차는 발을 한 걸음 앞으로 내딛는 게 전부였다.

솔렌은 그 장면에 쫓겼다. 아무리 해도 그 순간을 잊을 수 없었다. 생클레르의 몸이 법원 청사 대리석 바닥에 부딪쳐 으스러지던 모습이 계속 떠올랐다. 그의 가족과 아이들, 친구, 회사 동료들이 생각났다. 솔렌은 생클레르와 나란히 앉아 마지막으로 이야기를 나눈 사람이다. 죄책감이 솔렌을 짓눌렀다. 어느 대목에서 실수를 저지른 걸까? 미리 이야기해 주거나 대비했어야 하는데 하지 못한 게 뭘까? 이런 최악의 상황을 예견했어야 한다. 어쨌거나 그럴 가능성은 생각해 봤어야 한다. 솔렌은 아르튀르 생클레르가 어떤 사람인지 안다고 믿었다. 하지만 그의 행동은 완전히 수수께끼였다. 그에게 이런 절망감, 좌절, 폭발 직전의 폭탄이 있을 줄은 몰랐다.

사건의 충격은 솔렌의 삶에도 어떤 폭발을 일으켰다. 솔렌 역시 무너졌다. 커튼을 모두 내린 병실에 틀어박혀 몇 날 며칠 꼼짝도 하지 않았다. 몸을 일으킬 힘도 없었다. 그 어떤 빛줄기도 견디기 힘들었다. 손가락 하나 움직이는 일조차 초인적인 노력이 필요했다. 로펌에서 꽃다발을 보내왔다. 동료들이 보내온 응원 메시지도 있었지만 읽어 볼 수도 없었다. 말하자면 솔렌은 고장이 났다. 엔진이 멈추는 바람에 길가로 끌어다 놓은 자동차 같았다. 고장이 나다니, 마흔 살이 된 해에.

번아웃, 이 영어 단어는 더 경쾌한 느낌이 들었다. 프랑스어로 우울증 '데프레시옹'을 발음할 때보다 날렵한 맛이 있다. 게다가 조금 더 전문적인 인상을 준다. 처음에 솔렌은 그런 진단을 믿지 않았다. 자신에 대해 하는 말이 아니라고, '번아웃 증후군'이란 자신과는 아무 상관이 없다고 생각했다. 정신적으로 상처받은 사람들의 체험담을 잡지 지면에서 읽어 봐도 그런 사람들과 자신의 연결 고리를 찾을 수 없었다. 솔렌은 늘 씩씩하고 적극적이고 활기가 넘쳤다. 정신적으로 균형이 잘 잡힌 사람, 아무튼 자신은 그런 사람이라고 생각했다.

"업무상의 과로가 흔히 문제를 일으키죠." 의사가 솔렌에게 말했다. 정신과 전문의였다. 차분하고 신중한 목소리가 이어졌다. 솔렌은 말없이 귀 기울였다. 하지만 전문 용어들을 섞어 설명하는 그의 말은 금방 이해되지 않았다. 세로토닌, 도파민, 노라드레날린, 그 밖에도 온갖 다양한 명칭들이 흘러나왔다. 진정제, 벤조디아제핀 계열 항불안제, 항우울증 약들에 대한 설명이었다. 의사는 밤에 잠들기 위한 수면제와 아침에 일어나서 먹을 알약을 처방해 주었다. 그 알약들이 살아 숨 쉬는 일을 한결 편안하게 만들어 줄 거라고 했다.

어쨌거나 솔렌의 삶은 시작이 아주 좋았다. 파리 근교 부유한 동네에서 태어난 솔렌은 명석한 아이였다. 감수성과 집중력도 뛰어났다. 이런 아이들은 어른들에게 큰 기대를 불러일으키는 법이다. 솔렌은 법학 교수인 부모 밑에서 성장했고, 여동생이 하나 있다. 학창 시절을 아무 문제 없이 보냈고, 스물두 살에 변호사 자격증을 따서 파리변호사협회 일원이 되었고, 그러고는 곧바로 유명 로펌에 들어갔다. 거기까지는 특기할 사항이 없다. 물론 솔렌은 노력했다. 주말에도 공부했고, 밤새워 소송을 준비했고, 일을 위해 휴가는 포기했고, 잠은 늘 부족했다. 재판, 접견, 회합의 반복 속에서 그의 삶은 브레이크 없는 테제베처럼 달렸다. 하지만 그때는 제레미가 있었다. 솔렌이 누구보다 사랑하는 남자, 여전히 잊지 못한 그 남자.

제레미는 아이를 원치 않는다고 했다. 군이 결혼할 필요가 뭐냐고 했다. 제레미가 그런 생각을 밝혔을 때 솔렌은 내심 아쉽기는 해도 일단은 반가웠다. 솔렌은 자신이 가정적인 여자들, 모성을 상상력의 출발점으로 삼는 여자들과는 다르다고 느꼈다. 산책로에서 마주치는 젊은 엄마들, 지친 팔로 유아차를 미는 그들의 모습에 자신을 투사해 본 적도 없었다. 모성도 기쁨을 주긴 하겠지만, 그 기쁨은 동생의 몫으로 밀어 놓았다. 동생은 아이들의 엄마 역할을 하는 데서 행복을 느끼는 것 같았다. 하지만 솔렌은 가정에 매여 살고 싶지 않았다. 자신의 자유가 무엇보다 우선이었다. 혹은 자유를 무엇보다 우선해야 한다고 스스로를 격려했다. 제레미에게는 그 자신의 생활이 있었고 솔렌도 마찬가지였다. 각자 자신의 삶을 잘 챙기면 됐다. 솔렌은 제레미와 자신이 현대적인 커플이라고 생각했다. 서로 사랑하면서 서로로부터 독립적이라는 데 자부심을 느꼈다.

결별, 솔렌은 그런 일이 일어나리라고는 예상하지 못했다. 가혹한 불시착이었다.

몇 주간의 요양 생활 끝에 솔렌은 병실의 흰색 벽을 벗어나 정원을 한 바퀴 돌 정도로는 회복되었다. 벤치에 앉은 솔렌 곁으로 의사가 다가와 앉았다. 의사는 솔렌의 상태가 많이 좋아졌다고 말했다. 아이를 칭찬해 주는 것 같은 말투였다. 이제 곧 퇴원할 수 있을 것이며, 그렇더라도 약은 꾸준히 복용해야 한다고 했다. 집으로 돌아가도 좋다는 의사의 말을 들어도 솔렌은 별로 기쁘지 않았다. 혼자 사는 집으로 돌아가고 싶지 않았다. 집으로 가 봤자 해야 할 일도, 하고 싶은 일도 없었다.

물론 솔렌은 고급 주택가 방 세 개짜리 아파트에 살지만, 이제는 썰렁하다는 느낌이 들었다. 혼자 지내기엔 너무 넓은 공간이다. 붙박이장 한쪽 구석에 제레미가 미처 챙겨 가지 못한 캐시미어 스웨터가 있었다. 솔렌은 그 스웨터를 꺼내 슬며시 입어 보곤 했다. 부엌 구석에는 인공적인 양념 맛이 나는 미국산 감자칩도 쌓여 있었다. 제레미는 그 과자를 무척 좋아했다. 최근까지도 솔렌은 슈퍼마켓에 갈 때마다 감자칩 봉지를 집어 카트에 담았다. 자신은 칩 종류를 먹지도 않으면서 그러는 이유를 스스로도 설명할 수 없었다. 솔렌은 영화나 TV를 보는 도중에 칩 봉지를 바스락거리는 걸 싫어했다. 하지만 지금 그 소리를, 제레미가 긴 소파에 자신과 나란히 앉아 바스락거리며 감자칩을 먹는 소리를 다시 한번 들을 수 있다면 무슨 대가를 치러도 좋다는 생각이 들었다.

로펌으로 돌아갈 마음은 들지 않았다. 일에 대한 열정이 식은 건 아니다. 다만 법원 문을 또다시 드나들 생각만 하면 속이 메슥거렸다. 이제 법원 청사는 근처에도 가지 못할 것 같았다. 앞으로 꽤 오랫동안 이 증상이 지속될 게 뻔했다. 로펌을 그만둘 결심을 했다. 흔히 하는 말로 '빠져 줄' 작정이다. 그 말은 자신이 '잘린' 게 아니고 마음만 바꾸면 돌아갈 데가 있다는 의미이기 때문에 기분은 가벼웠다. 그렇지만 돌아간다는 건 지금으로서는 생각하기도 싫었다.

요양원을 떠나기 두렵다고 솔렌은 의사에게 솔직히 털어놓았다. "실업자 생활은 처음이거든요. 앞으로 출퇴근도 없고 회의도 없고 해야 할 일도 없는 시간을 맞게 될 텐데 그런 경험을 한 번도 해 본 적이 없어요. 닻줄이 풀려 표류하는 꼴이 될까 봐 불안해요." 그러자 의사가 한 가지 방법을 제안했다. 무언가 타인을 위한 일을 해 보라는 것이었다. "봉사 활동을 하는 것도 좋은 방법이죠." 이런 제안은 의외였다. 의사가 말을 이었다. 솔렌에게 닥친 증상은 말하자면 '의미를 잃었기 때문'이라고 했다. "살아갈 이유, 일해야 할 이유, 그 모든 게 별안간 사라져서 그래요……. 그런데 그럴수록 자기 안에 갇혀서는 안 돼요. 다른 사람들에게 다가가야 해요. 아침에 눈을 뜬 뒤 기어이 몸을 일으켜 움직여야 할 이유를 되찾아야 해요. 자신이 누군가에게 혹은 무엇인가에 도움이 된다는 느낌이 필요해요."

정신과 의사가 제시하는 처방이라는 것이 알약과 봉사 활동, 두 가지가 전부라고? 11년간 의학을 공부해서 내놓은 해결책이 고작 이거야? 솔렌은 당황했다. 봉사 활동에 반감이 있는 것은 아니다. 다만 자신은 마더 테레사 같은 희생과 봉사의 삶과는 아주 거리가 멀다고 생각했다. 지금 같은 상태의 자신이 누구를 도울 수 있다는 것인지 이해할 수 없었다. 침대를 벗어나 한 걸음 떼어 놓기도 어렵지 않은가?

하지만 의사는 자신의 처방을 꽤 확신하는 눈치였다. "한번 해 봐요." 그가 힘주어 말했다. 그러고는 퇴원 허가를 내리고 서명했다.

집으로 돌아온 솔렌은 몇 날 며칠을 소파에 드러누워 지냈다. 주로 잠을 잤다. 잡지를 펼쳐 보기도 했지만 서너 쪽을 넘기기도 전에 그 잡지를 구입한 걸 후회했다. 가족과 친구들이 집으로 찾아오거나 안부 전화를 걸어왔다. 그렇지만 어느 경우에도 기분이 나아지지는 않았다. 만사가 귀찮았고, 누군가와 이야기를 나누고 싶은 마음도 없었다. 그 어떤 것에도 흥미가 생기지 않았다. 아파트 안을 별 의미 없이 서성거렸다. 그래 봤자 침실과 거실 사이를 오가는 게 고작이었지만.

이따금 아파트 문을 열고 내려가 길모퉁이 식료품점에 들렀다가 약국으로 가서 처방서대로 약을 구입했다. 그러고는 집으로 올라와 이불을 뒤집어쓰고 누웠다.

할 일 없는 어느 오후, 이제 모든 오후가 한가했지만 어쨌거나 그런 오후에 솔렌은 노트북을 열었다. 번아웃 증후군 진단을 받기 바로 얼마 전, 솔렌의 마흔 살 생일에 로펌 동료들이 선물한 최신형 맥북이었다. 선물을 받아 놓고 몇 번 사용하지도 못했다. 자원봉사 일을 해 보라니……. 어쨌거나 그것도 그리 나쁘지는 않을 것 같았다. 검색 엔진을 돌렸다. 화면에 뜨는 한 인터넷 사이트로 들어갔다. 파리시가 운영하는 자원봉사 포털로, 비영리 단체들의 자원봉사자 모집 공고를 한꺼번에 열람할 수 있는 사이트였다. jemengage.fr. '나는 참여한다(je m'engage)'라는 도메인 이름이 눈길을 붙잡았다.

홈페이지 대문에 "클릭 한 번으로 참여의 기회가 열립니다."라는 문구가 걸려 있었다. 자원봉사를 신청하려면 몇 가지 질문에 대답해야 했다. 봉사 가능한 영역과 일시, 희망하는 방식을 묻는 질문이었다. 그런 것들에 대해 한 번도 생각해 보지 않은 솔렌은 당장 뭐라고 적어 넣어야 할지 막막했다. 사이트 메뉴 하나를 펼치자 봉사 분야가 소개되어 있었다. 글을 모르는 사람들을 대상으로 하는 글자 교실, 알츠하이머 환자 가정 방문 돌봄 봉사, 기부 식품 자전거 배달, 노숙인 야간 구호, 과채무 가구 자립 지원, 빈민층 교육 지원, 시민 토론회 사회, 조난 동물 구조, 난민 지원, 장기 실업자 지원, 무료 급식소 배식, 양로원 강연과 문화 활동 지원, 요양 환자를 위한 말벗 봉사, 교도소 봉사 활동, 분실물 보관소 관리, 장애인 학교 교사, 자살 예방 전화 상담, 응급 처치 교육…… 심지어 '수호천사' 역할도 봉사 분야에 들어 있었다. 솔렌은 슬며시 웃었다. 자신의 수호천사는 어디 있을까 생각해 보았다. 길을 잃고 너무 먼 곳으로 날아간 게 틀림없었다. 솔렌은 사이트 탐색을 포기했다. 봉사 분야가 그처럼 많다는 사실이 놀라웠다. 어느 분야든 마땅히 옹호해야 할 숭고한 동기를 지니고 있었다. 하지만 무엇이든 한 가지 일을 선택해야 한다는 압박감이 솔렌을 주눅 들게 했다.

자원봉사 단체들이 요구하는 것은 시간이었다. 매분 매초가 돈으로 환산되는 사회에서 무상으로 얻기 어려운 것이 바로 시간이다. 필요한 곳에 자신의 시간을 내주는 일이야말로 '참여하다'라는 말의 실질적인 의미였다. 솔렌에게는 시간이 많았다. 하지만 몸을 움직일 기력이 없다는 게 문제였다. 손을 한 번 들어 올리는 일도 버거웠다. 무슨 일인가 시도하는 게 아직은 어림없는 일이라는 생각이 들었다. 자원봉사 일을 찾는 절차가 너무 까다롭고 복잡했다. 차라리 돈을 기부하는 편이 나을 것 같았다. 자신이 할 수 있는 일을 찾아내야 한다는 압박감에 비하면 그편이 한결 부담 없었다.

이렇게 포기하는 건 비겁하다는 생각도 들었다. 그렇지만 어쨌거나 노트북을 덮기로 했다. 소파로 되돌아가기로 했다. 그러고서 한 시간쯤, 아니 한 달, 1년쯤 다시 잠을 청하기로 마음먹었다. 알약의 힘으로 멍한 상태가 되어 아무 생각도 하지 않기로 했다.

그렇게 하려는 순간 눈에 들어오는 것이 있었다. 노트북 화면 하단에 작은 배너가 떠 있었다. 솔렌이 미처 보지 못한 어떤 구인 공고였다.

2장

　'글로 의사소통을 원하는 사람을 위해 글을 대신 써 줄 작가
를 구합니다. 글쓰기 자원봉사를 희망하시는 분의 연락을 기
다립니다.'

　그 구인 공고를 보는 순간 전류 같은 것이 몸을 타고 흘렀
다. '작가'를 구하고 있었다. 작가라는 단어만으로도 가슴에
잠들어 있던 무엇인가가 전부 되살아났다.

　솔렌이 원래 바라던 직업은 변호사가 아니다. 어릴 적에 주
변 사람들은 솔렌을 두고 상상력이 아주 풍부한 아이라고 말

했다. 학창 시절에는 특히 문학에 소질을 보였다. 선생님들은 모두 솔렌이 글 쓰는 재주가 있다고 했다. 솔렌은 글쓰기와 연관된 일이라면 싫증 내는 법이 없었다. 머릿속에 떠오르는 대로 시를 쓰고 소설 줄거리를 구상했다. 공책은 수시로 써 내려간 글로 빼곡하게 채워져 있었다. 아무에게도 말하지는 않았지만 솔렌은 장차 작가가 될 꿈을 키워 나갔다. 평생 책상 앞에 앉아 보내는 삶을 벌써부터 그려 보곤 했다. 버지니아 울프처럼 '자기만의 방'에서, 《암고양이》의 저자 콜레트가 그랬듯 무릎 위에 고양이 한 마리를 올려놓은 채 글을 쓰는 자신의 모습을 상상했다.

솔렌이 자신의 이런 꿈을 털어놓았을 때 아버지와 어머니는 그리 달가워하는 기색이 아니었다. 법학과 교수인 부모님은 딸이 예술을 직업으로 삼는 데 부정적이었다. 그들이 보기에 그것은 곧고 평탄한 길들을 놓아두고 무얼 만날지 알 수 없는 외딴 길로 들어서는 일이었다.

"안정된 직업, 세상이 인정해 주는 직업을 택해야 해."

이것이 그들의 생각이었다. 사람들로부터 인정받는 것, 그 점이 무엇보다 중요했다.

"직업이란 무게가 있어야 해. 그 일이 즐거운지 아닌지는 그다음 문제야."

"작가는 들이는 수고에 비해 소득이 없어." 아버지는 말을 이었다. "수지를 맞추기 어려워. 헤밍웨이 정도 되는 작가라면 모를까. 하지만 그런 작가는……." 말끝이 흐려졌다. 솔렌은 아버지가 꺼내다가 삼킨 말이 무엇인지 알아차렸다. 그런 작가는 아무나 되는 게 아니라는 말을 하고 싶은 것이다. 우선 뛰어난 재능이 있어야 하고, 또 때를 잘 만나야 한다. 수지를 맞추는 작가가 되려면 여러 가지 조건이 맞아떨어져야 하는데, 그런 건 부모가 어떻게 손써 볼 수 없는 일이어서 걱정스럽다. '그러니 포기해. 꿈도 꾸지 마.' 아버지가 하고 싶은 말은 이것이었다.

"차라리 법조계로 진출하는 게 어떨까." 아버지가 말했다. "그러면 글을 계속 쓸 수 있어. 법조인도 글을 써야 하는 직업이니까." 그래서 솔렌은 꿈을 접었다. 무릎 위에 올려놓을 고양이도, 버지니아 울프의 방도 포기했다. 마음을 새롭게 다지고 꼬마 병정처럼 착실해졌다.

부모가 딸에게 바라는 직업이 변호사라는 걸 알고 솔렌은 그들의 기대에 자신을 맞췄다. 그것이 자신의 꿈이 아닌 부모의 꿈이라는 데 대해서는 깊이 생각하지 않았다. "법은 길이 사방으로 열린 분야야." 어머니가 딸을 격려했다. 하지만 어머니의 말은 거짓이었다. 법은 어느 방향으로도 문을 열어 주지 않았다. 법은 오로지 법만 바라보고 참고했다. 결국 법은 솔렌을 흰색 병실에 데려다 놓았고, 그곳에서 솔렌은 지금까지 법에 바쳐 온 시간들을 잊으려 애썼다.

요양원에 있을 때 부모가 문병 와서 솔렌에게 말한 적이 있다. 네가 왜 그렇게 힘들어하는지 모르겠다고. "너는 할 수 있는 최선을 다했어. 그랬으니 유명 로펌에 들어갔고, 고급 아파트에 살고……."

'그런 게 다 무슨 의미가 있지?' 솔렌은 속으로 씁쓸히 중얼거렸다. 자신의 삶이 견본 주택 같다는 생각을 했다. 모두들 와서 구경하라고 지어 놓은 집. 그런 집은 사진으로 볼 때만 멋지다. 아무도 살지 않는 빈집. 그 공간을 채울 온기도 이야기도 없다. 마릴린 먼로의 어록에서 인상 깊었던 구절 하나가 떠올랐다. "성공은 좋은 일이지만, 그렇다고 그것이 이불 속 당신의 발을 따뜻하게 해 주지는 않는다." 솔렌의 두 발은 얼음장처럼 차가웠다. 가슴 속도 마찬가지였다.

어린 시절 품었던 꿈을 잊어 버리기는 쉬웠다. 더 이상 생각하지 않기만 하면 됐다. 이사 가려고 가구를 포장하듯 큰 보자기로 그 꿈을 덮어 꽁꽁 싸 놓기만 하면 됐다. 처음 로펌에서 일하기 시작한 무렵에는 그래도 글을 썼다. 신참 변호사에게 맡겨진 역할을 해내면서 틈틈이 생기는 여유 시간을 글쓰기에 바쳤다. 하지만 글 쓰는 시간이 이어지지 않다 보니 글도 사이가 떴다. 업무가 밀릴 때는 머릿속에 글쓰기가 들어올 자리가 없었다. 변호사 일은 만만치 않았다. 솔렌은 일을 적당히 넘기는 성격도 아니었다.

업무가 휴일, 휴가, 주말을 잠식하기 시작했다. 퇴근 후까지 일을 붙잡고 있을 때가 많았다. 친구와 약속을 잡기도 어려웠다. 일은 굶주린 짐승처럼 솔렌을 닦아대며 시간을 집어삼켰다. 여행이라든가 취미 생활은 엄두가 나지 않았다. 연애도 마찬가지였다. 그동안 사귄 사람이 없지는 않았다. 하지만 모두가 기권하듯 두 손을 들어 보이고는 떠났다. 솔렌과의 관계를 계속 끌고 나가기 위해 다툼을 감내할 생각은 없다는 게 그들의 결별사였다. 소송 자료에 코를 박은 채 밤을 새고, 저녁 식사 약속을 해 놓고 로펌에 급한 일이 생겼다는 이유로 바람맞히고, 휴가 출발 몇 시간 전에 같은 이유로 계획을 취소해 버리는 솔렌을 감당하지 못하겠다고 했다. 그들은 그렇게 떠났어도 솔렌은 자신의 일을 꿋꿋이 해 나갔다. 작별 선언에 상처받을 여유도 훌쩍거리고 있을 시간도 없었다.

그렇게 지내다가 제레미를 만났다.

매력 있는 남자였다. 교양 있고 재기가 반짝였다. 그도 변호사였다. 두 사람은 파리변호사협회장을 선출하는 투표장에서 처음 마주쳤다. 제레미가 자신과 같은 직업을 가졌다는 사실에 솔렌은 우선 마음을 놓았다. 직업이 같은 만큼 솔렌을 이해해 줄 거라고 믿었다. 솔렌이 그렇듯이 제레미도 일을 우선할 거라고 생각했다. 하지만 친구 하나가 이런 말을 던진 적이 있다. "변호사끼리 커플이면 양쪽이 번갈아 바람맞을 텐데." 그 친구의 말이 맞았다. 제레미는 솔렌 곁을 떠나 다른 여자에게로 갔다. 사회적 커리어는 솔렌보다 영 못하고, 대신 시간은 훨씬 더 많은 여자였다. 솔렌이 저녁 식사 약속을 해 놓고 제레미를 바람맞힌 어느 날 만났다는데, 그날 솔렌이 약속을 지키지 못한 건 검토해야 할 소송 자료에 발목이 붙잡힌 탓이었다.

'글을 대신 써 줄 작가.' 이 문장이 솔렌의 눈앞에서 강력한 폭발을 일으켰다. 사실 그것은 폭발이 예정된 시한폭탄이었다. 솔렌은 구인 공고에서 눈을 떼지 못했다. 그 상태로 얼마간 시간을 흘려보낸 뒤 링크된 사이트로 들어가 보았다. '펜 연대'라는 협회의 홈페이지였다. 대문에 그 협회가 찾는 자원봉사자, 즉 '글을 대신 써 줄 작가'가 수행할 역할과 자격 요건에 대한 안내문이 떠 있었다.

'우리 펜 연대 작가들의 기본 역할은 글을 통한 의사소통입니다. 글쓰기에 어려움을 겪는 사람들을 도와 개인 간의 편지 글부터 공문서 작성에 이르기까지 글을 고쳐 주거나 대신 써 주는 일을 하게 됩니다. 기본적으로 다양한 유형의 글쓰기 능력이 있어야 하며, 아울러 통사론, 철자법, 문법에 대한 지식과 자연스러운 문장 구사력, 각종 행정서류 작성 능력, 인터넷과 워드프로세서 활용 능력이 요구됩니다. 법률, 경제 분야의 지식을 갖춘 분이면 더욱 좋습니다.'

안내문에 적힌 대로라면 솔렌의 자격 요건은 완벽했다. 이 구인 공고는 솔렌을 겨냥한 것이었다. 법대 재학 시절 교수들은 솔렌의 뛰어난 문장 감각과 풍부한 어휘 구사력을 칭찬했다. 로펌에 들어간 뒤로는 동료들이 변론을 작성할 때 솔렌을 찾아와 조언을 구하는 경우가 잦았다. "글솜씨가 좋다."는 것이 솔렌이 늘 들어 온 칭찬이었다.

글 쓰는 재능을 그것을 필요로 하는 사람을 위해 사용할 수 있다는 점에 마음이 끌렸다. 이건 솔렌이 잘할 수 있는 일이다. 그렇다. 해낼 수 있을 거라는 생각이 들었다.

마지막으로 안내문은 '글을 대신 써 줄 작가'의 자격 요건으로 '타인의 말을 귀 기울여 듣는 태도'를 덧붙였다. 그것도 문제 없다는 생각이 들었다. 솔렌은 그동안 의뢰인들을 상대해 오면서 자기주장을 누르고 한 걸음 뒤로 물러서는 방법, 상대방으로부터 신뢰감을 얻는 방법을 익혔다. 좋은 변호사라면 일종의 심리 상담가이자 속내를 들어 주는 친구가 되어야 했다. 솔렌은 의뢰인들의 갖가지 사연, 깊이 숨겨 둔 이야기들을 참을성 있게 들었다. 눈물을 흘리는 사람들을 진지하게 위로했다. 솔렌은 그런 면에 재능이 있는, 즉 상대의 속마음을 털어놓게 만드는 변호사였다.

'자기 안에 갇혀서는 안 돼요.' 의사가 조언해 준 말이 떠올랐다. '자신이 누군가에게 혹은 무엇인가에 도움이 된다는 느낌이 필요해요.' 솔렌은 더 망설이지 않고 '채용 지원' 버튼을 클릭했다. 자기소개서를 작성해 협회 채용 담당자에게 전송했다. 어쨌거나 소파에 드러누워 조금씩 죽어 가는 것보다는 나을 거라고 생각했다. '게다가 펜 연대라니, 멋진 이름이야. 한번 해 본다고 해서 더 나빠질 건 없잖아.' 하고 솔렌은 속으로 중얼거렸다.

다음 날 아침, 협회 채용 담당자에게서 전화가 왔다. 이름이 레오나르라고 했다. 전화로 듣는 그의 목소리는 명확하고 유쾌했다. 그날 당장 면접을 보러 협회 사무실로 나오지 않겠느냐고 제안했다. 사무실은 파리 12구에 있었다. 솔렌은 엉겁결에 그러겠다고 대답하고 자세한 주소를 받아 적었다.

외출복으로 갈아입는 일이 문제였다. 근래 솔렌은 줄곧 트레이닝복 차림으로 지냈다. 식료품점에 갈 때도 트레이닝복 위에 제레미의 낡은 스웨터를 걸쳤다. 옷을 갖춰 입고 문밖으로 나서야 한다는 생각을 하자 두려워졌다. 포기하는 게 낫겠다 싶었다. 지하철을 타고 12구까지 갈 용기가 나지 않았다. 면접 자리에서 나올 질문들에 제대로 대답할 자신도 없고, 누군가와 대화를 나눌 엄두도 나지 않았다.

하지만 전화 속의 목소리는 듣는 사람을 편안하게 해 주는 면이 있었다. 솔렌은 안정제를 물과 함께 목구멍에 털어 넣은 뒤 안내받은 주소로 찾아갔다. 첫인상은 그리 호감 가는 동네가 아니었다. 낡은 건물 하나가 골목 깊숙이 들어앉아 있었다. 건물 출입구가 솔렌을 막아섰다. 마침 건물을 나서던 한 사람이 솔렌과 엇갈려 지나가면서 출입구 인터폰이 고장 났다는 사실을 알려 주었다. "저 인터폰도 고장이고, 건물 안 엘리베이터도 고장이에요."

솔렌은 '펜 연대'가 입주해 있는 6층까지 계단을 걸어 올라갔다. 40대 정도로 보이는 한 남자가 반갑게 문을 열었다. 솔렌이 찾아와 준 게 무척 기쁜 것 같았다. 남자가 자부심이 섞인 목소리로 '협회 본부'라고 부르는 사무실 안으로 발을 들여놓았다. 정체를 알 수 없는 잡동사니가 어수선하게 들어찬 좁은 방이었다. 늘 말끔하게 정돈된 공간에서 지내 온 솔렌은 별안간 맞닥뜨린 새로운 환경에 움츠러들었다. 이런 장소에서 무슨 일을 한다는 건지 의심쩍었다. 레오나르가 의자 위에 수북이 쌓인 우편물을 치우고 솔렌에게 앉기를 권했다. 의자에 앉은 솔렌은 그가 내민 커피잔도 엉겁결에 받아 들었다. 평소에 솔렌은 커피를 마시지 않았다. 대신 늘 차를 마셨다. 게다가 레오나르가 준 커피는 쓴맛뿐이었고 거의 식은 상태였다. 예의상 몇 모금 홀짝이면서도 더 권한다면 단호히 거절해야겠다고 마음먹었다.

레오나르는 어느새 안경을 쓰고 솔렌의 이력서를 들여다보고 있었다. 얼굴에 놀란 표정이 떠올랐다. 대형 로펌에서 일하는 변호사가 협회 구인 공고를 보고 지원했다는 게 의외라

고 했다. 대개는 은퇴하고 시간이 많이 남는 사람들이 면접을
보러 온다고 했다. 솔렌은 자신이 지원한 이유에 대해 입을
다물었다. 우울증이나 번아웃 증후군에 대해 설명하고 싶은
마음은 없었다. 아르튀르 생클레르가 허공에 몸을 던졌고 그
바람에 자신의 삶도 뒤집혔다는 이야기를 하고 싶지 않았다.
그래서 이직을 계획하고 있다는 이유를 둘러댔다. 이런 이유
를 상대방이 납득하든 말든 중요하지 않았다. 처음 만난 남자
에게 어떤 종류의 신뢰감을 주지 못한다 해도 상관없었다. 그
런 목적으로 이곳을 찾아온 건 아니니까. 레오나르가 이력서
를 마저 읽는 동안 솔렌은 그의 등 너머 벽에 걸린 그림들을
응시했다. 아이가 그린 그림이었다. 그림 하나에 비뚤비뚤한
글씨로 '사랑해'라고 적혀 있었다. 점토로 빚은 공룡 한 마리
가 책상 한가운데 자리 잡은 게 보였다. 서류가 날아가지 않
도록 지키는 임무를 그 공룡에게 떠맡긴 것 같았다. "이놈은
델타드로메우스예요." 레오나르가 말했다. "티라노사우루스
렉스와 혼동하는 경우가 많은데, 이놈이 더 날렵한 다리를 가
졌어요. 어쨌거나 두 놈이 닮긴 했죠." 솔렌도 동의했다. 바
로 이런 것이, 복잡한 이름의 공룡들을 분간할 줄 알고 비뚤
비뚤 서툰 사랑의 고백을 벽에 붙여 놓는 일이 '삶을 살아간
다' 는 말의 의미라는 생각이 들었다.

레오나르는 솔렌에게 이력서를 돌려주면서 학력과 직업적 성취에 대해 감탄을 늘어놓았다. "이런 대단한 능력자가 지원하다니! 우리 협회에 복이 굴러들어 왔군요! 언제부터 일을 시작하실 수 있어요?" 솔렌은 당황해서 잠시 머뭇거렸다. 이처럼 짧은 면접은 처음이었다. 로펌에 고용 변호사로 지원할 당시 몇 단계의 심사를 통과해야 했던 일이 생각났다. 길고 피곤한 과정이었다. 물론 이곳에서 그 정도로 까다로운 면접을 거치게 될 거라고 예상하지는 않았다. 그렇지만 적어도 경력과 관련해 몇 가지 질문은 받게 될 거라고 생각했다. "봉사 인력이 부족해요." 레오나르가 솔직히 털어놓았다. "우리와 함께 일해 온 은퇴자 두 분이 얼마 전에 세상을 떠났어요." 지원자가 듣기에는 그리 유쾌한 이야기가 아니라는 걸 알아차린 그가 무안한 듯 웃었다. "우리 협회의 자원봉사자들 전부가 죽는 건 아니에요. 오래 사는 사람도 있어요." 솔렌은 자신도 모르는 사이 웃고 말았다.

레오나르는 말솜씨는 없지만 반감을 불러일으키는 사람은 아니었다. 게다가 그가 발산하는 활력은 묘한 전염성이 있어서 함께 있으면 기운을 얻는 느낌이 들었다. 그는 협회가 자원봉사자들을 위해 이틀간의 교육 과정을 마련해 놓았지만 솔렌에게는 교육이 필요 없을 것 같다고 말했다. 솔렌은 이미 충분한 능력을 갖췄으니 쉽게 적응할 거라고 덧붙였다. "글을 쓰는 일이 익숙하지 않은 사람들을 도와주는 일이에요." 그가 설명했다. "행정 기관에 제출할 공문서를 작성하고 신청서에 인적 사항을 채워 넣는 일이야 그리 어렵지 않을 겁니다. 필요할 경우 조언해 주거나 이런저런 방법을 안내해 주면 돼요. 또 때로는 글을 쓸 때 곁에 있어 주기만 해도 충분할 거예요."

레오나르는 책상 위에 수북이 쌓인 서류 뭉치를 뒤적여 공문서 한 장을 찾아냈다. "겉보기엔 뒤죽박죽 흐트러진 것 같아도 뭐가 어디에 있는지 정확히 알아요." 그가 겸연쩍은 듯 변명하고는 솔렌에게 제안했다. "어려운 상황에 처한 여성들이 피난 와서 지내는 곳이 있어요. 여성 전용 쉼터죠. 그곳에서 일해 보는 게 어떨까요?" 일주일에 한 시간 일하면 되고, 그곳 거주자들의 문서 작성을 도와주면 된다고 했다.

솔렌은 선뜻 대답하지 못했다. 여성 쉼터라니, 그리 끌리지 않았다. 차라리 시청이나 어느 공공 기관에 가서 일하게 해 주면 좋겠다는 생각이 들었다. '피난'이라는 말은 불안과 취약한 처지를 떠올리게 했다. 솔렌은 그런 상황과 대면할 준비가 되어 있지 않았다. "쉼터보다는 관공서 같은 곳에서 일할 수 있으면 좋겠어요…….” 레오나르는 고개를 저었다. 그런 종류의 일터는 남은 곳이 없다고 했다. 겹겹이 쌓아 올린 서류 뭉치를 다시금 뒤적이기 시작한 그는 한참 만에야 두 장의 공문을 꺼내 들었다. 하나는 도심에서 꽤 먼 교외 지역에 있는 구치소에서 자원봉사 인력을 요청하는 문서였고, 다른 하나는 시한부 판정을 받은 환자들을 돌보는 호스피스 병원에서 보내온 것이었다. 솔렌은 곤혹스러웠다. 교도소에 몇 번 가 본 적은 있었지만 모두 변호인 접견 때문이었다.

“구치소에서 일하는 건 그리 내키지 않아요.”

“그렇다면 호스피스 병원은…….”

그곳 역시 우울증을 이겨내려고 애쓰는 사람에게는 좋은 선택이 아닐 거라는 생각이 들었다. 모든 걸 그만두고 달아나고 싶은 충동이 불쑥 솟구쳤다. 지금 여기서 뭘 하는 건지 후회가 밀려왔다. 어쩌려고 변두리의 이 우중충한 사무실까지 찾아온 걸까? 대체 무얼 기대했단 말인가?

레오나르가 솔렌의 대답을 기다렸다. 이제 곧 솔렌이 입을 열어 승낙할 거라는 기대감에 차서 그의 두 눈은 거의 감동으로 빛날 지경이었다. 솔렌은 거절할 용기가 나지 않았다. 그러고 보면 이 변두리 동네를 찾아와 6층까지 계단을 걸어 올라올 힘은 어디선가 길어 냈던 셈이다. 또 마셔 본 중에 가장 맛없는 커피를 삼킬 힘도 짜냈던 셈이다. 지난달만 해도 침대에서 한 발자국 내디딜 힘조차 없었다는 사실을 생각했다. 그러니 더 노력해 봐야 했다. 의사가 처방해 준 이 길로 계속 밀고 나가 봐야 했다.

"좋아요." 솔렌은 어느새 대답하고 있었다. "여성 쉼터로 갈게요."

레오나르의 얼굴이 환해졌다. 그의 내부에 별안간 불이 켜져 빛이 바깥으로 퍼져 나오는 것 같았다. 뜻밖의 선물을 받은 아이 같은 표정으로 그가 외쳤다. "당장 그곳 원장에게 연락할게요! 찾아가시면 원장이 안내해 줄 거예요. 거기서 설명을 들으시면 돼요. 그런 장소는 처음일 텐데 제가 함께 갈 수 없는 사정이라서 미안합니다." 자신도 세 군데에서 일하는 탓에 시간을 내기 어렵다고 했다. 그 일터 모두가 빈민 지역에 위치한 시설들이고, '대필 작가'가 필요한 곳이라는 말도 덧붙였다. "금방 적응할 수 있을 거예요. 혹시 문제가 생기면 저에게 전화해 주세요……." 레오나르는 협회 소개 전단지를 한 장 집어 뒷장에 자신의 휴대전화 번호를 적어 내밀었다. "명함이 없어서요. 아무래도 명함을 만들어야 할 것 같아요." 그가 자리에서 일어나 솔렌을 문까지 배웅했다. 다시 계단을 걸어 내려가는 솔렌에게 일이 잘되기를 빈다는 인사말도 빼먹지 않았다.

솔렌은 불만을 표현할 겨를도 없었다. 집으로 돌아오는 내
내 기분이 개운치 않았다. 누군가에게 목덜미를 붙잡힌 느낌
이었다. 너무 깊이 끌려들어 갔다는 생각이 들었다. 대필 작
가든 글을 대신 써 주는 작가든 이 '작가'라는 명칭은 매력적
이었지만, 현실은 분명 그리 매력적이지 않았다. 말의 덫에
걸린 꼴이었다. 솔렌은 자신이 너무 경솔했다고 자책했다.

정신과 의사가 처방해 준 약을 한 움큼 삼키고 침대로 가서
이불 속에 몸을 묻었다.

'어쨌거나 아직 늦은 건 아냐. 지금이라도 그만두면 돼.'
잠이 찾아오기를 기다리며 솔렌은 생각했다.

3장

"오늘 저녁에는 나가지 않는 게 좋겠어요. 날이 너무 추운 걸. 제발, 그냥 집에 있어요."

알뱅은 거실 창문으로 거리를 내다보았다. 도시 위로 눈이 세차게 퍼붓고 있었다. 11월로 접어든 이즈음에는 아침저녁 으로 기온이 뚝 떨어졌다. 북풍이 골목 사이를 헤집으며 남은 나뭇잎들을 마저 훑어 냈다. 어느새 파리는 염포 같은 흰 보 자기를 덮어썼다.

"블랑슈, 내 말 들었어요? 지금 당신은 바깥에 다닐 수 있는 몸 상태가 아니에요."

블랑슈는 알뱅의 말을 들으면서도 늘 하던 대로 옷을 챙겨 입었다. 치마 단추를 채우고 바다빛 저지 코트를 걸쳤다. 알뱅이 걱정한다는 걸 알지만 포기할 수는 없었다. 다시 기침이 터져 나왔다. 폐에 생긴 염증이 악화하고 있었다. 지난밤에는 한숨도 자지 못했다. 몇 시간이고 발작처럼 기침이 이어졌다. 먼동이 틀 무렵 기침은 겨우 잦아들었지만 기진맥진해서 온몸이 축 늘어졌다. 어서 병원에 가 보자고 알뱅은 재촉했다.

"가 봤자 무슨 소용이겠어요?" 블랑슈는 한숨을 내쉬었다. "에르비에 선생이 하는 말은 똑같을 텐데. 푹 쉬라고 하겠죠. 공기 좋은 시골에 가서 요양하라면서. 그런 처방이야 하나 마나예요!" 블랑슈는 은퇴 노인들을 위한 휴양지로 떠날 마음이 없었다. 알뱅은 아르데슈 생조르주에 있는 그들의 집으로 돌아가자고 주장했다. 숨 돌릴 틈 없는 파리 생활을 접고 전원으로 돌아가 여유롭게 지내자고 했다. "당신의 건강을 위해 그러는 편이 좋아요. 제정신이라면 누구라도 그럴 거예요." 알뱅의 말에 안타까움이 묻어났다.

제정신이라면 그럴 테지만 블랑슈는 합리나 분별을 따질 여유가 없었다. 지금까지 늘 그렇게 여유 없는 상태로 지내 왔다. "내 몸이 따라 주지는 않지만 그렇다고 어쩌겠어요? 쉬는 건 저세상에 가서도 할 수 있는 일이에요." 알뱅이 간청할 때마다 블랑슈는 매번 이런 대답으로 피해 나갔다. 알뱅은 화를 냈다. "그런 말은 이제 그만둬요. 자신을 돌보겠다고 약속했잖아요." 하지만 아내는 고집 센 사람이었다. 불굴의 전사이자 소명을 다하려는 기사였다. '블랑슈는 이러다가 결국 숨을 거두게 될 거야.' 알뱅은 생각했다. '마지막 순간까지 전장에서, 한 손에 검을 들고 싸울 테지.'

블랑슈는 기어이 문을 열고 나갔다. 아내의 뒷모습을 바라보는 알뱅의 마음은 천근만근 무거웠다. 어떤 말로 설득해도 아내를 집에 붙잡아 두지 못할 거라는 걸 알았다. 블랑슈는 자신의 몸을 챙기느라 일을 미룬 적이 없다. 블랑슈의 제복 칼라에 달린 세 개의 S는 단순한 장식이 아니다. 그것은 임무이자 소명, 그의 존재 이유였다.

수프(Soup), 비누(Soap), 구원(Salvation).° 블랑슈가 생을 바쳐 온 과업은 이 세 단어, 즉 극빈자들에 대한 구호 활동으로 요약할 수 있었다. 그것이 40년 가까운 세월 동안 블랑슈가 충실히 복무해 온 조직의 이념이었다.

블랑슈는 1867년 리옹에서 태어났다. 아버지는 프랑스인

° 각각 따뜻한 음식, 깨끗한 정신, 영혼의 구원을 의미한다.

이고 어머니는 스코틀랜드인이었다. 어린 시절 가족을 따라 제네바로 옮겨 가 그곳에서 성장했다. 개신교 목사였던 아버지는 블랑슈가 불과 열한 살일 때 세상을 떠났다. 어머니는 홀로 다섯 아이를 키워야 했다. 블랑슈는 막내였지만 벌써부터 굳센 기질을 드러냈다. 불행한 일을 당한 사람의 아픔에 깊이 공감했고 모든 형태의 불의에 반감을 보였다. 여학교 시절에는 자신보다 덩치가 큰 상급생들과 맞서 싸우면서까지 하급생들을 보호했고, 그러다 보니 상급생에게 맞는 경우도 많았다. 찢긴 블라우스에 흙까지 묻힌 채 무릎에 멍이 퍼렇게 들어서 집으로 돌아오는 경우가 드물지 않았다. 어머니가 야단을 쳤지만 별 효과는 없었다. 약자를 향한 동정심과 공감은 딸이 지닌 일종의 재능이며, 그런 자질을 가졌기에 원대한 계획, 고상한 사명을 향해 나아갈 수 있다는 사실을 어머니는 몰랐다.

사춘기 시절 블랑슈는 친구들과 어울려 놀기 좋아했다. 승마, 스케이트, 카누를 즐기고 무도회장에 드나들었다. 친구인 룰루와 어울려 몇 번 대담한 장난도 쳤다. 가족은 막내의 그런 당돌함이 넘치는 재능과 활기를 주체하지 못하는 탓이라고 이해하고 '리틀 가십걸'이라는 별명을 지어 주었다. 이

분방한 '리틀 가십걸'은 제네바 사회가 용인하는 온갖 종류의 오락을 모두 맛보아야 직성이 풀릴 기세였다.

열일곱 살이 되던 해, 블랑슈는 어머니의 판단에 따라 스코틀랜드의 외가에 가서 지내게 되었다. 어머니는 환경을 바꾸어 주면 떠들썩하게 놀기 좋아하는 말괄량이 막내딸이 다소 차분해지지 않을까 기대했다.

외가에서 열린 한 사교 모임에서 블랑슈는 캐서린을 만났다. 캐서린은 영국의 목사 윌리엄 부스의 맏딸로 이미 '총사령관'이라는 별칭을 얻었을 만큼 높은 명성을 누리고 있었다. 윌리엄 부스 목사에 대한 이야기는 블랑슈도 여러 번 들어 온 참이었다. 많은 이들이 그를 존경하고 추종했다. 세상을 바꾸겠다는, 이 세상에 미만한 불평등을 없애겠다는 것이 그의 꿈이었다. 수년 전 윌리엄 부스는 "어떤 전투를 치르는 데는 군대가 효율적"이라는 이유로 군대를 모델로 하는 한 단체를 창설했다. 사관 학교, 깃발, 제복, 계급 체계 등 모든 것을 군대식으로 갖춘 조직이었다. 국가, 인종, 종교의 차별 없이 어디서나 가난과 고통에 맞서 싸우려는 것이 이 단체의 활동 목표였다. 구세군이라는 이 단체는 영국에서 시작되었지만 바야흐로 지상의 모든 곳에서 빈곤과의 전투를 확대해 나갔다.

글래스고 외가의 거실에서 총사령관 캐서린은 그 자리에 모인 사람들에게 '전투 참여'를 호소하다가 별안간 블랑슈를 향해 물었다. "자신에게 주어진 삶으로 무엇을 할 생각입니까?" 블랑슈는 깜짝 놀랐다. 그 질문이 하늘에서 울리는 목소리처럼 선명하게 가슴을 쳤다. 기습을 받은 듯 망연해졌다. 그 질문은 일종의 부름이었다. 질문에 대답하는 메아리인 양 경전 구절 하나가 떠올랐다. '모든 것을 버리면 길이 보인다.' 언젠가 여름 수련회에서 듣고 기억에 담아 놓은 구절이었다.

모든 걸 버린다는 의미는 내가 가진 모든 걸 다른 이들을 위해 내준다는 것이다. 놀기 좋아하고 사람들과 어울리기 좋아하는 '리틀 가십걸'이 과연 그렇게 할 수 있을까? 예기치 않은 소명 하나가 블랑슈의 눈앞에 떨어졌다. 뭔가 뜨거운 것이 가슴에 북받쳤다. '그렇다면 이것이 나에게 주어진 과제일까? 여기에 내 삶의 의미가 있는 걸까?'

황금도 티끌 위에다가 내버리고,
오빌의 정금도 계곡의 돌바닥 위에 내던져라.°

욥기의 이 구절이 나아갈 길을 가리켜 보이지 않는가……. 블랑슈는 수중에 값이 나갈 만한 것들을 모두 팔아 구세군에 헌금했다. 허전하기는커녕 놀라울 만큼 홀가분한 기분이 되었다. 이 행동이 블랑슈가 소명을 향해 내디딘 첫걸음이었다. 자신이 가야 할 길을 찾아낸 것이다. 욥기의 이 구절은 초롱불이 되어 생의 마지막 순간까지 블랑슈의 눈앞을 밝혀 주었다.

블랑슈는 제네바의 가족에게로 돌아오자 구세군에 들어가겠다는 결심을 밝혔다. 파리의 사관 학교에 등록할 계획이라고 했다. 어머니는 딸의 결심을 말렸다. 구세군 사관 생활이 얼마나 힘든지 이미 아는 탓이었다. 사실 블랑슈의 오빠도 이미 구세군에 입대해 활동하고 있었다. 어머니는 보호받으며 자란 막내딸을 무슨 일이 생길지 알 수 없는 환경에 떨어뜨려 놓는다는 게 걱정스러웠다. 구세군 사관 생활이란 험난할 수밖에 없을 텐데 건강을 장담할 수 없는 막내딸에게는 무리라고 생각했다. 어릴 때부터 블랑슈는 폐가 약해 자주 의사를 찾아야 했다. 오빠까지 나서서 블랑슈의 마음을 돌리려고 애썼지만 소용없었다. 블랑슈의 머릿속에는 구세군에 들어가 소명을 완수하겠다는 생각밖에 없었다. 그런 종류의 시련은 헤치고 나갈 준비가 되어 있었다.

블랑슈는 가정을 이루어 안주하는 데는 관심이 없었다. 눈길은 매번 더 넓은 지평선을 향하곤 했다. 구세군은 블랑슈에게 삶의 소명을 주었지만 아울러 이미 예정된 길을 벗어날

○ 대한성서공회 웹사이트에서 제공하는 새번역 성경을 참고했다.

한 가지 방법도 제시했다. 19세기 말 당시 부르주아 계층 여성에게 허용된 삶은 거의 정해져 있었다. 수도원 기숙 학교에 들어가 교육받은 뒤 대개는 부모가 정해 준 남자와 결혼했다. 결혼 상대를 스스로 선택한다는 발상이 오히려 예외적이었다. 부르주아 여성의 이런 삶을 작가 조르주 상드는 "성녀(聖女)로 교육받아 씨받이 암말로 보내진다."라는 말로 비판한 적이 있다. 상드 자신도 사회 인습이 요구하는 결혼의 순결을 당당히 거부해 보였다. 그 시절에는 여성이 직업을 가지는 데 대한 인식이 좋지 않았다. 여성의 노동은 일종의 궁여지책, 남편을 잃거나 결혼하지 못해서 피치 못해 뛰어들게 되는 궁지로 여겼다. 여성이 가질 수 있는 직업도 거의 없었다. 가정부나 공장 직공, 가수나 배우, 그리고 매춘이 고작이었다.

윌리엄 부스는 구세군을 창설하면서 조직 내에 성차별을 없앴다. 게다가 여성 사관의 수가 더 많기도 했다. 사관 열 명 가운데 일곱은 여성이었다. 부스는 여성 사관들도 자유롭게 거리로 나가 전도할 수 있다는 원칙을 세워서 다른 교회들의 원성을 샀다. 그는 설교를 통해 "내 최고의 동지는 여성"이라고 주저 없이 선언하곤 했다. 구세군 여성 사관들의 활발한 활동은 세간에 논란을 불러일으켰다. 런던에서는 구세군 제복을 입은 여성 사관들을 대놓고 조롱했다. 여성 사관들은 검은 천으로 만들고 붉은 리본을 댄 할렐루야 모자를 여름이건 겨울이건 쓰고 다녔는데, 챙이 넓은 그 모자 역시 비웃음의 대상이었다. 파리에서는 여성 사관들이 거리를 지나갈 때마다 여기저기서 휘파람을 불며 희롱했다. 거리 전도에 나선 사관들이 행인들 앞에서 설교를 시작하면 당나귀 울음소리를 내며 방해하는 사람들도 있었다. 그들은 사관들의 입에서 나오는 설교가 지독한 추문이기라도 한 것처럼 욕설을 퍼부었다. 특히 구세군의 프랑스명 '라르메 뒤 살뤼(l'Armée du Salut)'를 '라르메 뒤 샤위(l'Armée du Chahut, 난잡한 춤 부대)'로 바꾸어 부르며 야유를 던졌다. 블랑슈는 그런 야유에 겁먹지 않았다. 여자라는 자격지심으로 기죽는 일은 없었다. 남자와 다를 바 없이 거리 전도에 나섰다. 그렇게 해서 능력을 입증해 보일 자신감이 있었다.

친구들 역시 구세군 사관이 되겠다는 블랑슈의 결심에 걱정부터 내비쳤다. 가장 친하게 지내 온 친구 룰루는 블랑슈의 마음을 돌리려고 편지를 보내왔다.

'파리 거리를 헤집고 다니는 일은 여자가 할 짓이 못 된다는 게 내 생각이야. 이런 생각이 바뀔 것 같지는 않아. 지나가는 행인들을 붙잡고 전도하는 여자라니, 남자가 구멍 난 양말을 직접 꿰매 신는 것만큼이나 어울리지 않잖아. 여자의 진정한 의무는 가정 안에서 가족에게 헌신하는 거야. 그게 여자의 유일하고 또 가장 고상한 의무라는 말이지. 여자는 가정에서 몸을 낮춰 남편을 행복하게 하고 오로지 아이들을 잘 키우는 데 전념해야 한다고 생각해.'

이런 편지에 블랑슈가 설득될 리 없었다. 블랑슈는 남편의 구멍 난 양말을 꿰매며 살아갈 생각이 애초에 없었으니까. 여자로 태어났으니 마땅히 해야 한다는 그 들러리 역할은 전혀 내키지 않았다. 블랑슈는 삶의 무대 한가운데 서고 싶었다. 무엇인가 의미 있는 역할을 하고 싶었다. "조국에 도움이 되는 일을 하는 게 내 꿈이야." 블랑슈는 뜻을 굽히지 않았다. 반대하던 사람들은 결국 두 손 들었다. 블랑슈는 제네바와 작별하고 파리 구세군 사관 학교를 향해 떠났다.

신입 사관들은 파리 로미에르 거리의 기숙사에서 함께 지냈다. 그곳에서 블랑슈가 맞닥뜨린 생활은 거칠고 힘들었다. 계급이 높든 낮든 구세군 사관들은 모두 피곤을 짊어졌다. 반복되는 철야 예배와 추위, 잦은 금식 때문이었다. 또한 그들은 매우 궁핍했다. 블랑슈는 종종 쐐기풀을 삶아 저녁 식사거리에 보태곤 했다.

영국과 스위스에서는 구세군 운동이 정착 단계에 접어들었지만 프랑스에서는 반발이 만만치 않았다. 가톨릭 전통을 이어 온 프랑스인 만큼 프로테스탄트 교회 일파인 구세군의 전도 활동이 곱게 보일 리 없었다. 프랑스 각 지역에서 구세군 사관들은 봉변을 당하곤 했다. 몽둥이나 주먹으로 얻어맞았고 발길질로 내쫓겼다. 얻어맞지 않으면 돌팔매질을 당하거나 뜨거운 물세례를 받았다. 저녁에 로미에르 거리의 기숙사로 돌아올 때마다 블랑슈의 모자와 제복에는 썩은 달걀이나 오물이 묻어 있었다. 사람들이 죽은 쥐를 던지는 바람에 그 사체의 파편을 고스란히 덮어쓴 일도 있었다. 한 청년 사관은 어느 마을에서 집단 폭행을 당해 사경을 헤매기도 했다.

역경이 닥칠 때마다 흔들렸지만 그럴수록 블랑슈는 용기를 냈다. 감당하는 위험이 클수록 구세군 활동의 진정성이 입증될 거라고 생각했다. 블랑슈의 헌신은 어떤 보상도 바라지 않는 순수한 것이었다. 삶을 온전히 바치는 헌신이었다. 그 헌신에 회의나 망설임이 들어설 자리는 없었다. 빈곤과 고통에 맞서 수행하는 전투에서 일신의 궁핍과 추위는 장해가 되지 않았다. 블랑슈는 자기 삶의 의미가 이 전투에 있다고 생각했다. 아무것도 갖지 못한 사람들을 향해 손 내밀어 주는 일이 자신의 사명이라고 믿었다.

구세군 운동은 블랑슈의 적성에 맞았다. 타인의 고통에 대한 공감, 헌신의 자질, 영웅적 기상, 모험에 대한 취향, 이모든 것이 만개할 토양이 되어 주었다. 제복은 블랑슈에게 맞춤옷처럼 잘 어울렸다. 어머니는 '리틀 가십걸'이 곧 집으로 돌아올 거라는 기대를 버리지 않았다. 한 번도 경험 못한 혹독한 환경에서 끝까지 버티기는 어려울 거라고 예상했다. 어머니의 예상은 틀렸다. 블랑슈는 구세군에서 자신의 재능을 구현할 최고의 방식을 찾아냈다.

정위 진급을 앞두고 블랑슈는 약혼자에게 파혼을 선언했다. 결혼으로 초래될 구속이 싫었다. 구세군 활동에 걸림돌이 될 게 분명한 관계를 만들기 싫었다. 자신이 짊어진 사명은 결혼과 양립할 수 없다고 생각했다. 블랑슈가 독신을 선언하기까지는 부스 가문의 막내딸 에반젤린의 영향이 컸다. 에반젤린 부스와 블랑슈는 구세군에서 만나 친구가 되었다. 두 사람은 평생 독신으로 지내며 구세군 전투에 매진하자고 손가락을 걸어 약속했다. 전투 복장의 수녀가 그들이 서로에게 그려 보인 자화상이었다.

그렇지만 블랑슈는 약속을 지키지 못했다. 한 사람과의 만남이 그 결심을 돌려놓았다.

알뱅이 바로 그 사람이었다.

그때 알뱅은 열아홉 살이었고, 블랑슈의 굳은 맹세를 부숴 버릴 만큼 강력한 미소를 가지고 있었다.

4장

전화 한 통화면 솔렌은 모든 일을 없던 일로 만들 수 있었다. 레오나르에게 전화해서 '대필 작가' 일을 하지 않겠다고 말하기만 하면 됐다. 자신이 뭔가 잘못 생각했다는 걸 깨달았으며 마음을 바꿔 원래대로 다시 로펌에 나가기로 했다고 둘러대기만 하면 됐다. 그런 식으로 빠져나가는 일이야 어렵지 않았다. 그런 종류의 기술은 직업상 줄곧 연마해 온 것이니까. 그렇지만 망설여졌다. 그렇게 둘러댄다는 건 계속 방에 틀어박혀 살겠다는, 그저 아늑히 가라앉아 버리겠다는 말이 아닌가? 솔렌은 모든 게 깔끔히 정돈되고 반들반들 윤이 나는 자신의 아파트 내부를 응시했다. 아파트는 황금빛 새장이었고, 이 안에서 솔렌 자신은 누렇게 시들고 있었다. 자신을 억지로라도 새장 바깥으로 내몰아야 하지 않을까? 거리 모퉁이마다 길 안내 표지판이 붙은 안전한 동네를 벗어나 조금 더 멀리 가 보아야 하지 않을까? 지금까지 솔렌은 눈앞에 놓인 반듯한 길을 따라오기만 했다. 이제는 그 길에서 벗어나야 할 때였다.

학대받은 여성들이 피난 와서 지내는 곳이라고 했다. 솔렌은 그런 종류의 시설에 가 본 적이 없었다. 그곳에서 맞닥뜨리게 될 여자들은 어떤 이들일까? 범죄 전과가 있거나 노숙하던 사람일 수도 있다. 집에서 쫓겨났거나, 가정 폭력을 피해 도망쳤거나, 매춘부였거나……. 그런 갖가지 사연을 자신이 감당할 수 있을지 솔렌은 걱정이 됐다. 이런 찜찜한 기분이 궁핍과는 거리가 먼 환경에서 보호받으며 성장한 사람의 조건 반사 반응이라고 해도 반박할 수 없었다. 게다가 그동안 로펌에서 만난 의뢰인들조차 모두 재력가들이었다. 물론 뒤집어 보면 하나같이 날강도들이었지만 어쨌거나 고급 치포넬리 슈트를 입고 다녔다.

사실 솔렌은 불행이라는 것을 직접 겪어 보지 못했다. 신문들이나 TV 르포 영상을 통해서는 간혹 만나 보았다. 하지만 그건 멀리서 구경하는, 바리케이드 뒤편 안전지대에서 관찰하는 불행이었다. 사람들이 대개 그렇듯 솔렌도 '취약 계층'이라는 용어에만 익숙했다. 미디어마다 걸핏하면 끌어들이는 말이다 보니 그것에 대해 뭔가 아는 느낌이지만 현실에서 취약 계층과 접해 본 적은 없다. 솔렌이 아는 가난이란 고작해야 동네 빵집 앞의 젊은 여자, 손을 내밀어 돈 몇 푼, 혹은 빵 조각을 구걸하는 여자의 모습을 하고 있을 뿐이다.

그는 눈비가 오든 바람이 불든 깡통 하나를 앞에 놓고 그 자리에 죽치고 있었다. 솔렌은 매일 아침 길을 오가면서 여자를 보았다. 발을 멈춘 적은 없다. 경멸감이나 무관심 때문은 아니다. 그보다는 일종의 습관 탓이다. 그의 가난은 그림으로 치면 그저 배경에 속한 것이기 때문이다. 가난은 이 도시의 풍경을 구성하는 한 불변 요소, 으레 있기 마련인 무엇이었다. 멈춰 서서 동전 한 닢을 줘 봤자 그 여자는 내일도 주거 부정 상태일 게 아닌가. 그러니 그런 행동이 무슨 소용인가? 각자가 짊어질 책임은 공동체의 책임 속으로 섞여 들어가면 희석되고 만다. 그런 사실을 입증하는 객관적인 연구 결과도 있다. 폭행 사건이 일어났을 때 목격자가 많을수록 증인으로 나서는 사람의 수는 줄어든다는 것이다. 빈곤에 대한 태도로 마찬가지다. 솔렌은 이기적인 사람은 아니지만, 자기 일에 붙잡힌 다른 수많은 사람들처럼 그 여자 앞을 그냥 스쳐 지나 갔고 뒤돌아보는 일도 없었다. 각자 자신의 일을 챙기고 나머지 일은 신이 알아서 하게 맡기자는 주의였다. 물론 그러자면 신이 있어야겠지만.

수면제를 먹었는데도 깊은 잠은 찾아올 기미가 없었다. 쉼터 원장이라는 사람이 걸어온 전화가 생각났다. 원장은 다음 날 당장 솔렌을 만나 보고 싶다고 했다. 모든 걸 없던 일로 되돌리 자면 이쪽에도 적절한 핑계를 만들어 대야 했다. 골치가 아팠 다. 끌어댈 만한 구실을 찾아보다가 결국 마음을 정했다. 일단 그곳에 가 보기는 하자는 생각이었다. 거기까지는 해야 어쨌 거나 자신도 해 보려고 노력은 했다는 말을 할 수 있을 것 같았 다. 그곳 분위기가 너무 어둡다면, 맥이 빠져 도저히 일할 마음 이 들지 않는다면 레오나르에게 전화를 걸어 못하겠다고 말하 면 된다. '아무튼 나도 완전히 회복된 건 아니잖아.' 솔렌은 생 각했다. '봉사 활동은 치료 과정이어야지 형벌이어서는 안 돼.'

솔렌은 약속 시간보다 일찍 도착했다. 약속 장소에 미리 도착 하는 건 습관이다. 로펌에서 일할 때도 늘 그랬다. 상대방을 기다리게 하는 사람은 그에게 자신의 약점을 헤아릴 시간을 주는 셈이라는 속담이야 실제로 그렇든 말든 관심 밖이었다. 솔렌의 경우 그보다는 시간을 지키는 일이야말로 예절의 기본이라는 유치원 시절의 교훈이 몸에 배어 있었다. 솔렌은 어렸을 때부터 이런 예절을 착실히 지켰다. 그야말로 모범생이었다. 사실 솔렌 자신도 반듯하고 고분고분한 모범생 노릇이 지겨웠다. 지금이라도 할 수만 있다면 여성 쉼터라는 그 건물 안으로 들어가는 대신 달아나 버리고 싶었다. 그러고는 뒷일이야 어찌 되든 모른 체하는 것이다. 막 나가는 태도를 보여 주고 싶었다. 남들의 시선 따위는 무시하고 싶었다.

물론 솔렌은 그런 식으로 행동하지 않았다. 대신 근처의 한 카페로 들어가 커피를 주문했다. 아침부터 지금까지 아무것도 먹은 것이 없었다. 목구멍이 바싹 말라 버린 느낌이었다. 테이블에 앉아 내부 장식을 쳐다보다가 '라 벨 에퀴프'라는 이름의 이 카페가 2015년 11월 13일 테러 사건°의 현장이었다는 사실을 알아차렸다. 지금 솔렌처럼 테이블에 앉아 한잔하다가 무차별 공격에 속수무책으로 당한 사람이 스무 명에 달했다. 그 사건을 기억해 내자 소름이 돋았다. 당시 이 자리에 앉아 있던 카페 주인과 손님들이 지금 살아 있다면 어떤 상황에 놓여 있을까 생각했다. 매일 아침 또다시 하루를 시작하기 위한 힘을 그들은 어디서 길어 낼까? 계속 살아가기 위해서 어떤 방법을 동원할까? 솔렌은 테라스 테이블에 앉은 사람들, 그들의 표정, 작은 몸짓들을 물끄러미 바라보았다. 같은 자리에 있다는 사실만으로 묘하게도 아주 가까운 사이가 된 기분이었다. 그 참혹한 사건이 벌어졌을 때 이 자리에 있다가 요행히 살아난 사람들도 지금 나와 같은 문제를 겪을까? 나처럼 삐걱거리고 불안하게 흔들릴까? 그들도 이제는 살아갈 의욕을 되찾았을까? 다시금 태평하게, 경쾌하게, 삶을 누릴 힘을 얻었을까? 아니면 삶을 긍정할 수 있는 작은 동기들까지 영영 얼어붙고 말았을까? 솔렌은 앞날을 생각했다. 다가올 날들은 어떤 모습일까? 자신에게 어떤 미래가 남아 있을까? 지금은 모든 게 안개 속에 묻혀 있었다. 손을 뻗어 봤자 아무것도 잡히지 않았다. 자원봉사 일을 하다 보면 얼마간 시간이 흐르겠지. 그런 다음은? 미래에 대한 이 물음이 아득한 현기증을 불러왔다. 어쨌거나 경제적인 문제만큼은 잠시 덮어 둘 수 있어서 다행이었다. 한동안은 저축해 놓은 돈으로 지낼 수 있을 것이다. 그 정도의 여유는 있었다.

이제 약속한 대로 그곳에 가 봐야 할 시간이 됐다. 솔렌은 카운터로 가 계산을 하고 횡단보도를 건너 한 건물 앞에 섰다. 생각했던 것보다 건물 규모가 훨씬 컸다. 안뜰이 있는 낡

◦ 프랑스 파리 일대 여섯 곳에서 동시다발적으로 일어난 대형 테러 사건으로, 공식 명칭은 '2015년 11월 13일 일드프랑스 테러 사건'이다. 이슬람 근본주의를 표방하는 '이라크 레반트 이슬람 국가' 조직원들의 총기 난사, 인질극, 폭탄 공격으로 131명이 사망하고 400명 이상이 부상당했다.

은 주택을 상상했는데 눈앞에 있는 건 사거리를 내려다보는 6층 건물이었다. 아치형 지붕이 출입구를 장식하고, 건물 전면에 머릿돌 격으로 동판 두 개가 붙어 있었다. 솔렌은 동판에 새겨진 내용이 궁금해서 가까이 다가갔다. 20세기 초에 건립된 건물이라고 했다. 역사 유적으로서의 가치를 인정받아 문화재로 지정되었다는 내용과 함께 '팔레 드 라 팜므(Palais de la Femme)'라고 새겨져 있었다. 건물명이 묘했다. 여성의 궁전. 이름 자체만 보면 어쨌거나 화려한 장소였다. 왕이 사는 곳을 의미하니까. 학대받은 여성들이 피난한 장소에 어울리는 이름은 아니었다.

솔렌은 계단을 올라가 건물 출입문 앞에 섰다. 그 문은 거주자 전용이었다. 옆에 문이 하나 더 있었다. '방문자용'이라고 적힌 초인종이 보였다. 벨을 눌렀다. 문이 열리기를 기다려 안으로 들어갔다.

안내 데스크 직원으로 보이는 젊은 여자가 포마이카 테이블 뒤에서 무슨 일엔가 열중하고 있었다. 솔렌을 보자 잠시 기다려 달라면서 소파에 앉기를 청했다. 직원이 가리킨 쪽에 소파가 몇 개 놓인 게 보였다. 한 여자가 구석 자리 소파 위에 배낭들을 둘러쌓아 놓고 몸을 웅크려 잠들어 있었다. 주변에서 나는 소음이 거슬릴 법한데도 그는 기척도 하지 않았다. 아주 오랜 여행을 마치고 돌아와 곤히 잠든 사람의 모습이었다. 솔 렌은 그의 잠을 방해할까 봐 소파로 가서 앉기가 망설여졌다. 이대로 서 있는 편이 나을 것 같았다.

 어색하게 서서 두리번거리는 솔렌 앞에 원장이 나타났다. 어느 정도 나이가 들었을 거라는 예상과 달리 솔렌과 같은 40대였고, 머리카락을 짧게 자른 모습이었다. 스스럼없이 손 을 내밀어 악수를 청한 원장은 솔렌을 안내해 넓은 홀로 들어 갔다. 휴게실이라고 했다. 실내에 햇빛이 가득했고, 여기저 기 푸른 관상수 화분과 등나무 의자들이 놓여 싱그러운 분위 기를 자아냈다. 그랜드 피아노 한 대가 홀 한가운데에 자리 잡고 있었다. 머리 위 천창에서 빛이 쏟아져 들어왔다. 아늑 하고 편안한 느낌이 들었다.

 "여기가 이 궁전의 심장부예요." 원장이 말했다. "우리는 주로 이곳에 모여 이야기를 나눠요. 특별 활동 장소로도 이용 하죠."

 원장은 솔렌에게 사무실 대신 휴게실로 출근하는 게 좋을 거라고 알려 주었다. 따로 사무실이 있지만 이 장소가 거주자들에게 다가가기 더 쉽다는 게 이유였다. 그는 솔렌에게 '여성 궁전'을 한번 둘러보지 않겠느냐고 제안했다. 사적인 시설과 개인 거주 공간은 보여 줄 수 없지만 공동 공간은 방문객에게도 개방되어 있다고 했다.

원장을 따라 체육관 쪽으로 가는 도중이었다. 형광색 스웨터에 찢어진 청바지 차림을 한 젊은 여자가 나타나 원장을 불렀다. 화가 잔뜩 난 표정이었다. "더 이상 못 참겠다고요! 그 여편네들이 또 한바탕 판을 벌였어요. 자정까지 떠들면서 난리를 치는데 아주 미치겠다고요." 그는 당장 방을 바꾸어 달라고 요구했다. "이렇게는 못 살아요. 절대!" 젊은 여자는 초췌해 보였다. 얼굴에 피곤이 묻어났다. 원장은 지금은 이야기를 나눌 시간이 없다고 대답하고, 대신 '여편네'라고 불린 이들에게 한 번 더 말을 전하겠다고 약속했다. 그리고 방을 바꾸는 문제에 대해서는 서로가 충분히 이야기한 적이 있으니 이미 규칙을 알지 않느냐고 되물었다. 그는 볼멘소리로 몇 마디 투덜거리고는 몸을 돌려 멀어져 갔다.

원장은 옆으로 물러나 있던 솔렌에게로 돌아서며 기다리게 한 것에 대해 사과했다. "이곳에서 지내다 보면 거주자들끼리 서로 부딪치는 경우가 생기기도 하죠." 그가 설명했다. "관계를 중재하고 갈등을 해결해 주려고 노력해요. 문화적 차이가 있는 사람들이 모여 사는 곳이니 불협화음이 없을 수는 없죠. 이곳에 들어와 사는 이들 모두가 살아온 길이 평범하진 않아요. 대개는 자신이 속한 집단에서 떨어져 나온 사람들이에요. 이를테면 가족과 단절된 경우가 많아요. 그들이 다시 일어설 수 있도록, 다시 사회로 돌아갈 수 있도록 도와야 해요. 다양한 계층이 함께 어우러져 살아간다는 건 좋은 발상이지만, 막상 현실은 문제가 복잡하게 얽혀 있곤 하죠."

두 사람은 체육관으로 들어섰다. 이 시간에는 이용하는 사람이 거의 없어서 조용하다고 했다. 춤 연습실처럼 벽면에 거울이 있는 넓은 방이었다. 내부에 새로 페인트칠을 해서 분위기가 산뜻했다. 한쪽 구석에 자리 잡은 최신 운동 기구들이 보였다. 솔렌은 이런 종류의 장소에는 꽤 오래 발을 끊고 지냈다. 예전에는 꾸준히 다닌 적도 있었다. 동네에 있는 클럽 메드 헬스센터의 정기권을 구입한 적도 있었는데, 몇 번 가지도 못하고 돈만 날렸다. 로펌의 일이 너무 많아 짬을 낼 수 없었던 탓이다. 다음 차례로 원장이 솔렌을 데려간 곳은 도서관이었다. 책이 빼곡하게 꽂힌 서가들이 솔렌을 맞았다. "이곳 거주자들이 책을 가까이하게 만드는 일이 쉽지 않아요." 원장이 털어놓았다. "간혹 책장을 뒤적여 보는 이들도 있지만 대개는 독서와 담을 쌓고 지내죠. 그렇게 되는 데는 언어 장벽도 한몫해요. 이 나라 말이 익숙하지 않은 이들이 많으니까요. 그런 사람들을 위해 일주일에 두 번 어학 강좌를 열어요."

솔렌은 원장의 안내를 따라 음악실과 그곳에 놓인 피아노 두 대를 둘러보고, 회의실과 고풍스러운 다실을 거쳐 넓은 리셉션 홀까지 갔다. "예전에는 이 자리에 큰 식당이 있었어요. 누구나 쉽게 들어와 식사할 수 있는 곳이었죠." 원장이 말했다. "그래서 이 지역의 주민들이 자주 이용했는데, 지금은 다시 리셉션 홀로 복구해서 행사 장소로 써요. 우리는 매년 크리스마스 파티를 여기서 열어요. 평소에는 각종 행사에 임대해 줄 때가 많고요. 의류 업체들을 초청해 할인 판매 행사를 벌이기도 하죠. 패션쇼도 열어요." 솔렌은 의아해서 되물었다. "이곳 거주자들이 옷을 많이 구입할 것 같지는 않은데 패션쇼를 유치하다니, 어쩐지 어울리지 않는데요?" 원장이 빙긋이 웃었다. "엉뚱해 보일 수도 있다는 걸 알아요. 하지만 어떤 의류 회사들은 패션쇼를 열면서 부대 행사로 재고 의류를 대폭 할인한 값으로 내놓기도 해요. 게다가 우리는 패션쇼를 볼 수 있다는 것만으로도 좋거든요. 이곳의 문을 활짝 열어 손님을 맞을 기회이기도 하죠. 요즘에 모두 함께 어우러져 살아가자는 의미로 사회적 공존이라는 문제에 대해 많이 이야기하는데, 서로 다른 문화와 전통을 뒤섞어 놓는다고 공존이 가능해지는 건 아니거든요. 문화와 전통이 뒤섞이는 일은 이곳에서는 그냥 자연스러운 일일 뿐이에요. 진정한 공존은 바깥의 삶을 이곳으로 불러들이는 데 있어요."

"여성 궁전은 다양한 형태의 거주 공간을 제공해요." 원장은 말을 이어갔다. "이 건물 내에서도 거주 방식에 따라 몇 가지 유형으로 나뉘어요. 우선 원룸 아파트 355가구가 있는데 임대형 주거 공간이에요. 모든 가구에 샤워 시설이 있는 화장실이 딸려 있죠. 간이 주방이 설치된 구조도 있지만, 그렇지 않은 구조일 경우에는 공동 주방을 사용해요. 원룸에 입주하려면 여성 1인 가구여야 해요. 대개 실업 수당이나 사회적 최소 수당을 받는 사람들이고, 또 직접 임대료를 부담하죠. 임대료는 그리 비싸지 않아요. 그리고 우리는 여성 쉼터도 운영하고 있어요. 공식 명칭은 '숙박 및 안정 센터'인데, 보다 위급한 상황에 처한 여성들을 보호하기 위한 시설이에요. 시민권이 없어서 공적인 보호를 받기 어려운, 말하자면 불법체류자 신분 여성들이 주 대상이 되고, 또 아이들을 데리고 있는 경우가 대부분이죠. 이들을 위해 숙박 센터에는 40개가량의 방이 마련되어 있어요. 쉼터에 들어오는 여성들은 시기마다 바뀌는데, 대개 정치 상황의 영향을 받아요. 현재는 사하라

이남 아프리카, 특히 에리트레아와 수단 지역에서 온 여성들이 머물고 있죠. 마지막으로 최근에 소규모 펜션을 만들었어요. 20가구 정도가 독립적으로 거주할 수 있는 곳인데, 부부나 가족 단위로 생활할 수 있죠."

그의 말에 따르면 이미 400명이 넘는 인원이 여성 궁전에 살고 있었다. 이곳에 고용되어 일하는 57명은 제외한 숫자였다. 사회 복지사, 보육사, 환경미화원, 또 행정, 회계, 기술을 담당하는 직원들이 있다고 했다. 솔렌은 예상 밖으로 큰 규모에 내심 놀랐다. "이곳은 바벨탑이에요. 모든 종교와 언어와 전통이 뒤섞이는 장소죠. 모든 면에서 서로 다른 사람들이 함께 거주하는 공간에 문제가 없을 리 없잖아요." 원장이 말했다. "수백명이 만들어 내는 소리를 떠올려 보세요. 말하고, 문을 여닫고, 노래를 흥얼거리고, 소리를 지르죠. 이따금 싸우기도 해요. 서로에게 욕설을 퍼붓고 또 화해하죠. 인근 주민들이 찾아와 항의하는 경우도 드물지 않아요. 바로 저 옆 건물에 사는 주민들은 정기적으로 불만을 신고해요." 그는 이런 긴장 관계들을 누그러뜨리는 데 최선을 다한다고 말했다. 이해해 주는 주민들도 있고 못 견디겠다며 이사를 가 버리는 사람도 있다고 했다.

"이곳을 낙원이라고 말할 수는 없어요." 원장은 솔렌을 데리고 다시 휴게실로 돌아왔다. "하지만 이곳은 우리 거주자들에게 지붕을 만들어 줘요. 보호받는 거죠. 여기 들어오면 평균 3년 정도 머물러요. 더 오래 머무는 사람들도 있고요. 제일 오래 머문 경우는 25년간 이곳에서 지낸 분이 계세요. 그분은 나가기가 두렵다고 말씀하시거든요. 이곳에 있어야 안전하다는 느낌이 든다고요."

여성 궁전을 나서는 솔렌은 어쩐지 마음이 놓였다. 상상했던 것보다 훨씬 호감이 가는 곳이었다. 밝은 분위기였고, 활력을 느낄 수 있었다. '그렇게 견딜 수 없을 정도는 아닐 거야. 게다가 일주일에 한 시간만 일하면 되는걸. 편지 몇 통 써 주고 나면 끝날 테지. 다음번 진료를 받으러 갈 때는 의사한테 대답할거리도 생기잖아. 처방대로 해 보았다고 말이야. 어쨌거나 생각만큼 힘든 일은 아닌 것 같아.'

집으로 돌아오는 발걸음이 한결 가벼웠다. 그날 밤에는 수면제의 도움 없이 잠들 수 있었다.

사실 솔렌은 어떤 일이 자신을 기다리는지 전혀 몰랐다.

5장

솔렌이 대필 작가로 여성 궁전에서 일하는 첫날이었다. 업무 요일과 시간에 대해서는 앞서 원장과 의논해서 결정했다. 처음 만난 날 원장은 목요일 늦은 오후를 추천했다. 오후에 줌바 댄스 강습이 있는 요일인데, 강습이 끝난 늦은 오후 시간이 비어 있다고 했다. 다른 요일의 그 시간대에는 이미 다른 수업들이 개설되어 여유가 없었다. 프랑스어 교실, 에어로빅, 노래 부르기, 요가 강습, 컴퓨터 강좌, 영어 회화 수업들이었다. "마침 비어 있는 목요일 오후 시간대가 제일 좋을 것 같은데 어떠세요?" 그가 물었다.

그때 솔렌이 무심결에 한 대답은 스케줄을 확인해 봐야겠다는 것이었다. 말하자면 변호사의 조건 반사 반응이었다. 자신의 반응이 어처구니없음을 깨달은 것과 동시에 서둘러 다음과 같이 말을 덧붙였다. "하지만 목요일이라면 분명 가능할 거예요." 어느 요일에도 스케줄은 없고, 하루 종일 완벽하게 한가하며, 얼마 전부터 계속 그래왔다는 사실은 털어놓지 않았다. 상대방에게 신뢰감을 주려면 바쁜 사람처럼 보여야 한다는 건 상식이니까.

목요일 아침에 솔렌은 일찍 잠이 깼다. 첫날, 낯선 상황과 혼자 맞닥뜨려야 한다는 사실에 은근히 긴장됐다. 그곳에서 맡을 '대필 작가' 일에 대해 레오나르가 자세히 설명해 주기를 기대했지만 그는 별로 도움이 되지 않았다. "별문제 없을 거예요!" 솔렌에게 해 준 말이라고는 이게 전부였다. 물론 특유의 열정을 잔뜩 눌러 담은 어조이기는 했다. 솔렌으로서는 레오나르의 이런 낙천성이 원망스러웠다. 그가 무모하다는 생각이 들었다. 하지만 잘해 낼지 자신이 없다는 말을 그에게 털어놓을 엄두가 나지 않았다. 앞서 여성 궁전을 처음 방문했을 때는 금방 안심이 됐다. 장소 자체는 솔렌이 상상한 초라한 쉼터의 모습과는 거리가 멀었다. 문제는 대필 작가로 일하자면 그곳에 사는 이들과 직접 대면할 수밖에 없다는 사실이었다. 막연한 불안감이 일었다. 게다가 원장은 그곳 거주자들이 처음에는 솔렌에게 배타적으로 나올지도 모른다는 이야기를 먼저 꺼내며 그들의 일면을 가감 없이 드러내 보였다. 솔렌을 주눅 들게 하려는 의도는 느껴지지 않았다. 그보다는 미리 마음의 준비를 시키고 싶었을 것이다.

"그중에는 심각한 병이 있는 이들도 있어요. 알코올 의존증이나 마약 중독 문제를 지닌 경우도 있고요. 또 과도한 빚에 짓눌린 사람들도 있죠."

과거 매춘부였다가 재활 프로그램에 참여한 이들, 범죄자로서 재사회화 과정을 거친 이들, 장애 때문에 경제 활동에 나서지 못하는 이들도 있다고 했다. 다양한 경로로 프랑스 땅을 밟은 이주민 혹은 난민 여성들도 있었다.

"그들 각자는 어떤 형태로든 취약성을 안고 있어요. 저마다 폭력과 무관심을 경험했죠. 사회의 주변부에 속한 사람들이에요."

솔렌은 늘 그렇듯이 시간 맞춰 도착했다. 방문자용 벨을 눌러 건물 안으로 들어섰다. 늦은 오후, 휴게실의 분위기는 평화로웠다. 아프리카 대륙 출신으로 보이는 여자 몇 명이 다인용 등나무 의자에 모여 앉아 차를 마시는 모습이 눈에 들어왔다. 그들로부터 조금 떨어진 자리에서는 부부로 보이는 두 사람이 솔렌이 알아들을 수 없는 언어로 이야기를 나누고 있었다. 월로프어이거나 스와힐리어일 거라는 생각이 들었다. 두 사람 주위를 돌배기 아이가 맴돌았다. 양말만 신은 발이 타일 바닥을 디딜 때마다 아이의 몸이 뒤뚱거렸다.

어디에 자리를 잡아야 좋을지 몰라 잠시 머뭇거렸다. 한쪽 구석에 의자 두 개가 딸린 테이블이 보였다. 그쪽으로 가서 조심스레 앉았다. 가방을 열어 메모지철을 꺼냈다. 이어서 최신형 맥북을 꺼내 들다가 멈칫했다. 노트북을 테이블 위에 보란 듯이 내놓기가 거북했다. 스마트폰과 컴퓨터는 "부의 새로운 외적 표상"이었다. 이 표현은 어느 미국 학자의 책에서 읽은 것인데, 그 책에 따르면 개인의 수입 규모는 그가 사용하는 스마트폰 모델만으로도 유추할 수 있다고 했다. 그러니 이런 자리에서 최신형 노트북을 펼치는 건 눈치 없이 자신의 부유함을 과시하는 꼴이다. 솔렌은 이런 문제를 미처 계산하지 못한 자신을 책망했다. 달아나고 싶은 생각이 또다시 치밀었다. 어디론가 사람들 눈에 띄지 않는 곳에 들어가 숨고 싶었다. 그렇지만 이제 와서는 어쩔 수 없었다. 지금부터는 대필 작가의 업무 시간이었다.

멀지 않은 자리에서 등나무 의자에 모여 앉아 차를 마시던 여자들이 솔렌을 쳐다보고 있었다. 눈길들이 냉랭했다. 낯선 사람이 최신형 노트북과 명품 브랜드 가방을 들고 와 여기서 무얼 하는지 의아한 눈치였다. 여성 궁전 거주지로 보이는 몇 사람도 휴게실을 가로질러 가면서 솔렌을 한 번씩 건성으로 쳐다보았다. 솔렌은 먼저 다가가서 인사를 건넬 엄두가 나지 않았다. 엘리베이터 문이 열리고 한 여자가 내렸다. 배낭들을 어깨에 주렁주렁 메고 양손에도 들고 있었다. 솔렌이 처음 이곳에 왔던 날 로비 구석 소파에 웅크려 자던 여자였다. 그날도 배낭들을 바리케이드처럼 몸 주위에 둘러쌓아 놓았던 기억이 났다. 그는 무언가를 찾는 것처럼 눈으로 휴게실 안을 훑었다. '나를 찾아왔을 거야. 일을 부탁하려고 대필 작가를 찾아왔을 거야……' 솔렌의 심장 박동이 빨라졌다. 하지만 그는 한쪽에 놓인 긴 의자로 가더니 배낭들로 바리케이드를 둘러치고 웅크려 누웠다. 그러고는 눈을 감고 곧바로 잠이 들었다.

솔렌은 불안했다. 시간이 흘렀지만 솔렌에게 다가오는 사람은 없었다. 멀뚱한 얼굴로 휴게실 이곳저곳을 쳐다보았다. 그것 말고 달리 할 일이 생각나지 않았다. 사방 벽면에 새겨진 부조를 하나하나 뜯어보았다. 이어서 자기 타일이 깔린 바닥으로 시선을 옮겼다. 타일들이 그려내는 특이한 형상이 눈에 들어왔다. 십자가에 알파벳 S를 포개 놓은 모습이었다. 십자가 아랫부분에 두 자루의 검을 교차시키고 맨 위에 왕관을 올려놓았다. 구세군의 상징이었다. 타일 바닥에서 눈을 들어 다시 실내를 둘러보다가 관상수 화분 뒤편에 앉은 한 여자를 발견했다. 짧게 자른 머리를 한 중년 여자였다. 뜨개질을 하고 있었는데, 가냘픈 체구에 움직임까지 조심스러워 처음에는 눈에 띄지 않았다. 콧잔등에 작은 돋보기 안경을 올려놓은 채 그는 부지런히 손을 놀렸다. 완전히 빠져든 모습이었다. 스웨터를 뜨는 듯했다. 뜨개바늘이 쉴 없이 움직였다. 하지만 여자의 얼굴은 무표정하게 굳어 있었다. '묘한 사람이야.' 솔렌은 생각했다. '종이 인형 같아.' 휴게실 한가운데 있으면서도 세상에 홀로 있는 사람 같았다.

솔렌은 자신이 왜 이 자리에 왔는지 모든 게 후회되기 시작했다. 원장은 대필 작가가 온다는 사실을 사전에 공지해 놓겠다고 했다. 공지가 이루어지지 않았을 수도 있다. 아니면 이곳 거주자들이 대필 작가를 무시하는 것일 수도 있다. 솔렌은 어느 정도는 환영받을 거라 기대했다. 하지만 이 무슨 시간 낭비인가! 이곳에서는 아무도 솔렌을 필요로 하지 않았다.

피부가 흑단처럼 반짝이는 여자가 휴게실로 들어왔다. 장을 봐서 돌아오는 길인 것 같았다. 그는 모여 앉아 차를 마시는 여자들 앞에 잠시 멈춰 몇 마디 주고받은 뒤 다시 발을 옮겼다. 다섯 살쯤 되어 보이는 여자아이기 히리보 젤리 봉지를 손에 들고 그 뒤를 따라갔다. 아이는 머리카락을 여러 갈래로 나눠 일일이 땋은 모습이었는데, 그 작은 머리 타래들마다 오색 방울이 달려 있었다. 아이의 눈은 흑옥 같았다. 그 눈길이 문득 솔렌에게로 와서 멈췄다. 놀라움이 아이의 얼굴에 한가득 떠올랐다. 그 순간 솔렌에게 눈길을 준 사람은 아마 그 아이뿐이었을 것이다.

아이가 솔렌에게로 다가왔다. 솔렌이 부르지 않았는데도 아이는 스스럼없이 솔렌에게 얼굴을 바싹 붙였다. 솔렌의 옷이 궁금한 것 같았다. 옆에 벗어 놓은 외투도 들여다보았다. 테이블 위에 놓인 노트북에도 머리를 갖다 대고 구경했다. 모든 구경을 끝낸 다음 아이는 손에 든 봉지에서 콜라병 모양 젤리를 꺼내 한 입 베어 먹었다. 그러고는 남은 반쪽을 솔렌에게 불쑥 내밀었다. 솔렌은 어떻게 반응해야 좋을지 몰랐다. 당황했지만 불쾌한 기분은 아니었다. 손을 내밀어 젤리 반 조각을 받아 들자 아이는 등을 돌려 엄마에게로 뛰어갔다. 엄마와 딸은 곧바로 엘리베이터에 올랐다. 작은 잇자국이 난

반쪽 젤리는 여전히 솔렌의 손에 있었다. 버려야겠다는 생각이 들긴 했지만, 생각일 뿐 그럴 수는 없었다. 젤리 반 조각은 아이의 선물이었으니까. '나를 환영한다는 의미로 준 거잖아.' 솔렌은 생각했다. 티슈 한 장을 꺼내 젤리 반 조각을 돌돌 감아 외투 주머니에 넣었다.

벽시계는 이제 거의 오후 7시를 가리켰다. 대필 작가의 첫째 날은 이렇게 아무도 찾아오지 않고 끝났다. 제로 포인트. 솔렌은 조그맣게 한숨을 내쉬었다. 풀이 죽은 채 노트북을 닫아 메모지철과 함께 가방에 넣었다. '이런 일이 우울증을 극복하는 데 도움이 될 거라고 생각했단 말이지? 꽤나 큰 도움이 되겠네……' 속으로 중얼거리며 자리에서 일어나려고 할 때 한 나이 든 여자가 시선에 들어왔다. 그는 쇼핑 카트를 끌고 곧장 솔렌을 향해 다가왔다.

"편지를 읽어 주는 사람이 왔다던데 댁이 그 사람인가?"

여자가 다짜고짜 물었다. 개에게 뼈다귀를 던지듯 퉁명스러운 말투였다. 억양으로 보아 슬라브 국가나 루마니아에서 온 사람 같았다. 솔렌은 당황해서 우물우물 대답했다.

"제가 하는 일은 편지 쓰는 일을 도와 드리는 건데요……. 하지만 읽어 드리는 일도 할 수 있어요."

그는 쇼핑 카트에서 우편물을 꺼내기 시작했다. 행정 고지서, 엽서, 안내 책자, 광고 전단 등이 뒤죽박죽 섞여 있었다. 카트 가득히 담아 온 우편물을 테이블에 전부 옮긴 그는 놀라서 잠시 넋이 나간 솔렌에게 또 한 번 불쑥 말했다. "이걸 읽어 주구려."

솔렌은 머뭇거렸다. 이 궁지에서 벗어날 방법을 궁리했다. "저는…… 그러니까, 이걸 전부 읽을 수는…… 이 엽서들은 읽어 드릴 수 있어요." 수북이 쌓인 우편물 더미에서 엽서 몇 장을 집어 드는 순간 솔렌은 기겁했다. 엽서에 적힌 글자는 키릴 문자였다. 엽서에 붙은 우표를 살펴보았다. 세르비아 우표였다. 엽서를 가득 메운 글씨의 필체는 한 사람의 것으로 보였다. 가족 중의 누구이거나 친구일 거라는 짐작이 갔다. "죄송해요. 저는 이 나라 말을 몰라요." 솔렌은 엽서를 도로 내밀었다. 여자는 아무 대꾸 없이 엽서를 되받아 쇼핑 카트에 넣었다. 그러더니 이번에는 공공 고지서 몇 통을 집어 솔렌 앞에 턱 내려놓았다. 솔렌은 CAF(가족 수당 기금)에서 보낸 고지서 한 통을 열었다. 가족 수당 신청에 필요한 구비 서류를 보내 달라는 내용이었다. 솔렌은 CAF에 보내야 할 증명서에 대해 설명해 주려 했지만 여자는 듣는 둥 마는 둥 하더니 고지서를 도로 가져가 카트에 던져 넣었다. 그다음 우편물도 마찬가지 과정을 거쳤다. 통신사에서 온 독촉장이었는데, 미납 연체금을 한 달 안에 내지 않으면 휴대전화 사용이 정지된다는 내용이 명시되어 있었다. 독촉장에 적힌 납부 시한은 1년 전 날짜였다……. 솔렌은 여자에게 CAF에 제출할 서류를 알려 주면서 메모해 둘 것을 권했다. 전화 요금 연체 액수도 알려 주었다. "마찬가지로 적어 놓으시는 게 좋겠어요." 여자는 고개를 저었다. "적기는 뭘." 그는 손가락으로 자신의 이마를 가리키면서 덧붙였다. "여기 담아 놓으면 되는 거지." 통신사의 요금 납부 독촉장도 다시 카트로 들어갔다. 솔렌은 계속해서 수십 통의 우편물을 열어 보았다. 맞은편 여자가 궁금해하는 광고 전단들을 일일이 읽어 주었다. 안경, 창문 블라인드, 스마트폰, DVD 플레이어, 보안 경보 시스템, 의류, 향수, 장난감, 할인 판매를 내건 상점들의 판촉물이었다. 광고 전단들은 끝없이 나왔고, 어느 것이든 비슷했고, 제각각 지루했다.

솔렌이 벽시계를 올려다보았을 때는 두 시간이 흐른 뒤였다. 진이 빠진 데다 목소리는 잠기기 일보 직전이었다. 휴게실 안은 텅 비어 있었다. 차를 마시던 여자들은 벌써 자리를 떴고, 뜨개질하던 여자 역시 보이지 않았다. 하지만 솔렌 옆에 앉은 세르비아 여자는 시간이 꽤 지났다는 사실에 전혀 신경을 쓰지 않는 눈치였다. 결국 솔렌이 선언했다. "나머지는 다음번에 읽어 드릴게요. 그만 가 봐야 해요." 세르비아 여자는 두말없이 의자에서 일어나더니 테이블에 여전히 쌓여 있던 우편물과 전단지들을 쇼핑 카트에 다시 쓸어 담았다. 이미 읽은 것들 위로 아직 개봉하지 않은 것들이 쏟아져 뒤섞였다. 여자는 고맙다는 인사 한마디 없이 멀어져 갔다. 솔렌은 조금 섭섭한 기분이 되어 외투를 걸치고 출입문으로 걸어갔다. 이상한 하루였다. 대필 작가 업무 첫날 맞닥뜨린 이 상황은 좋게 말해 엉뚱했다. '그래도 어쨌거나 한 사람에게는 도움이 되었잖아.' 솔렌은 예상과는 달랐던 첫 업무 결과에 애써 의미를 부여하려 했다.

출입문을 열고 나가려는 찰나 그 세르비아 여자가 눈에 들어왔다. 여자는 출입구 앞 쓰레기통에 쇼핑 카트에 담긴 우편물들을 쏟아 내버리는 참이었다. 솔렌은 허탈해져서 그 모습을 바라보고만 있었다.

시계의 짧은 바늘이 10에 가까워지고 있었다. 여성 궁전에서의 첫날은 이렇게 끝이 났다.

6장

"다시 가야 할 필요가 있을까요? 그곳에 앉아 있는 게 무슨
의미가 있겠어요?"

솔렌은 레오나르의 전화를 받은 참이었다. 여성 궁전에서
일해 본 첫날 소감은 어떤지 묻는 그에게 솔렌은 피곤이 잔뜩
묻은 목소리로 대답했다. "시간 낭비였어요! 거기 사람들은
대필 작가가 필요 없어요. 더 중요한 일들이 있더군요." 그들
은 모여 앉아 차를 마셔야 했고, 스웨터를 떠야 했다. 그러니
대필 작가 따위에 신경을 쓸 겨를이 없었다. 솔렌은 무시당했

다는 생각이 들었다. 자신이 하찮고 쓸모없게 느껴졌다. 세르비아 여자에게 우편물을 읽어 주는 동안에는 어쨌거나 자신이 도움 되는 일을 한다는 생각이 있었다. 하지만 그건 잠시의 착각이었을 뿐 그 여자는 솔렌의 수고가 아무 의미 없다는 걸 마지막에 행동으로 증명해 보였다.

"필요한 곳에 자신의 시간을 내준다는 생각이야 좋았죠. 하지만 그건 어쨌거나 상대방이 받을 마음이 있어야 가능한 일이잖아요!" 솔렌은 칼로 물 베기를 하다가 온 기분이라고, 자신은 공연한 헛수고를 했다고 말했다. 그런 경험을 더는 하고 싶지 않다고, 궁전인지 어딘지에 다시 가는 일은 없을 거라고 했다. 그러니 이 문제는 더 이야기하지 말라고 못을 박았다.

전화선 저편에서 레오나르는 차분히 듣고 있었다. 그는 솔렌의 실망감을 이해했다. 그 자신도 처음 자원봉사로 어느 구청에서 대필 작가 일을 시작했을 때 동일한 좌절감을 맛본 적이 있다고 했다. 그러니 솔렌도 너무 빨리 포기해서는 안 된다고 말했다. "여성 궁전 거주자들은 배타적이고 경계심이 많아요. 그럴수록 도전해 볼 가치가 있잖아요! 그들의 신뢰를 얻어야 해요. 마음을 열도록 해야죠. 시간이 걸리겠지만, 당신은 분명 해낼 수 있을 거예요." 그는 솔렌에게 한 번만 더 가 보는 게 어떻겠냐고 물었다. 여성 궁전에 한 번 더 기회를 주라는 부탁이었다.

레오나르의 이야기는 솔렌에게 위로가 되지 않았다. 오히려 짜증을 부채질했다. 솔렌은 대답했다. 여성 궁전으로 다시 가서 그곳 거주자들 앞에 무릎을 꿇을 생각은 없다고, 자신은 그런 식으로 행동하는 방법을 모른다고, 유감이지만 이번 일은 자신의 착각이었다고 말했다. 자신은 너그러운 사람이 아니며, 이것으로 대필 작가 일은 끝이라고 잘라 말했다.

그리고 나서 솔렌은 전화를 끊었다. 어떻게든 솔렌을 설득하려고 애쓸 게 뻔한 레오나르의 말을 더는 듣고 싶지 않았다. 레오나르의 낙천성은 솔렌의 화를 돋우기만 할 뿐이었다. 어떤 시련에도 굴하지 않겠다는 식의 열정, 모든 게 잘될 거라는 사고방식이라니, 얼마나 순진한가!

'천만에, 모든 게 잘 된다는 법은 없어. 세상일이 순리대로 풀릴 거라는 건 그저 희망 사항일 뿐이지. 여성 궁전의 그 사람들은 가진 게 없는 사람들이야. 돈, 정붙일 가족과 친구, 사회 내의 연줄, 학력, 어느 것 하나 갖지 못한 그들에 비하면 나는 다 가진 사람에 속해. 고급 아파트에 살고 잔고가 두둑한 통장 세 개가 있어. 하지만 나는 생의 어느 때보다 불행하잖아. 솔직히 말해 아침에 자리에서 몸을 일으킬 의욕도 없어. 그러니 아냐, 정말로, 모든 게 잘 될 거라는 말은 헛소리

야. 세상일은 그야말로 거지 같아. 그게 진실이야.'

솔렌은 레오나르가 아무리 간곡하게 부탁해도 외면할 작정이었다. 지금까지 솔렌의 삶은 타인의 기대에 맞추려는 노력으로 채워졌다. 부모를 만족시키려고 변호사가 되었고 그 직업이 최선이라고 믿었다. 결혼도 아이도 필요 없다는 제레미의 의견에 맞장구치면서 그 방식이 자신에게도 맞는다고 믿었다. 솔렌 자신이 정말로 뭘 바라는지에 대해서는 생각조차 해보지 않았다. '하지만 이젠 내가 원하는 일을 하고 싶어.' 솔렌은 속으로 중얼거렸다. '마음 내키지 않는 것에 힘을 낭비하기는 싫어. 아무튼 이젠 아니라고 말하는 법을 배워야 해.'

'내가 원하는 일, 그래, 그런 일을 해야 해. 그런데 그게 뭘까?' 마흔 살이나 되었지만 솔렌은 스스로를 잘 안다고 말할 자신이 없었다. 담당 정신과 의사를 다시 찾아가 진료를 받아봐야겠다는 생각이 들었다. 먼젓번에 의사가 조언해 준 방법대로 봉사 활동을 해 보려 했지만 자신에게는 맞지 않았다고 이야기하고 다른 처방을 받아 와야 한다. 약도 효과가 더 강한 것으로 달라고 할 생각이었다.

클리닉에 전화해 의사의 일정을 확인한 후 외투를 걸쳐 입었다. 무심결에 호주머니에 손을 찔러 넣자 손끝에 뭔가 잡혔다. 밖으로 꺼내 보았다. 티슈에 돌돌 말아 놓은 젤리 반쪽, 여자아이가 한입 베어 먹고 솔렌에게 내민 그 젤리였다.

'이걸 그냥 넣어 뒀네. 버려야지.'

그렇지만 이번에도 차마 그럴 수는 없었다. 그 아이의 눈빛이 기억났다. 아이가 젤리를 내밀던 순간 설명할 수 없는 어떤 것이 솔렌을 쳤다. 그래서 잇자국 난 젤리를 받아 들었을 때 가슴 언저리가 통증으로 얼얼했던 기억도 났다. 솔렌은 주방으로 가서 선반을 뒤졌다. 잼을 담았던 빈 병을 찾아내 젤리 반쪽을 넣었다. '그 아이는 그곳에서 어떻게 지내는 걸까?' 솔렌은 아이의 생활이 궁금해졌다. '학대받은 여성들을 위한 쉼터라는 그곳에서 외부와 단절되어 산다는 건 어떤 모습일까?' 아이가 어느 나라에서 왔는지, 무슨 일을 겪었는지, 여성 궁전으로 피신해 올 정도로 위기에 몰렸던 사연은 무엇일지, 언제부터 그곳에서 지낸 건지, 모든 게 궁금했다.

조금 전 통화 중에 레오나르가 한 말이 떠올랐다. 그는 솔렌에게 여성 궁전에 한 번만 더 가 달라고 간청했고, 결국 솔렌의 짜증을 뒤집어쓰고 말았다. 통화할 때 격앙되었던 기분은 이제 가라앉았다. 아이에 대한 궁금함만 남아 있었다. 그 아이의 생활을 알고 싶었다. '그래, 한 번만 더 도전해 보지 뭐…….' 다음 목요일에도 달리 할 일은 없었다. '반쪽짜리 젤리지만 어쨌거나 받았으면 한 번 더 가는 게 맞아. 받은 값은 치러야 하잖아.' 솔렌은 레오나르에게 문자 메시지를 보냈다. 여성 궁전에 한 번만 더 가 보겠다는 내용이었다.

　다음 주, 솔렌이 여성 궁전의 휴게실로 들어섰을 때 지난번과 마찬가지로 아프리카 대륙 출신 여자들이 모여 앉아 있었다. 자리도 지난번과 같았고, 차를 마시는 것도 같았고, 솔렌을 냉랭한 눈길로 훑어보는 것도 같았다. 솔렌은 망설여졌다. 잠시 머뭇거리다가 마음을 다잡고 그들에게 다가가 인사를 건넸다. 되도록 신뢰감을 주려고 목소리에 신경을 썼다. 대필 작가로서 일주일에 한 번 이곳에서 일하게 되었다고 자신을 소개하고, 편지를 쓰거나 우편물 주소를 적어 넣을 때 도움이 필요하면 찾아 달라고, 기꺼이 돕겠다고 말했다.

　여자들은 아무런 반응도 보이지 않았다. 솔렌은 그들이 자신의 말을 알아듣지 못하는 게 아닐까 의심쩍었다. 솔렌이 모르는 언어로 자기들끼리 몇 마디 주고받고 나서 여자들은 솔렌을 향해 머리를 한번 까딱해 보였다. 그게 끝이었다. 그러고는 아무 일도 없었다는 듯이 그들끼리의 수다로 되돌아갔다.

솔렌은 이제 옆에 비켜서서 두 팔을 건들거리는 것밖에는 할 일이 없었다. 그래도 해내긴 했다. 마침내 자신을 소개한 것이다. 다음 과제는 다시 자리를 잡는 일이었다. 지난번처럼 구석에 처박혀 있어서는 안 되겠다는 생각이 들었다. 눈에 잘 띄는 위치에 앉아야 했다. 그래서 대필 작가가 여기 있다는 걸 모두가 알게 만들어야 했다. 레오나르도 이미 말한 적이 있었다. "자리가 중요해요. 목 좋은 데를 찾아 봐요. 대필 작가는 광고가 잘 되는 데 있어야 해요." 자리의 중요성에 대한 이야기는 로펌에서도 자주 들었다. 재판정에 나가 변론할 때 말에 설득력을 실으려면 의뢰인을 마주 보는 쪽으로 자리 잡아야 한다는 것도 배웠다. 하지만 이곳 여성 궁전에서는 변호사로서의 경험이 별로 쓸모가 없었다. 같은 '궁전'이라도 정의 궁전(palais de justice, 법원) 규칙은 이곳에서 통하지 않았다. 그러니 여기서는 새로운 방식을 개발해야 했다.

휴게실 한복판 빈 테이블로 갔다. 시야가 훤히 트인 쪽으로 자리 잡고 앉으면서 솔렌은 건너편에 앉아 뜨개질하는 여자의 가냘픈 체구를 알아보았다. 그는 이번에도 화분 뒤에 몸을 숨기듯이 앉아 있었다. 뜨개바늘을 잡은 손가락이 분주하게 움직였다. 새로운 스웨터를 뜨고 있었다. 유아용 같았다.

솔렌은 망설이다가 몸을 일으켜 여자에게 다가갔다. 여자는 솔렌이 옆에 왔는데도 눈을 들어 쳐다보지도 않았다. 얼굴이 너무나 고요해서, 너무나 무표정해서 인간이 아닌 것 같은 착각이 들 정도였다. '그리 친절하지는 않으시네.' 솔렌은 속으로 중얼거렸다. 저쪽에 앉은 여자들에게 방금 전 말을 붙이려다가 실패한 참이었다. 이런 식으로 무시당하는 굴욕을 한 번더 보탤 필요가 있을까?

솔렌은 말을 붙여 보려는 시도를 접고 자리로 돌아왔다. 그때 홀 저쪽 편에서 아까 그 여자들 가운데 하나가 몸을 일으키더니 솔렌에게로 왔다. 그는 솔렌 앞에 버티고 서서 주머니에서 뭔가를 꺼냈다. 마트 영수증이었다. 그런 다음 유창한 프랑스어로 이야기하기 시작했다. 자신은 근처 마트에서 매일 장을 보는데, 전날 계산원이 물건 가격을 착각해 2유로를 더 청구했다고 말했다. 할인 행사 중인 요구르트를 정가로 계산했다는 것이다. 계산대에 줄을 선 사람이 많아서인지 그 계산원은 환불을 거부했다. 그러니 마트 관리자에게 항의하는 편지를 자기 대신 써 달라고 말했다.

솔렌은 맞은편 여자가 자신을 놀리려는 게 아닐까 잠시 생각했다. 이 여자와 저기 모여 앉은 동료들이 작당해서 자신을 시험하는 것일지도 몰랐다. '나에게 일종의 신고식을 치르게 할 심산일까? 고작 2유로를 돌려받기 위해 편지를 써 달라니……. 그 돈을 돌려받아 봤자 우편 요금과 봉투 값을 빼면 남는 게 없는데.'

여자의 요청을 거절하려는 찰나 그가 솔렌의 마음을 읽기라도 했는지 말을 덧붙였다. "내 앞으로 한 달에 550유로가 나와요. 그걸로 이곳의 원룸 임대료를 내고 공과금 고지서며 청구서들을 메우다 보면 식비가 빠듯해요." 솔렌은 멈칫했다. 그는 솔렌을 놀리려고 나선 게 아니었다. RSA(장기 비소득자 정부지원금)의 실상을 이야기했을 뿐이다. 솔렌은 한 대 얻어맞은 느낌이었다. 지금까지 추상적 기호로만 여겨졌던 RSA가 별안간 구체적인 형상을 하고 눈앞에 들이닥쳤다. 솔렌은 이런 상황과 마주하게 될 거라고는 예상도 못했다. 부끄러움이 울컥 밀려왔다. 이 사람이 자신을 시험하려 드는 거라고 오해한 옹졸함이 부끄러웠다. 지금 솔렌이 마주친 것이 바로 미디어들이 사용하는 '취약성'이라는 말의 진짜 얼굴이었다. 신문 지면에서도 TV 화면에서도 볼 수 없던 그 얼굴, 지갑 속 1유로짜리 지폐 두 장 모습을 한 맨 얼굴이 솔렌의 코앞에 와 있었다.

솔렌은 아무 말 없이 영수증을 건네받았다. 편지를 써 주겠다는 무언의 대답이었다. 가방에서 노트북을 꺼내 자판을 두

드리기 시작했다.

　그날 밤 집으로 돌아오면서 솔렌은 여성 궁전 휴게실에 앉아 마트 관리사에게 보낼 편지를 쓰던 순간을 돌이켜 보았다. 그때 자신을 사로잡았던 감정은 분명 어떤 분노였다. 그 계산원은 바빴고, 그래서 잘못 계산된 금액을 확인해 주지 않았다. 더 정확하게는 잘못 입력된 상품 가격을 정정해 줄 여유가 없었다. 다시 생각해 보면 계산원이 전적으로 비난받아야 할 일은 아니었다. 그 또한 최저 임금을 받으며 취약한 조건에서 일하는 것일지도 몰랐다. 그는 계산대에 늘어선 긴 줄에 쫓겼을 것이고, 잠시 손을 멈출 경우 가중될 노동량을 생각했을 것이다. 2유로 정도야 그럴 수도 있는 일 아닌가. 여성 궁전의 그 여자는 그날 운수가 조금 나빴을 뿐이다.

　이해가 되는 상황임에도 솔렌을 엄습한 그 강렬한 감정은 어디서 온 것일까? 자신이 그런 심리 상태가 된 게 금방 이해되지 않았다. 단지 마트의 부당한 처사에 화가 치민 거라고 말할 수만은 없을 것 같았다. 무엇보다 솔렌 자신을 향해 화가 났으니까. 지금까지 솔렌은 세상이 돌아가는 이면의 일에는 큰 관심을 두지 않았다. 자신의 좁은 삶, 개인적 성취에 매몰되어 배고픈 사람들이 있다는 사실에, 굶어야 할지 배를 채워도 될지가 지갑 속 2유로의 유무로 결정되는 사람들이 바로 가까이 있다는 사실에 둔감했다. 그런 현실을 오늘에야, 여성 궁전에 들어와서야 비로소 또렷이 의식하게 된 자신에게 솔렌은 화가 났다.

지하철에서 내려 어둠이 깔린 밤거리를 걸었다. 빵집 앞까지 오자 늘 있던 자리에 그 여자가 있었다. 처음으로 솔렌은 발걸음을 늦춰 그 앞에 섰다. 지갑에 든 현금을 전부 꺼내 깡통 안에 넣었다.

7장

알랭의 간곡한 만류에도 불구하고 블랑슈는 11월의 차가운 대기 속으로 걸어 나갔다. 뒤에 남은 알랭은 힘없이 한숨을 내쉬었다. 그의 눈길이 장식장 위에 놓인 흑백 사진에 가서 머물렀다. 40여 년 전 어느 봄날 오후에 찍은 사진이었다. 사진 속의 블랑슈와 알뱅은 구세군 제복 차림으로 나란히 서 있었다. 순백의 드레스는 없었다. 레이스 장식도 면사포도 없었다. 블랑슈는 제복을 입고 결혼식을 올리겠다고 했다. 구세군이 군대 조직을 도입한 만큼 군인의 방식을 따라야 한다는 것이었다. 사진 속에서 블랑슈는 꼿꼿한 자세로 서서 정면을 응시했다. 그 시선에 자부심이 묻어났다. 아내의 얼굴을 들여다보다가 알맹은 변한 게 없다는 생각을 했다. 세월이 흘렀고 육신에는 질병이 스며들었지만 블랑슈의 강인한 기질은 조금도 무뎌지지 않았다. '나의 블랑슈'는 처음 만났을 때 그의 가슴을 들뜨게 했던 끝없는 에너지를 고스란히 간직하고 있었다.

구세군에 들어가자마자 '리틀 가십걸'은 모든 면에서 단연 두드러졌다. 그의 열정, 결단력, 창의성 넘치는 활동에 모두가 감탄했다. 가난한 이들을 돕기 위해서라면 블랑슈는 그 어떤 난관이 있어도 물러서는 법이 없었다. 구세군 신문의 기자로서 글을 쓰면서 거리 성가대이자 설교사 역할을 해냈다. 광고판을 앞뒤로 붙이고 거리를 순회하며 구세군 신문을 팔았고, 얼마 후에는 이 신문의 편집인이 되었다. 행인이 많은 대로에서 기타를 치고 탬버린을 두드렸다. 수없이 거리 사역에 나서서 극빈자 구호를 위한 현물 기부를 호소했다. 내복, 겉옷, 식료품, 신발……. "모든 게 부족합니다. 시급히 필요한 것들입니다!" 블랑슈는 모임을 찾아다니며 지원을 청했다. 군중 앞에 나서서 연설했고 거리 행인을 붙잡고 호소했다. 식당이나 카페에 들어가 실내를 한 바퀴 도는 일도 주저하지 않았다.

몇 년 전 글래스고에서 블랑슈의 열정에 불을 붙이고 구세군으로 이끌었던 총사령관 캐서린이 새로운 제안을 해 왔다. 자신의 친위대로 들어오라는 제안이었다. 블랑슈는 캐서린의 부관이자 비서가 되었다. 스물한 살이 되던 날 참모부 정위로 진급한 블랑슈는 이제부터 캐서린을 보좌해 어디로 가든 함께 움직이게 되었다. 알뱅과 만나게 된 것도 마침 참모부가 스위스 전선 순회에 나선 덕분이었다.

당시 알뱅 페롱은 제네바 구세군 사관 학교의 생도였다. 어릴 적부터 남다른 소명 의식이 있었던 그는 아주 이른 나이인 열네 살 때 구세군에 헌신했다. 1888년 12월 그날, 알뱅은 사관 학교 동료들과 함께 캐서린의 설교회에 참석했다. 연단 위에 한 젊은 여성 사관이 보였다. 마침 블랑슈는 자기 상관의 설교에 깊이 빠져든 탓에 청중 쪽은 둘러보지 못했다.

알뱅의 눈길은 오로지 그 여성 사관에게 못 박혀 있었다. 아름다운 여자였다. 그의 아름다움은 아주 특별했다. 그것은 자신의 아름다움을 모르는 이의 아름다움이었다. 알뱅은 무대 위 사관의 갈색 머리카락, 가무잡잡한 피부, 할렐루야 모자 아래서 반짝이는 두 눈을 지칠 줄 모르고 바라보았다. 할렐루야 모자는 투박한 모양새 탓에 그동안 사관생도들 사이에서도 우스갯거리가 되어 왔지만, 그날 알뱅의 눈에는 여자의 단아한 얼굴 윤곽을 받쳐 주는 더없이 우아한 모자로 보였다. "저 여자는 누구지?" 알뱅은 질문인지 아닌지 모를 말을 중얼거렸다. "참모부 정위야. 성은 루셀." 옆의 친구가 대답해 주었다.

이름은 블랑슈라고 했다. 알뱅이 평생 '나의 블랑슈'라고 부르게 될 이름이었다.

하지만 '나의 블랑슈'가 될 그는 정작 알뱅에게 눈길 한 번 주지 않았다. 그날 내내 그랬고 그날 이후로도 사정은 달라지지 않았다. 알뱅은 블랑슈가 오가는 길목을 지키며 마주칠 기회를 노렸지만 결과는 그리 성공적이라고 말할 수 없었다. 블랑슈는 자신을 기다리는 청년에게 전혀 관심을 보이지 않았다. 하지만 알뱅도 매력이 넘치는 청년이었다. 키가 훤칠했고, 금빛 머리카락과 깊고 검은 눈이 사람의 마음을 잡아끌었다. 그의 웃음소리는 청명했고 피는 뜨거웠다. 합승 마차 지붕 위 좌석에 버티고 서서 목청 높여 연설하거나, 페니파딩의 큰 바퀴 위에 높이 올라앉아 가파른 경사로를 달려 내려오는 모습은 거침없는 그의 기질 그대로였다. 아주 큰 앞바퀴에 작은 뒷바퀴가 달린 페니파딩 자전거는 열여덟 살 생일 선물로 아버지에게 받은 것이었다.

"포기해." 친구 한 사람이 알뱅에게 말했다. "그 여자는 너한테 어울리지 않아. 소문에는 그 여자가 자기 약혼을 깨 버렸대. 약혼자가 장교였다는데 말이야. 아이도 남편도 필요 없다고 했대. 평생 독신으로 살겠다는 거지."

알뱅은 낙담하기는커녕 마음이 한층 더 달아올랐다. 블랑슈가 구세군 대의에 헌신하겠다 맹세한 사람이라는 것도 좋았다. '더 잘된 일이지. 나 역시도 구세군에 헌신할 테니까.' 마침내 그는 블랑슈에게 직접 마음을 고백할 결심을 했다.

어느 날 저녁 구세군 회합이 끝난 다음이었다. 오로지 블랑슈를 만나겠다는 일념으로 그 자리에 참석해 있던 알뱅은 자리를 떠나는 블랑슈를 뒤따라가 다짜고짜 물었다. "다시 만나려면 어떻게 해야 하죠?" 심장이 터질 듯 뛰었다. 블랑슈는 깜짝 놀라며 다음 날 저녁 자신이 있게 될 장소를 가르쳐 주었다. 알뱅은 귀까지 빨갛게 달아오른 얼굴로 그 자리를 떠났다. 행복해서 소리쳐 노래 부르고 싶었다. 블랑슈가 알려 준 장소가 두 사람만의 만남을 위한 자리가 아니었다는 사실을 알았을 때 그의 실망이 어느 정도였겠는가. 알뱅이 달려간 자리에는 블랑슈의 지인들이 초대받아 모여 있었다.

모임이 끝나고 알뱅은 분한 심정으로 자리를 떠났다. 블랑슈가 거리로 따라 나와서 그를 붙잡았다. 그의 마음을 다치게 할 의도는 없었다고, 자신은 사람의 감정을 가지고 장난치는 사람이 아니라고 해명했다. 알뱅의 마음을 알지만 받아들일 수 없다는 말도 했다. 자신은 삶을 구세군에 바쳤다고, 그 어떤 것도 자신을 구세군에서 떼어 놓지는 못한다고, 한 가정의 어머니가 되고 아내가 되는 일은 자기 생에 없을 거라고, 다시 말해 결코 결혼할 생각이 없다고, 마음속의 결심을 털어놓았다.

알뱅은 상심했지만 블랑슈의 결심을 이해했다. 소명에 충실하려는 그 태도를 존중했다. 그런 알뱅에게 블랑슈는 우정을 약속했다. 사실 약속할 수 있는 것이 우정 외에는 달리 없었다.

"마음 대신 우정을 주겠다고요? 아뇨, 고맙지만 사양할래요." 알뱅은 우정에 관심 없다고 대답했다. "우정이라면 지금도 넘치게 많아요."

블랑슈는 몸을 돌려 걸어가는 알뱅의 등을 바라보았다. 뭔가가 가슴에 통증을 일으켰지만 그럴수록 솔직히 털어놓기는 싫었다. 그에게 있는 어떤 것이 블랑슈를 아프게 했다. '저 훤칠한 체격, 저 미소가 이 통증을 일으키는 걸까?' 알뱅의 거침없는 기질 뒤편에 다정함이 숨어 있다는 걸 블랑슈는 느낌으로 알 수 있었다. '안 돼, 이번 생은 이미 정해졌어.' 블랑슈는 속으로 중얼거렸다. '하지만 내게 만약 또 다른 생이 주어진다면 그때는 지금 같은 결정을 내리지 않을 거야.'

이번 생에는 슬프게도 알뱅을 위해 남겨 둔 자리가 없었다.

블랑슈 역시 몸을 돌려 떠나려는 순간이었다. 앞서 저만치 걸어간 알뱅이 아주 높은 바퀴 위에 올라타려는 모습이 눈에 들어왔다. 블랑슈는 멈칫했다. 저 큰 바퀴를 단 기계 장치에 대해 사람들이 하는 말들을 들은 적이 있었다. 알뱅 쪽으로 달려가며 소리쳤다.

"기다려요!"

알뱅이 놀라서 돌아보았다. 블랑슈가 바싹 다가와 페니파딩을 샅샅이 뜯어보더니 질문을 폭포처럼 쏟아냈다. "이 자전거가 당신 것인가요? 이걸 탈 줄 알아요? 타는 방법을 어디서 배웠어요?" 블랑슈의 눈은 거대한 앞바퀴에 고정되었다. 엄청난 바퀴 크기 때문에 안장까지의 높이가 지상에서 1미터 50센티미터 정도는 되어 보였다. "안장에 올라앉기가 쉬운 일이 아니겠군요."

"조금만 연습하면 그리 힘들이지 않고 올라탈 수 있어요." 알뱅이 대답했다. "균형을 잡는 일이 어렵죠. 자칫하면 쓰러지거든요. 타다 보면 곡예를 부리는 기분이 들어요."

블랑슈의 눈 속에 작은 불꽃이 반짝였다. 블랑슈는 대개 걸어 다녔다. 이런 자전거가 있다면 이동 시간을 아주 많이 절약할 수 있을 것이다. '그렇다면 더 많은 곳을 다닐 수 있고, 더 많은 일을 할 수 있고……' 시간이야말로 구세군에게 무엇보다 필요한 것이었다.

블랑슈는 망설임 없이 선언했다. 이 자전거 타는 법을 배우겠다고. 알뱅에게 자신의 선생이 되어 달라고 부탁했다. "며칠만 가르쳐 주면 탈 수 있을 거예요." 블랑슈는 장담했다. 자신은 운동을 잘한다고, 여학교 시절에 승마와 스케이트를 배웠고, 보트 시합에도 나갔다면서 알뱅을 설득하려 했다.

'정말 특별한 사람이야.' 알뱅은 감탄했다. 이처럼 결단력 있는 여성을 본 적이 없었다. 그래도 그는 블랑슈의 결정에 반대한다고 자신의 생각을 솔직히 밝혔다. 여자가 이런 종류의 기계에 올라타는 건 보기 좋은 일이 아니라고 말했다. 블랑슈는 웃음을 터트렸다. "보기 좋은 일이 아니라 해도 무슨 상관이죠? 남들의 시선에 신경 썼다면 구세군에 들어오지도 않았을 거예요." 블랑슈는 온실 속 화초가 될 생각은 없다고 말했다. 이것은 캐서린도 늘 하는 말이었다. 자전거를 타는 일이 여성의 건강에 해로울 수도 있다는 주장은 물론 블랑슈도 알고 있었다. 프랑스 체육 교육의 창시자인 필리프 티시에는 자전거가 '불임 기계'일 수도 있다는 주장까지 내놓았다. 그가 출간한 《자전거 타는 사람의 건강법》에 따르면, "상처 입기 쉬운" 존재인 여성은 자전거를 자주 탈 경우 "궤양, 출혈, 염증 및 각종 질환"이 생길 수 있다고 했다.

"상처 입기 쉬운" 존재라니, 천만에, 블랑슈는 아니었다. 사람들이 주장하는 '연약한 여성'상을 자신의 모습으로 받아들이지 않았다. 블랑슈가 보기에 이런 종류의 말을 하는 의도는 단 하나, 여성을 계속해서 열등하고 예속된 존재로 묶어 놓기 위해서였다.

"남자가 이 큰 바퀴를 탈 수 있다면 나도 탈 수 있어요." 블랑슈는 당당하게 말했다. "탈 수 있다는 걸 보여 줄게요."

알뱅은 당황했다. 페니파딩이 얼마나 위험한지는 신문에 사고 기사가 빈번히 실리는 것만 봐도 알 수 있다고, 앞바퀴 크기에 비례해 속도는 빨라지지만 그럴수록 사고도 늘기 마련이라고 말하며 블랑슈를 설득하려 했다. 그는 블랑슈가 얼마나 고집이 센지 아직 몰랐다. 앞으로 평생 그 고집에 질 수밖에 없다는 것도. 어쨌거나 알뱅은 블랑슈를 설득할 말을 더는 찾을 수 없게 되자 결국 청을 받아들였다.

그렇지만 한 가지 문제가 남아 있었다. 치마를 입은 상태로는 자전거 페달을 밟기 불편했다. 바지를 입는 편이 훨씬 좋았지만 여자가 바지를 입는 것은 불법이었다. 프랑스 사회는 여성의 바지 차림새를 비정상으로 간주하고 여성의 바지 착용 자체를 법으로 금지했다. 만약 여성이 부득이하게 바지를 입어야 할 경우에는 경찰에 허락을 받아야 했다.

"법이 무슨 상관이에요!" 블랑슈는 자신이 적당한 옷을 찾아 입겠다고 말했다. "금지법 따위는 꺼지라고 해요!" 두 사람은 다시 만날 시간과 장소를 정했다.

다음 날 블랑슈는 약속 장소로 갔다. 도시 외곽의 한적한 길이었다. 알뱅이 먼저 와서 기다리고 있었다. 지형이 평평해서 자전거를 타기에 안성맞춤이었다. 블랑슈는 승마할 때 입는 튜닉 차림이었다. 알뱅은 즐거우면서도 반은 믿기지 않는 심정으로 블랑슈가 자기에게 다가오는 모습을 바라보았다. 블랑슈가 알뱅에게 인사를 건네면서 할렐루야 모자를 벗어 길 옆 나무 아래 내려놓았다. 혹시라도 모자를 망가뜨리고 싶지 않다고 했다. 그러고는 가까이 다가와 도전하듯이 자전거를 쏘아보았다.

우선 자전거에 올라앉는 게 문제였다. 블랑슈를 도와주기 위해 알뱅이 손을 내밀었다. 그 손을 생애 끝까지 맞잡고 가게 되리라는 건 꿈에도 생각 못한 채 블랑슈도 알뱅의 손을 잡았다. 그 순간 둘 사이에 뭔가가 오갔다. 그저 자전거 타는 법을 가르쳐 주고 배우는 것 이상으로 서로 연결되어 있다는 느낌, 이렇게 해서 하나의 연대가 시작된다는 예감이었다.

큰 바퀴와 작은 바퀴가 함께 돌아가기 시작했다. 블랑슈는 자전거 위에서 기우뚱거리다가 간신히 균형을 잡는가 싶더니 1미터도 나아가지 못하고 넘어지고 말았다. 알뱅이 놀라서 달려갔다. 블랑슈는 벌떡 몸을 일으켜 아무렇지 않은 얼굴로 옷을 툭툭 털었다. 웃옷이 찢어지고 흙바닥에 쓸린 팔의 살갗이 벗겨져 붉게 물들어 있었지만 블랑슈는 개의치 않았다. 다시 자전거에 올라탔다. 한 번, 두 번, 세 번. 올라탈 때마다 넘어졌다. 그러고 다시 일어났다. 풀이 죽는 기색도 없었다. 해내고 싶다는 의지뿐이었다.

그러다가 마침내 해냈다.

알뱅은 블랑슈의 끈기에 감탄했다. 한 시간 넘게 넘어지고 일어나기를 반복한 끝에 블랑슈는 페달을 밟으며 나아갔다. 속도를 높였다. 그러면서 환호성을 터뜨렸다. 승리의 외침이었다.

자전거를 타고 달리면서 블랑슈는 한 번도 경험하지 못했던 어떤 감각에 몸을 내맡겼다. 그것은 끝없는 해방감이었다. 지금처럼 자전거 안장에 몸을 붙이고, 이런 속도로, 앞을 향해 내달리는 일은 오로지 블랑슈의 선택이었다. 이 질주를 통제하고 결과를 책임질 사람도 오로지 블랑슈 자신이었다. 아무 구속 없이, 불어오는 바람을 맞아 머리카락을 한껏 부풀리며 살아가는 일, 그것이 자기 삶을 산다는 말의 의미였다. 높은 바퀴 위에서 바라보는 세상은 완전히 다른 모습이었다. 그날 도시 외곽 외딴 길 위에서 블랑슈의 눈에는 모든 것이 아름다워 보였다. 한편 알뱅은 자신 있게 페달을 밟는 블랑슈를 바라보며 이 특별한 여성과 함께 생을 보내고 싶다는 자신의 열망을 확인했다. 블랑슈의 모든 것이 좋았다. 해내고자 하는 의지, 체면이나 예법에 얽매이지 않는 태도, 사회의 시선을 두려워하지 않는 용기가 좋았다. 블랑슈가 발산하는 활력과 엉뚱한 유쾌함이 좋았다. 블랑슈에 대해 무엇이든 알고 싶었다. 모든 것을 함께 나누고 싶었다.

문득 자전거가 좌우로 흔들리는 게 보였다. 경사로를 올라가는 중이었다. 곧이어 내리막길이 시작됐다. 자전거에 급격히 속도가 붙기 시작했다. 알뱅은 기겁했다. 그의 얼굴에서

핏기가 사라졌다. 블랑슈에게 아직 자전거 제동을 거는 방법을 말해 주지 않은 상태였다. 그는 블랑슈가 탄 자전거를 붙잡으려고 언덕길을 달려 내려갔다. 자전거는 엄청난 속도로 굴러 내려가고 있었다. 자전거 위의 블랑슈가 마침내 브레이크 레버를 찾아냈다. 레버를 힘껏 잡아당겼다. 바퀴에 급격하게 제동이 걸리면서 앞으로 튕겨 나간 블랑슈의 몸이 공중에서 반 바퀴 돌아 등부터 바닥에 떨어졌다.

흙바닥에 내동댕이쳐진 블랑슈의 눈 속으로 햇살이 쏟아져 들어왔다.

그 눈부신 햇살 속에 알뱅의 얼굴이 나타났다. 달려온 알뱅이 파랗게 질린 얼굴로 블랑슈를 들여다봤다. 알뱅이 블랑슈의 삶 속으로 첫걸음을 내딛은 순간이었다. 그리고 그 순간은 햇살과 함께 기억에 새겨졌다.

알뱅은 블랑슈가 크게 다쳤을까 봐 안절부절못했다. 자기 탓이라고 자책했다. 페니파딩이 위험한 줄 알면서도 블랑슈를 말리지 않은 걸 후회했다. 블랑슈는 온몸에 타박상을 입고 옷도 찢어졌지만 뼈가 부러진 곳은 없었다. 몸을 숙여 걱정스럽게 상처를 살피는 알뱅을 향해 블랑슈는 손을 내밀었다. 또렷한 목소리로 말했다. "고마워요. 오늘만큼 자유롭다고 느낀 적은 없었어요."

알뱅은 말문이 막혀 멍하니 쳐다보았다. 그 사이 블랑슈는 몸을 일으켜 할렐루야 모자를 찾아 쓰고 자리를 떠났다. 캐서린의 제네바 체류 일정이 끝나 블랑슈도 다음 날 기차를 타고 파리로 돌아가기로 예정되어 있었다. 두 사람의 이야기는 시작되기도 전에 지금 이 자리, 자전거가 넘어진 길바닥에서 끝날 참이었다. 알뱅은 애가 탔지만 멀어져가는 블랑슈를 붙잡을 방법을 몰랐다. 블랑슈에게 하고 싶은 이야기가 너무나 많았지만 그 순간까지 단 한 마디도 제대로 꺼내지 못했다. 곁에 있고 싶다고. 1년, 10년, 20년, 언제까지나 곁에 있고 싶다고 블랑슈에게 고백하고 싶었다. 삶의 동반자가 되고 싶다고, 결혼과 가정이라는 굴레에 가두려 하지 않겠다고, 블랑슈의 자유, 그 투쟁을 존중하겠다고 약속하고 싶었다. 두 사람이 생을 함께할 수 있다면 멋진 일들을 해낼 수 있을 거라고, 큰 계획들을 이룰 수 있을 거라고 말하고 싶었다. 알뱅은 이제 겨우 열아홉 살이었고 인생에 대해 말할 수 있는 것은 없었지만, 그래도 한 가지, 자신이 블랑슈 곁에 있기를 갈망한다는 사실은 알았다. 지상의 삶이 다할 때까지 이 갈망이 계속되리라는 것도.

블랑슈에게 하고 싶은 말들이 머릿속 가득 소용돌이쳤다.

그 말들은 입 밖으로 나올 기회를 영영 놓칠지도 몰랐다. 블랑슈는 이미 저만큼 멀어져 가고 있었다. 알뱅은 블랑슈를 향해 내달리기 시작했다. 달리면서 다급한 마음에 자신도 모르게 큰 소리로 외쳤다.

"결혼해 줘요!"

블랑슈가 뒤돌아보았다. 놀란 얼굴이었다. 자신이 방금 말을 잘못 들었다고 생각하는 것 같았다. 알뱅은 큰 소리로 한번 더 외쳤다.

"결혼해 줘요!"

알뱅도 자신의 대담함에 스스로 놀랐다.

블랑슈는 알뱅을 뚫어져라 쳐다보았다. 무슨 의미로 그 말을 하는지 금방 이해되지 않는 눈빛이었다. 다만 농담을 하는 것 같지는 않았는지 농담으로 맞받아치지 않았다. 사실 알뱅은 태어나서 이렇게까지 진지해 본 적이 없었다. 블랑슈에게 가까이 다가섰다. 그러고는 마음속의 말을 쏟아 내었다. 블랑슈가 생각하고 말한 대로 구세군의 대의가 무엇보다 우선이라는 데 자신도 동의한다고, 결혼을 블랑슈의 감옥으로 만들지 않겠다고, 결혼은 예속이 아니라 연합이며 블랑슈는 남편에게 복종하고 육아에 묶이는 일 없이 지금처럼 전투에 나서면 된다고, 자신도 옆에서 함께 싸울 거라고 했다. 두 사람은 결혼함으로써 단지 남편과 아내를 넘어 전투 동료, 연합군을 얻게 되는 거라고 블랑슈를 설득했다.

"반지도 흰 장갑도 준비하지 못한 지금 제가 드릴 수 있는 것은 단 한 가지예요." 알뱅은 결혼을 넘어서는 어떤 것, 그저 남녀의 결합이 아닌 삶의 계획으로서의 결혼을 블랑슈에게 약속했다. "우리의 결혼은 대의를 향해 손잡고 함께 올라야 할 언덕길이에요. 우리가 그 길을 선택했으니까요. 물론 무수한 장해를 만나게 되겠지요. 실망하고 좌절하는 경우도 있을 것이고, 때로 다투고 갈등할 수도 있을 거예요. 하지만 그 길에는 또한 승리가 있어요. 저는 그걸 확신해요. 당신은 강한 사람이에요. 그런데 저도 그렇거든요. 당신의 가슴 속에 뜨거운 불이 타오르는 걸 알아요. 혼자보다 둘일 때 더 강해질 수 있어요. 혼자서는 갈 수 없을 힘든 길을 끝까지 나아갈 수 있어요."

알뱅은 이 모든 말을 단 한 번도 멈추지 않고 쏟아 냈다. 블랑슈는 그의 열정에 사로잡혔다. 혼자일 때는 보이지 않았던 것이 그를 통해 훨씬 분명하게 보이는 것 같았다. '이 남자와 나는 닮은꼴이야.' 블랑슈는 생각했다. '우리는 같은 재료로 빚어졌어.' 블랑슈가 바라보고 있는 사람은 바로 블랑슈 자신이었다. 블랑슈는 해질 녘 벌판에서, 외딴 길 위에서, 자신의 또 다른 자아, 영혼의 동기를 마주했다.

그러므로 블랑슈가 결심하는 데는 긴 시간이 필요치 않았다. 사실 더 따져 보고 싶지도 않았다. 자신은 평생 결혼하지 않을 거라고 선언했던 일도, 독신으로 살겠다고 에반젤린과 맹세했던 일도 잊은 채 블랑슈는 입을 열어 짧게 대답했다.

"그래요." 모든 것을 바꿀 한 마디였다.

그래요. 둘이 함께 걸어갈 그 길을 위해.

그래요. 함께 뛰어들 그 전투를 위해.

그래요. 서로의 친구, 동반자, 협력자가 되기 위해.

그래요. 힘을 합해 생이 끝나는 날까지 투쟁하기 위해.

그래요. 또한 내가 원하므로.

자, 갑시다!

블랑슈와 알뱅은 1891년 4월 30일 두 사람이 직접 생각해 낸 방식으로 결혼식을 올렸다. 구세군 동료들이 모였고, 신랑과 신부는 탬버린 소리에 맞춰 입장했다. 전사의 결혼식답게 프랑스 국가 '라 마르세예즈'가 울려 퍼졌다. 두 사람은 그들을 위해 펼쳐 놓은 구세군 깃발 '블러드 앤 파이어(BLOOD AND FIRE)' 아래서 결혼 서약을 했다.

이 서약으로 두 사람은 지상에 남은 생을 함께할 것을 약속했다. 앞으로 42년간의 시간이었다. 그날 알뱅이 블랑슈에게 한 약속은 그대로 지켜졌다. 그들의 결혼 생활은 매 순간 서로의 편이 되어 주는 일이었다.

1925년 11월 저녁, 블랑슈는 어느덧 쉰여덟 살이 되어 있었다. 알뱅은 블랑슈가 쏟아지는 눈을 맞으며 파리의 거리 속으로 걸어 들어가는 뒷모습을 바라보았다. 그 모습 위로 페니파딩의 큰 바퀴 위에 올라앉던 고집 센 젊은 사관의 기억이 겹쳐졌다. 세월이 흘렀지만 여전히 자유롭고 굳센 사람이다. 굽힐 줄 모르는 그 고집은 일종의 재능이자 끝없이 앞으로 나아가게 만든 동력이었다는 생각이 들었다.

질병은 블랑슈를 위협했지만 갈망을 놓게 하지는 못했다. 블랑슈에게는 아직도 실현해야 할 큰 계획들이 있었다.

8장

현대, 파리

열차가 지하철역들을 차례로 지나는 동안 솔렌은 스마트폰 화면에 얼굴을 묻고 있었다. 방금 읽은 르포 기사의 제목은 '여성과 경제적 궁핍'이었다. 얼마 전부터 솔렌은 이런 주제와 연관된 글들을 그냥 지나치지 못했다. 기사가 전하는 한 조사 결과를 요약하면, 여성은 가난의 1차 피해자들로 장기 비소득자 정부지원금 수급자의 대다수가 여성이라고 했다. 여성은 저임금 노동자의 70퍼센트를 차지했다. 또한 푸드뱅크 이용자 절반 이상이 비혼모들로, 이 비혼모 이용자의 숫자는 지속적 증가세를 보여 4년 만에 두 배가 되었으며, 여성 쉼터

입소 신청 역시 폭발적 증가세를 보인다고 했다.

열차가 정차했다. 솔렌은 문득 고개를 들었다가 놀라서 벌떡 일어났다. 샤론역이었다. 당장 내려야 했다. 문이 닫히기 직전 솔렌은 플랫폼을 향해 몸을 날렸다. 지상으로 올라왔다. 마트 앞을 지나면서 지난주 마트 관리자에게 써 보낸 편지가 생각났다. 잘못 계산된 상품 값을 돌려받고자 한 그 여자도 생각났다. 여성 궁전에 들어섰을 때 그는 같은 자리에서 늘 하던 대로 사람들과 차를 마시고 있었다. 솔렌을 본 여자가 몸을 일으켜 다가왔다. "돌려받았어요." 그가 짧게 말했다.

솔렌은 하찮으면서도 대단한 이 성공이 기뻤다. 자신도 모르게 온 얼굴로 활짝 웃고 말았다. 2유로짜리 성공이었다. 이 성공이 예상치 않게도 솔렌에게 온기를 주었다. 가슴 속의 어떤 작은 열원에 불이 켜져서 온몸을 훈훈하게 덥혀 주는 것 같았다. 지금까지 자신이 승리를 따낸 수백만 유로짜리 소송들, 소송 양편 당사자들이 그라운드 위에서 뒤엉켜 드잡이하다가 가로채 가는 럭비공 같았던 그 거액의 돈들이 생각났다. 솔렌의 고객들이 등 뒤에 쌓아 놓은 재산, 로펌이 청구하던 어마어마한 수임료, 샴페인이 넘쳐나던 파티들도 생각났다. 승리를 축하하기 위해 특별한 장소에서 열리던 파티에 솔렌도 종종 초대받아 가서 즐기곤 했다. 거기 가서 할 일이라고는 승리를 즐기는 일뿐이었지만 그 어떤 승리도 솔렌을 진정으로 기쁘게 한 적은 없었다. 승자의 일원이 되어 표면상으로는 기쁨을 과시해도 가슴은 무감각했다. 감동의 외곽을 맴돌면서 즐거움을 연기하다 보면 늘 피로가 몰려왔다. 하지만 이번에 거둔 이 승리는 느낌이 전혀 달랐다. 제자리에 온 느낌이었다. 적절한 순간에 딱 맞는 자리에 왔을 때의 기분이었다.

그 여자는 고맙다는 말을 하지 않았다. 그저 차를 한잔 가득 따라 들고 와 솔렌이 앉은 테이블에 내려놓은 게 전부였다.

달콤하고 뜨거운 차였다. 솔렌은 차를 마시면서 2유로를 돌려받은 일을 속으로 자축했다. 여성 궁전 휴게실 한가운데 앉아 한 모금 한 모금 음미하는 그 차는 지금까지 마셔 본 어떤 샴페인보다 맛있었다.

솔렌은 비로소 문턱을 넘어 여성 궁전 안으로 들어온 기분이었다. 이곳의 문을 열기까지 한 달이 걸렸다는 생각을 했다. 이제는 여기에 자리 잡을 수 있을 것 같았다. 여성 궁전에 거주하는 이들은 경계심이 많으니 먼저 신뢰를 얻어야 한다고 조언하던 레오나르의 말이 옳았다. 이곳 여자들이 솔렌에게 마음을 열게 만들어야 했다. 솔렌은 행동에 나섰다. 우선 대필 작가의 업무 개시를 알리는 홍보문을 작성한 뒤 프린터로 출력해 여성 궁전 로비에 붙였다.

　오늘, 모여 앉아 차를 마시던 여자들이 솔렌을 보자 인사를 건네 왔다. 뜨개질하는 여자는 역시 고개를 들지도 않았다. 눈을 들어 솔렌을 쳐다보았더라면 오히려 놀랐을 것이다. 배낭을 몇 개씩 주렁주렁 메고 다니는 여자가 구석 자리에 일주일 전과 같은 모습으로 웅크려 잠들어 있었다. 솔렌이 새롭게 자리 잡은 테이블에서는 휴게실을 오가는 사람들이 한눈에 들어왔다. 그때 세르비아 여자가 나타났다. 이번에도 쇼핑카트를 끌고 솔렌 쪽으로 오고 있었다. 솔렌은 기겁했다. 또다시 그런 고문을 당하고 싶지 않았다. 광고지를 읽는 일보다는 더 중요한 일을 맡아야 했다. 어쨌거나 솔렌이 생각하기에는 그래야 했다. 얼른 고개를 숙여 노트북 화면 뒤로 숨었다. 뜨개질하는 여자도 매번 화분 뒤에 몸을 숨기지 않는가. 하지만 세르비아 여자가 이미 솔렌을 발견한 뒤였다. 여자는 곧장 다가와서 간단한 인사말도 없이 솔렌 앞의 의자에 털썩 앉았다. 솔렌은 애써 웃는 표정을 지어 보였다. 오늘은 광고지를 읽을 시간이 없을 것 같다고 재빨리 말했다. 사실 이곳에서 자신이 맡은 일은 글을 쓰는 일이라고 설명했다. "네, 저는 대필 작가거든요." 자기 입에서 나온 말이 여전히 낯설게 울리는 바람에 솔렌은 말끝을 힘없이 얼버무렸다. 뭔가 떳떳하지 못한 짓을 저지르는 느낌이었다. 세르비아 여자는 고개를 끄덕이더니 말했다. "글을 써 줄 수 있다면 그것도 좋구만." 여자는 마침 편지를 써야 할 일이 있다고 했다. 엘리자베스에게 써 보낼 편지라고 했다. "그런데 그이 주소를 모르겠네."

'결국 시작이구나.' 솔렌은 허탈해서 속으로 중얼거렸다. '또 의미 없는 중노동을 해야 할 테지…….' 저번에도 이 사람은 대필 작가를 독점하다시피 부렸으면서 고맙다는 말 한마디 없었다. 솔렌은 주어진 시간을 더 유용한 일에 쓰고 싶었다. 하지만 어쨌거나 도움을 요청한 사람이다. 어떻게 거절하겠는가……

"엘리자베스가 가족인가요, 친구인가요?" 솔렌이 물었다. 세르비아 여자는 고개를 저었다. "아니. 그냥 엘리자베스. 엘리자베스 2세. 영국 엘리자베스. 그이의 사인을 받고 싶거든." 그가 말했다. "지금까지 꽤 많은 사인을 모았는데 엘리자베스의 사인은 없어."

솔렌은 어처구니가 없었다. 아무것도 가진 것이 없는, 여성 쉼터에서 사는 이 여자가 갖고 싶은 게 단 하나, 서명한 종잇조각이라니. 원장에게 들은 말로는 쉼터의 거주자들은 대개 험하게 살아왔고 학대받은 경험이 있다고 했다. 전쟁이나 가정 폭력, 매춘으로 인해 삶의 밑바닥으로 추락해 본 적이 있는 사람들이었다. 그런 사람이 원하는 것이 유명인의 사인 한 장이란 말인가?

솔렌은 대답할 말을 금방 찾아내지 못하고 머뭇거렸다. 사인을 부탁하는 편지라니 당황스럽고 막막했다. 상대가 지적 장애가 있어서 이런 요구를 하는 것 같지는 않았다. 이 세르비아 여자는 그저 자신만의 세계, 차례로 닥치는 시련들로부터 도망치기 위해 스스로 만들어 낸 그 세계에 들어앉아 있을 뿐이었다.

솔렌은 편지를 보내 봤자 헛수고라고, 영국 왕은 사인을 보내 주지 않을 거라고 말하고 싶었다. '왕은 궁전 안에 사는 사람이에요. 여성 궁전 같은 곳 말고 진짜 궁전이요. 영국 왕이 태어나 사는 세계는 엄마가 보는 앞에서 포탄이 터져 아이들이 산산조각 나는 세계가 아니에요. 여자들이 병사 열 명에게 윤간을 당한 뒤 매음 조직에 팔려나가는 세계에서는 살아본 적이 없는 사람이라고요. 그러니 엘리자베스 2세는 편지에 답장해 주지 않을 거예요. 당신에게 어떤 불행이 닥쳤는지,

어떻게 이곳까지 오게 되었는지, 무슨 이유로 쇼핑 카트를 끌고 다녀야 하는지에 대해서도 관심 없을 거예요.' 솔렌은 이 모든 말을 그에게 해 주고 싶었다. 자신은 영국 왕에게 편지를 쓰지 않겠다고 잘라 말하고 싶었다.

하지만 어쨌거나 굳이 거절할 이유는 없지 않은가? 영국 왕에게 편지 한 통 쓰는 일이 광고 전단지와 홍보 책자들을 두 시간 가까이 읽는 일보다야 낫지 않겠는가? 솔렌은 노트북을 켜서 워드 프로그램을 열었다.

"내 이름으로 보내야 해." 여자가 말했다. "크베타나, C로 시작하는 크."

편지 첫머리를 어떻게 시작해야 좋을지 막막했다. '친애하는 엘리자베스님께……. 너무 편한 말투인가? 그러면 존경하는 폐하, 이렇게 써야 하나?' 솔렌은 극존칭을 사용하는 데 익숙하지 않았다. 변호사로 일해 온 지난 15년 동안 경청과 완곡어법을 익힐 기회는 있었지만 극히 정중한 표현까지 동원하는 경우는 그리 많지 않았다. 왕실 의전이나 궁정 예법은 더더욱 몰랐다. '이럴 줄 알았으면 왕실 인물들이 등장하는 방송을 챙겨 봤을 텐데.' 솔렌은 속으로 중얼거리면서 인터넷을 검색했다. '폐하께 삼가 아뢰오니'라든가 '충실한 종복의 무한한 경의를 담아' 같은 문장들이 예시되어 있었다. '충실한 종복이라니, 버킹검 궁전식의 발상인지는 몰라도 여성 궁전에는 그리 어울리지 않아.' 결국 과장된 표현은 치워 버리고 절제된 문장을 택하기로 했다.

솔렌은 완성한 편지를 크베타나에게 들리도록 소리 내어 읽기 시작했다. 크베타나가 고개를 저었다. "안 돼. 영어가 아니잖수."

당황한 솔렌은 편지를 읽던 소리를 다시 목구멍으로 삼켰다. 그의 지적은 옳았다. 영국 왕에게 보내는 편지는 영어로 써야 했다.

그 순간 한 젊은 여자가 빠른 걸음으로 휴게실로 들어왔다. 서른 살가량 된, 언젠가 한번 본 적이 있는 얼굴이었다. 솔렌이 여성 궁전을 처음 방문했던 날, 그 여자는 원장을 쫓아와 불만을 쏟아냈다. 그는 오늘도 화가 난 것 같았다. 모여 앉아 차를 마시는 여자들에게로 달려가더니 다짜고짜 소리를 질렀다.

"정말 열 받게 만드네. 이봐요, 깜씨 아줌마들! 3층 주방 플레이트는 댁들이 아예 세냈어? 온종일 냄비를 올려놓으면 다른 사람은 언제 쓰라는 거야? 여기가 자기네 집인 줄 알아?

아줌마들이 자정까지 떠들어대는 소리를 듣는 것도 아주 지긋지긋해. 그 시간에 자는 사람도 있다는 걸 알아야지. 아무리 말을 해도 안 들어먹어. 귓구멍들이 다 막혔나? 그리고 복도에서 쇼핑 카트 좀 끌고 다니지 말라고. 끌고 다니다가 한 번만 더 걸리면 내가 쇼핑 카트를 훔쳐다가 이베이에 팔아버릴 테니까. 몇 푼이야 쳐주겠지!"

뜨개바늘을 분주히 놀리던 여자가 잠시 눈을 들어 소리 나는 쪽을 쳐다보았다. 여전히 무심한 얼굴이었다. 반면에 구석에 배낭들로 바리케이드를 쌓고 잠들었던 여자는 소스라쳐 잠을 깬 얼굴로 벌떡 일어나 앉았다.

"조용히 해." 잠을 깬 여자가 짜증을 냈다.

젊은 여자는 즉각 맞받아쳤다. "왜 여기서 잠을 자느라고 난리야? 여긴 공동 구역이라고. 방도 침대도 있는데 왜 여기 내려와서 자냐고. 벤치 위에서 자고 싶으면 다시 길바닥으로 나가면 될 거 아냐. 그러면 정말 잠잘 데가 필요한 사람한테 방을 내줄 수 있잖아!"

배낭을 끌어안은 여자가 발끈했다. "네가 길바닥 생활에 대해 뭘 안다고 그래? 길에서 뒹굴어 본 적도 없으면서!" 여자가 악을 쓰듯 소리를 질렀다. "길바닥 구경도 못한 네 엉덩짝이나 잘 간수해. 온갖 군데 뭉개고 다닌 내 엉덩짝에 너 따위가 맞장 뜨려고? 어디 한번 대 봐? 너는 강간을 몇 번 당해 봤어?" 거의 비명에 가까운 목소리였다. 차를 마시던 여자들도 덩달아 역성을 들고 나섰다. 모두 목소리가 높아졌다. 누군가가 젊은 여자의 머리채를 잡아 채는가 싶더니 순식간에 난투극이 벌어졌다.

솔렌은 손을 노트북 자판 위에 올려놓은 채 눈앞에서 벌어지는 장면에 얼이 나갔다. 맞은 편에 앉아 있던 크베타나가 어깨를 으쓱해 보였다. 이런 장면에 익숙한 것 같았다. "처음에 화를 내면서 들어온 저 여자는 생티아인데, 온종일 화를 내는 게 일이라우."

안내 데스크 직원이 달려와 싸움을 말렸다. 직원은 생티아에게 계속 이런 식으로 행동한다면 더 큰 징계를 받을 수 있다고 경고했다. 이미 한 달간 방문객 금지라는 징계를 받은 상태가 아니냐고 하면서. 생티아는 주위에 둘러선 '깜씨 아줌마들'에게 욕을 한마디 더 퍼붓고 배낭 바리케이드 뒤편의 여자를 향해서도 마지막 욕설을 날린 뒤 몸을 돌려 멀어져 갔다.

휴게실은 다시 조용해졌다. 솔렌은 영어로 편지를 쓰기 시작했다. 마지막 문장을 끝내고 눈을 들었다. 크베타나가 보이지 않았다. 편지가 완성되기를 기다릴 마음은 없었는지 쇼핑 카트까지 끌고 가 버렸다. 솔렌은 방금 완성한 영문 편지를 물끄러미 바라보았다. 편지를 어떻게 해야 좋을지 난감했다. 요청한 사람이 원하지 않는다면 그냥 버려야 할까? 우편으로 보낼까? 다음번에 크베타나를 만날 때까지 가지고 있어 볼까?

생티아가 한바탕 휩쓸고 간 뒤로 휴게실에는 냉랭한 분위기가 감돌았다. 뜨개질하는 여자는 어느새 도구와 실뭉치를 챙겨 자리를 뜨고 없었다. 배낭 바리케이드 여자도 보이지 않았다. 차를 마시던 여자들도 잠시 후에 모두 자리에서 일어났다. 솔렌도 돌아갈 시간이었다. 편지를 가방에 넣고 외투를 입었다. 그때 여자아이가 나타났다. 저번에 만난 적이 있는 그 아이였다. 이번에는 곰돌이 젤리를 먹으면서 엄마 뒤를 따라가고 있었다. 솔렌 앞을 지나가다가 앞서 그랬던 것처럼 솔렌 쪽으로 왔다. 곰돌이 젤리 한 알을 작은 봉지에서 꺼내 솔렌에게 내밀었다. 솔렌은 곰돌이를 받아들고 아이에게 말을 붙여 보려고 했다. "이름이 뭐니?" 아이는 대답하지 않았다. 그대로 엘리베이터 쪽으로 달아나 모습을 감췄다.

이런 일들을 어떻게 받아들여야 할까? 솔렌은 답을 얻을 수 없는 문제에 가로막힌 기분이었다. 이곳 여성 궁전의 무엇인가를 놓치고 있다는 생각이 들었다. 이곳에서 거주하는 여자들과 한 공간에 있긴 했어도 그들과의 진짜 만남은 이루어지지 않았다. 솔렌은 그들의 마음과 행동을 열 암호를 몰랐고, 그들에게 다가갈 방법이 적힌 안내서도 구할 수 없었다. 그렇지만 어떤 느낌은 있었다. 속도는 느리지만 그래도 자신이 이곳에 자리 잡아 가는 중이라는 느낌이 들었다.

'레오나르의 말이 맞아.' 여성 궁전의 문을 나서면서 솔렌은 생각했다. '시간이 걸릴 거야.'

9장

오늘 아침, 그 일이 닥쳤다. 지난 몇 년간 두려워해 온 일이었다. 언젠가는 닥칠 일이라는 걸 솔렌은 모르지 않았다. 결국은 그와 마주치게 되리라고 생각했다. 솔렌과 제레미 두 사람 모두와 알고 지내는 친구들이 그의 소식을 귀띔해 준 다음부터였다. 제레미가 솔렌의 동네로 이사 왔다는 소식이었다.

'제레미, 내 사랑.' 솔렌은 혼잣말로 그의 이름을 불러보곤 했다. '그를 어떻게 잊을 수 있겠어.'

오늘 아침 일찍 솔렌은 엘리자베스 2세에게 보낼 편지를 들고 집을 나섰다. 우표를 사서 붙여야 했다. 곰곰이 생각한 끝에 내린 결정이었다. 편지는 부칠 만한 가치가 있었다. 어쨌거나 솔렌이 써서 영어로 번역까지 한 편지였다. 게다가 그 세르비아 여자도 꿈을 꿀 권리가 있다는 생각이 들었다. 삶은 그에게서 모든 것을 빼앗아 버렸지만 그 꿈만은 남겨 놓았다. 왕실 인사의 사인을 모으는 꿈이 그에게는 희망을 품을 권리였다. 고통에서 달아날 권리였다. 그런 게 쓸데없는 짓이라고 솔렌이 무슨 근거로 판정을 내리겠는가? 금박 포장지로 잠시나마 고통을 덮어 놓는 일, 버킹검이라는 약간의 진통제를 쓰라린 삶에 뿌려 주는 일이 절박하게 필요한 사람도 있다. 그렇지 않은 사람들도 커피가 쓰면 설탕을 조금 타지 않는가? 설탕이 들어간다고 쓴맛이 사라지지는 않지만 마시는 일이 조금 더 쉬워지기는 한다.

솔렌은 봉투에 주소를 써넣었다. 한편으로는 어처구니없는 일을 하는 자신에 대해 슬며시 웃음이 났다. '영국, 런던, 버킹검 궁전, 엘리자베스 2세 귀하.' 봉투 뒷장 보내는 사람 주소에는 '여성 궁전'을 적어 넣었다. 문득 크베타나의 성을 모른다는 데 생각이 미쳤다. 솔렌 자신의 성을 적었다. 기적이 일어나 답장을 받을 수 있다면 우편물 담당 직원이 솔렌에게 전해 줄 것이다.

'지방 및 해외'로 표시된 우편함에 편지를 밀어 넣으면서 급기야 웃음이 터져 나왔다.

'고작 이런 일을 하려고 지금까지 그렇게 노력했구나.'

솔렌은 그 자리에 서서 소리 내어 웃었다. 법학부에 진학해 긴 공부 끝에 변호사 시험을 통과하고, 로펌에 들어가서는 오로지 일만 하며 지냈다. 그런데 그렇게 해서 얻은 것이 고작 번아웃 증후군이고, 치료 처방에 따라 지금 이 편지를 부치고 있다. 아이러니가 없으면 그것이 인생이겠는가.

'뿌린 대로 거둔다는 말은 사기야.'

우편함에서 몸을 돌려 떠나려는 순간 길 건너편에 있는 그가 눈에 들어왔다. 제레미. 젊은 여자와 두 살가량으로 보이는 아이가 함께 있었다. 솔렌은 몸이 딱 굳어 버렸다. 가슴이 두방망이질하고 손이 바들바들 떨렸다. 꼼짝도 못하고 그 자리에 못 박힌 듯 서 있었다. 한밤중 외딴 도로 위에서 자동차 헤드라이트에 붙잡힌 사슴 꼴이었다.

제레미는 솔렌을 보지 못했다. 마침 몸을 굽혀 바닥에서 뭔가를 주워 드는 참이었다. 그의 아이가 떨어뜨린 쪽쪽이였다. 솔렌은 아이를 물끄러미 바라보았다. 아빠 판박이였다.

생김새가 빼다 박은 것 같았다. 제레미의 신선하고 빛나는 또 다른 버전, 생기와 건강으로 뭉친, 꼭 끌어안고 뽀뽀를 퍼붓고 싶은 버전이었다.

제레미는 아이를 원하지 않는다고 했다. 결혼도 필요치 않다고 했다. 솔렌에게는 그렇게 말했다. 제레미의 그런 선택을 솔렌도 내심 반가워하며 받아들였다. 두 사람은 각자 따로 살았고, 만나서 행복한 시간을 보냈다. 함께 런던, 뉴욕, 베를린으로 여행을 떠나고, 현대 미술 전시회마다 찾아다니고, 고급 레스토랑에서 식사했다. 솔렌은 이런 삶이 잘 맞았다. 적어도 그렇다고 믿었다.

타인의 행복이란 잔인한 것이다. 그것은 맨얼굴 앞에 가차 없이 거울을 들이댄다. 솔렌은 자신이 혼자라는 사실과 정면으로 맞닥뜨려야 했다.

제레미가 원하지 않는다고 말하던 저 아이, 그는 저 아이를 다른 여자에게서 얻었다. 이것이 진실이다. 두 살배기 저 아이는 단지 그가 마음을 바꾸었다는 의미 이상이었다. 저 아이는 말하자면 '배반'을 의미했다. 지금 이 순간 솔렌은 속은 기분이었다. 자신이 임신한 적 없는 아이를, 그런 종류의 모든 것을 품에서 빼앗긴 느낌이 들었다. 그런 것이 제레미의 꿈일 수도 있다는 사실을 인정하지 않으려 한 사람은 정작 자신이면서도 지금 솔렌은 자기 것을 빼앗겼다는 느낌을 떨칠 수 없었다. 솔렌은 사랑받고 싶었다. 사랑받기 위해 타인의 기대에 부응하려 했다. 자신의 욕망을 부정하면서까지 타인의 욕망에 자신을 맞추어 왔다. 그러다가 도중에 길을 잃었다. 그렇게 지나온 삶이 지금 이 거리에서, 제레미 앞에서, 빨리 감기를 하는 영화처럼 솔렌의 눈앞으로 지나갔다. 솔렌은 중얼거렸다. "아니, 저 여자가 나였어야 해. 내가 지금 제레미와 나란히 걸으면서 아이가 쪽쪽이를 떨어뜨리면 주워들어야 했어. 아이에게 '지지야.'라고 말하고, '까까 줄까?'라고 말하는 사람이 나였어야 해. 지금처럼 손을 뻗어 제레미의 헝클어진 머리카락을 손가락으로 빗어 주는 사람은 나였어야 해."

상처는 여전했다. 솔렌은 이 상처가 대충 아물었다고, 소송에서 이기고 로펌에서 승진하면서 그럭저럭 봉합되었다고 믿었다. 착각이었다. 성공이라는 항생 연고, 승진이라는 고약은 아무 효과가 없었다. 상처는 여전히 생생하게 벌어져 있었다.

시간이 흐르면 모든 게 잊힌다지만, 이 상처는 아니었다. 이것은 아직 치르지 못한 상(喪)이었다. 제레미는 잊지도 못하고 체념도 못한 솔렌의 상처였다.

집으로 돌아왔다. 자신의 몸도 자신의 집도 얼음장처럼 느껴졌다. 제레미의 집은 어떤 모습일까 상상했다. 아마도 유쾌한 무질서로 가득 차 있을 것이다. 방바닥 가득 장난감이 널려 있고 아이가 칭얼거리고 젖병이 있고 디딜 때마다 비스킷 조각이 발바닥에 밟힐 것이다. 솔렌은 소리 내어 울고 싶었다. 이대로 어느 구석에 처박혀 종일 울 수도 있었다. 곧장 침대로 가서 이불을 뒤집어쓸 생각을 했다.

다행히 오늘은 목요일이다. 여성 궁전에 출근하는 날. 대필 작가 일은 솔렌을 이 상황에서 구해줄 것이다. 업무 시간은 아직 멀었지만 상관없다. 미리 가 있으면 안 된다는 규정은 없다. 이불 속에 웅크리고 누워 망친 인생을 되돌아보기보다는 그편이 훨씬 나으리라.

서둘러 아파트를 나섰다. 말하자면 도망쳐 나왔다. 빵집을 지나가면서 구걸하는 여자 앞에 놓인 깡통에 동전을 던져 넣었다. 지하철역 계단을 뛰어 내려갔다. 아무 생각도 하고 싶지 않았다. 예전에 변론을 쓰면서 모든 걸 잊었듯이, 다른 사람들의 편지를 써 주면서 자신의 상황을 잊고 싶었다. 임시방편이라는 걸 모르지 않았다. 하지만 일에 매달리는 것 말고는 달리 방법이 없었다.

지하철에서 내려 거리로 올라왔다. 여성 궁전을 향해 발을 옮기다가 문득 걸음을 늦추었다. 조금 떨어진 보도에 뜨개질 하는 여자의 모습이 보였다. 앞에 보자기를 펼쳐 손뜨개 소품들을 늘어놓고 앉아 있었다. 어른 스웨터, 아이 스웨터, 아기 덧신, 유아용 카디건, 장갑, 머플러, 빵모자들이었다. 솔렌은 잠시 망설이다가 여자 쪽으로 다가갔다. 궁금한 마음이 컸다. 마침 길을 가던 커플 한 쌍이 소품들을 들여다보는 중이었다. 물건마다 손수 쓴 가격표가 놓여 있었다. 보잘것없는 금액이었다. 가격표치레만 하겠다는 듯 조촐하게 붙여 놓은 숫자들이었다. 덧신은 10유로, 조끼는 20유로. 수예품 하나하나가 공들여 만든 물건이라는 사실은 한 번만 훑어봐도 알 수 있었다. 솜씨도 뛰어난 데다 정성이 담긴 물건들이었다. '이 정도의 손뜨개 소품을 백화점에서 사려면 값이 엄청날 텐데.' 솔렌은 자신도 모르게 가격을 생각했다. '분명 저 가격의 다섯 배에서 열 배까지도 줘야 할걸. 저 스웨터는 예술 작품이야.' 솔렌은 뜨개질하는 여자를 건너다보며 감탄했다. '대단한 능력이야. 이런 뛰어난 작품을 헐값에 팔아야 하다니. 잘못돼도 한참 잘못됐어.'

손뜨개 소품들을 들여다보던 커플이 아기 덧신 하나를 집어 들고 값을 흥정하기 시작했다. 그 바람에 솔렌도 다가가 인사하려던 걸 잠시 미루고 두세 걸음 떨어져 서 있었다. 커플이 제시한 값을 뜨개질하는 여자가 결국은 받아들인 모양이었다. 여자가 아기 덧신을 커플에게 내밀었다. 5유로.

'손뜨개 덧신 한 켤레에 5유로라고? 들어간 털실 값만 해도 그 돈은 되겠네. 저 덧신을 뜨느라 몇 시간을 꼼짝도 않고 앉아 있어야 했을 텐데, 모양도 작아서 더 세밀하고 꼼꼼하게 손을 놀려야 했을 텐데, 그 정성을 고작 5유로 내밀고 가져가겠다고?'

속에서 뭔가가 확 치밀어 오르면서 얼굴이 붉어졌다. 분노였다. 차 마시는 여자의 2유로를 돌려받기 위해 편지를 쓰면서 느꼈던 바로 그 분노였다. 격렬한 분노가 솔렌을 앞으로 떼밀었다. 끼어들 자리가 아니라는 생각을 어렴풋이 하면서도 그냥 있을 수 없었다. 커플을 향해 소리쳤다. "그렇게 값을 깎으면 부끄럽지도 않아요?" 번화가에서 이런 덧신을 사려면 어느 상점에 들어가든 열 배는 더 비싼 값을 치러야 할 거라고, 이렇게 예쁜 덧신을, 부드럽고 윤기 나는 고급 털실로 짠 물건을 날로 먹을 셈이냐고 쏘아붙였다. "10유로예요. 그 돈을 내고 사 가든가, 아니면 내려놔요!" 커플은 처음엔 어리둥절하더니 곧 어이없다는 표정으로 솔렌을 쳐다보았다. 뜨개질하는 여자도 놀라기는 마찬가지였다. 커플은 화난 얼굴로 덧신을 보자기 위에 내려놓고는 그대로 자리를 떠났다.

　뜨개질하는 여자가 솔렌을 노려보았다. 솔렌은 기가 죽어서 꼼짝도 못하고 보도 위에 서 있었다. 여자는 아무 말이 없었지만 그 눈빛이 모든 말을 대신해 주었다. 솔렌은 몇 마디 사과의 말을 웅얼거렸다. 여자는 솔렌이 왜 그랬는지 영문을 모르겠다고 대답했다. 솔렌 때문에 자신은 5유로를 잃었다고, 5유로가 자신에게 얼마나 큰돈인지 아느냐고 했다. 솔렌은 어찌할 바를 몰랐다. 우물쭈물 자리를 떠나려다가 문득 어떤 일에 생각이 미쳤다. 지갑을 꺼내 들면서 덧신을 사겠다고 말했다. 뜨개질하는 여자는 또 한 번 놀란 얼굴로 솔렌을 마주 보았다. 솔렌은 아기 덧신을 집어 들고 10유로 지폐 한 장을 내밀었다.

　여성 궁전을 향해 걸어가면서 솔렌은 제레미를 생각했다. 자신은 임신한 적 없는 아이를 생각했다. 방금 산 덧신을 생각했다. 문득 생각해 낸 그 일을 실행하기에는 이미 기회를 놓쳐 버렸다는 생각을 했다.

　"제일 작은 사이즈예요. 갓난아이 거예요." 덧신을 들고 돌아서는 솔렌의 등에 대고 뜨개질하는 여자가 한 말이었다.

10장

안내 데스크 직원은 낮 시간에 솔렌이 출입문을 열고 들어오는 것을 보고 의아한 표정을 지었다. "오늘은 그냥 일찍 나왔어요." 솔렌은 짧게 말했다. 물론 제레미와 그의 아이를 본 일에 대해서는 말하지 않았다. 그들을 보는 순간 가슴에 일었던 통증에 대해서도 말하지 않았다. 좌절감, 발밑이 움푹 꺼져 들어가던 그 느낌에 대해서도, 조금 전에 산 아기 덧신에 대해서도 말하지 않았다.

"마침 잘 오셨어요." 직원이 대답했다. "이곳 거주자 한 분이 솔렌을 찾고 있거든요." 솔렌으로서는 예상치 못한 일이었다. 이곳에서 누군가가 자신을 찾는 경우는, 자신과 이야기를 나누고 싶다는 의사를 보인 경우는 이번이 처음이었다. 마침 잘된 일이었나. 오늘이야말로 누군가에게 도움 되는 일을 하는 것이 솔렌에게도 절실하게 도움이 될 테니까.

직원은 휴게실에 앉은 한 여자를 가리켰다. 솔렌은 그를 알아볼 수 있었다. 젤리 봉지를 들고 다니는 아이의 엄마였다. 아이는 곁에 없었다. 여자 혼자였다. 휴게실은 조용했다. 차 마시는 여자들은 아직 나타나지 않았다. 배낭을 쌓아 놓고 잠을 청하는 여자도 없었고, 화를 내는 생티아의 모습도 보이지 않았다. 솔렌은 그에게 다가갔다. 과감하게 말을 걸었다.

"저를 찾는다고 들었어요."

여자는 생각에 잠겨 있다가 문득 정신을 차린 듯 서둘러 대답했다.

"당신은 편지를 쓸 줄 아는 것 같아서요. 아들에게 편지를 쓰고 싶어요. 두고 온 아들이 있어요."

솔렌은 대필 작가 일을 또 하나 맡게 된 게 반가워서 얼른 옆으로 가서 앉았다. 그의 얼굴을 가까이에서 볼 수 있었다. 아이가 엄마를 닮았다는 생각이 들었다. 딸아이처럼 여러 가닥으로 땋아 내린 갈래머리를 했고, 마찬가지로 흑옥 같은 눈이 솔렌의 시선을 붙잡았다. 아이에게서 얼핏 엿본 슬픔, 삶에서 한 발자국 떨어져 서 있는 것 같은 초연한 느낌도 엄마에게서 온 것이었다.

이제 익숙해진 동작으로 솔렌은 노트북을 꺼냈다. 소형 프린터도 옆에 올려놓았다. 가벼워서 휴대하기 좋은 제품이었다. 컴퓨터를 켜고 편지를 받아쓸 준비를 마쳤다. 손가락을 자판 위에 올리고 여자의 신호를 기다렸다.

하지만 그는 아무 말이 없었다. 무슨 말부터 시작해야 좋을지 모르는 눈치였다. 북받치는 어떤 감정으로 몸을 미세하게 떨면서 그저 눈앞만 응시했다. 솔렌은 그를 도와주고 싶었지만 방법을 몰랐다. 대필 작가로서 일을 막 시작한 참이었다. 지금까지 엘리자베스 2세와 마트 관리자에게 편지를 써 보낸게 경험의 전부였다. 아들에게 보내는 편지라면 영국 왕에게 사인을 부탁하는 편지처럼 단순한 내용은 아닐 것이다. 어쨌거나 첫머리를 시작하기 위해서라도 먼저 물어보는 수밖에 없다는 생각이 들었다.

"편지를 받을 사람 이름이 뭐죠?"

"칼리두." 여자가 대답했다.

그 이름을 입 밖에 꺼내는 한순간 여자의 눈이 빛났다가 곧

바로 슬픔으로 흐려졌다. 눈빛에 사랑이 있었다. 그리움이 있었다. 그는 고향을 떠나야 했던 이야기를 했다. 이곳에 도착하기까지 긴 여정을 거쳤다고 했다. 고향을 떠나면서 남겨두고 온 사람들이 있다고 했다. 누구보다 칼리두, 사랑하는 아들이 그곳에 남아 있다고 했다. 그는 아들을 데려올 수 없었다. 매일 밤 상상 속에서 아들을 품에 안는다고 했다. "언젠가는 내 아들이 엄마를 용서해 줄까요? 어째서 엄마가 떠날 수밖에 없었는지, 어째서 그 아이가 아니라 딸 수메야를 데려왔는지 그 아이에게 이야기해 줄 수 있을까요?"

여자가 떠나온 곳은 기니였다. 아프리카 서쪽 끝에 있는 그 나라의 여자아이들은 전통이라는 이름으로 어떤 일을 당한다고 했다. 여자는 자신이 네 살이 된 어느 날 겪은 일을 기억했다. 어른들이 자신을 데려가서 두 발을 잡아 벌렸고, 이어서 몸이 두 쪽으로 갈라지는 것 같은 끔찍한 고통으로 기절했다. 그 고통은 결혼 초야에 되살아났고, 출산할 때도 어김없이 덮쳐왔다. 그것은 끝없이 되풀이되는 고문이었다. 엄마에 이어 딸에게 대를 물려가며 가해지는 끔찍한 형벌이었다. 그 땅의 모든 여자들을 대상으로 벌어지는 범죄였다.

그는 딸 수메야를 그런 범죄에 내주기 싫었다.

제발, 수메야까지 그런 형벌을 당하게 할 수는 없었다.

그렇지만 그 일은 싫다고 해서 피할 수 있는 게 아니었다. 기니에서는 여자로 태어난 이상 거의 모두가 할례를 당했다. 언젠가 라디오에서 흘러나오는 말을 들었는데 기니 여성 인구의 96퍼센트가 생식기 절제 의식을 치른다고 했다. 여자는 학교에 다닌 적이 없지만, 라디오에서 들은 그 말이 무엇을 의미하는지는 알았다. 그것은 자신의 어머니와 자매, 이웃 여자, 사촌 언니와 동생, 친구들 모두 성기 일부가 잘려나갔다는 의미였다. 동네의 모든 여자들, 자신이 아는 모든 여자가 그 범죄에 희생당했다는 말이었다.

그 말은 수메야 역시 희생당할 거라는 의미이기도 했다.

그렇게 되어서는 안 된다고 남편에게 애원했지만 소용없었다. 결정권을 쥔 사람은 남편이 아니었다. 그가 속한 일족이 지시하고 수행하는 일이었다. "안됐지만 너무 늦었어." 남편은 말했다. 딸의 할례 의식은 이미 날짜가 잡혀 있었다. 관습에 따라 부계 조모가 의식을 맡을 예정이었다.

여자는 도망치기로 마음먹었다. 수메야를 구하려면 그 길

밖에는 없었다. 가까이 지내던 친구가 방법을 귀띔해 주었다. "아이는 한 명까지만 허용된대." 친구가 말했다. "두 아이를 다 데려갈 수는 없어." 그렇지 않으면 배를 탈 수 없다고 했다.

선택은 고통스러웠다. 몸속의 무언가가 끊어져 나가는 느낌이었다. 그렇지만 둘 중 하나를 택할 수밖에 없었다. 미친 짓이었지만 피할 수 없는 선택이었다. 죄책감이 가슴에 깊숙이 박혔다. 그 죄책감은 생이 끝나는 순간까지 함께 갈 것이다.

여자가 여성 궁전에 들어온 것은 1년 전이다. 몇 달 간의 험한 여정을 거쳐 프랑스에 도착했고, 또 우여곡절 끝에 피난처를 얻을 수 있었다. 기진맥진한 상태였지만 이제 수메야는 전통이라는 이름의 범죄로부터 안전했다.

반면에 엄마로서 그의 삶은 멈췄다. 그런 일을 겪고도 평소대로 숨 쉬기는 어려운 법이다. 그의 일부분이 잘려져 나갔다. 비유적으로든 말 그대로든 자신의 일부를 잃었다. 떠나온 그곳과 이곳 여성 궁전 사이에서 심장이 두 조각으로 갈라졌다.

솔렌은 여자가 들려주는 이야기를 말없이 듣기만 했다. 듣기만 하는데도 가슴이 아프게 조여 왔다. 무슨 말을 할 수 있겠는가? 여자의 눈 속에 담긴 슬픔이 이제야 이해가 됐다. 끝나지 않을 슬픔을 그는 십자가처럼 등에 짊어지고 걸어가야 한다. 할례에 희생된 수백만 여자들, 오랜 세월 대물림된 참혹한 행위, '전통'이라는 이름으로 몸속에서부터 파괴당한 여자들의 슬픔을. 게다가 그 참혹함은 지금도 이어지고 있다.

여성 궁전에는 딸들에게 예정된 운명을 피해 도망쳐 온 여자들이 여럿이었다. 그들은 이집트에서, 수단에서 왔다. 나이지리아, 말리, 에티오피아, 소말리아에서도 왔다. 그곳에서는 여전히 여성 할례가 횡행했다. 솔렌은 수메야를 생각했다. 휴게실을 지날 때 수메야가 손에 들고 있던 젤리를 생각했다. 수메야는 엄마가 자신을 구해 냈다는 사실을 아직은 모를 것이다. 엄마가 그 지옥의 순환 고리를 깨뜨렸다. 족쇄의 사슬을 끊어 냈다. 그래서 수메야를, 수메야를 뒤이을 모든 딸들을 구해 냈다. 다음에 올 세대는 그런 폭력에 희생되지 않을 것이다. 여자의 이름은 빈타라고 했다. "그렇지만 이곳에서는 타타(tata, 아주머니)라고 부르면 돼요." 여성 궁전에서는 아프리카 대륙에서 온 여자들을 타타라고 부른다고 했다. 타타. 딸을 지키는 어머니들의 이름이었다.

타타 빈타가 눈을 들었다. 편지를 써 주기를 기다리며 솔렌을 응시했다. 얼마 전까지만 해도 두 사람은 서로를 몰랐지만, 지금 빈타는 솔렌에게 자신의 이야기를 들려주었고, 이제 솔렌은 편지를 써야 한다. 하지만 맙소사, 어떤 식으로 써야 할까? 칼리두에게 무슨 말을 써 보내야 하는 걸까? 지금 엄마 빈타가 느끼는 것들을 어떤 말로 아들에게 전할 수 있을까? 언어란 고통을 전달하기에는 너무 무력한 도구였다. '지금 이 여자는 나에게 자신의 삶을 이야기해 주었어, 누구에게도 말한 적 없는 어떤 비밀을 털어놓듯이 지난 이야기를 털어놓았어. 내게 말하기 전까지 그 이야기는 무거운 짐, 일종의 악몽이었겠지. 지금 이 여자는 내가 글을 써 주기를 기다리고 있어. 나를 응시하는 저 두 눈이 반짝이는 건 새로운 기대감이 생겼기 때문이야. 나의 글쓰기가 자신의 이야기를 실어 전해 줄 거라고 기대하는 거야.'

"편지를 써 줘요. 내 아들에게 엄마가 가슴 아파한다고 전해 줘요."

그 순간, 바로 그 순간, 솔렌은 별안간 제방이 무너지는 걸 느꼈다. 가로막혔던 뭔가가 쏟아져 나왔다. 걷잡을 수 없는 어떤 감정이 솔렌을 휘감았다. 타타 빈타 앞에서 솔렌은 울음을 터뜨렸다. 무너져 내렸다는 표현이 더 어울릴 것이다. 쏟아져 나온 것은 눈물이 아니라 그 이상의 무엇이었다. 그 안에는 제레미가 있었다. 이제 그와는 결코 가질 수 없을 아이가 있었다. 뚜렷한 이유 없이 사 온 아기 덧신이 있었다. 빈타가 겪은 고통, 유린당한 네 살, 젤리 봉지를 든 여자아이, 기니에 있는 칼리두가 있었다. 그 모든 것에 더해 솔렌의 어떤 것이 더는 억눌려 있을 수 없어서, 더는 숨겨질 수 없어서 터져 나왔다. 이제 그것을 바깥에 드러내야 했다. 머릿속에서, 온몸에서 끌어내 쏟아 버려야 했다.

솔렌은 부끄러웠다. 지옥을 경험한 여자도 있는데, 그 앞에서 우는 자신이 너무나 부끄러웠다. 빈타가 팔을 둘러 솔렌을 품에 감싸 안고 다독거렸다. 우는 아이를 달래는 엄마의 방식이었다. "울어요." 빈타가 말했다. "울고 싶으면 울어야죠. 울고 나면 속이 좀 풀릴 거예요." 솔렌은 어쩔 수 없는 힘에 이끌리듯 자신의 이야기를 꺼내 놓았다. 빈타의 어깨에 이마를 기댄 채 자신이 느끼는 상실감, 가슴 끝까지 차올라 숨이 막히던 어떤 감정을 바깥으로 흘려보냈다. 솔렌은 타타 빈타의 품에 안긴 아이였다. 칼리두이자 수메야였다. 엄마의 품에 안긴 세상의 모든 아이였다.

처음으로 솔렌은 자신의 담을 무너뜨렸다. 누구 앞에서든 이렇게 자기를 꺼내 보인 적이 없었다. 제레미가 떠났을 때도 솔렌은 가슴 속의 감정을 드러내지 않았다. 뭔가에 대해 회의적인 표정을 새로 하나 만들어 얼굴에 붙이고 다녔을 뿐이다. 그리고 밤중에, 보는 눈이 없을 때, 혼자 훌쩍거리곤 했다. 날이 밝도록 그랬다.

하지만 오늘은 그러지 않았다. 침착한 표정도 회의적인 표정도 꾸며 낼 필요가 없었다. 타타 빈타의 품에 몸을 던진 채 솔렌은 속에 가둬 둔 것을 쏟아 냈다. 스스로도 이해할 수 없는 기분이었지만 이 여자라면 자신의 모든 것을 보듬어 줄 거라는 느낌이 들었다. 이제까지 알고 지낸 그 누구보다도 더 잘 이해해 줄 거라고 느꼈다. 두 사람은 서로를 몰랐고 오늘 처음으로 인사를 나눈 사이였지만, 그럼에도 이 순간 더없이 가까웠다. 말이 없어도 자매처럼 뜻이 통했다. 서로를 이해하기 위해 굳이 말이 동원될 필요는 없었다. 이렇게 끌어안고 이 순간을 함께 나누는 것만으로도 충분했다.

어느새 휴게실에 들어와 차를 마실 준비를 하던 여자들이 자리에서 일어나 다가왔다. 솔렌이 목 놓아 우는 걸 보고 모두 놀라며 무슨 일이냐고 물었다. 빈타는 손짓 한 번으로 그들을 물리쳤다. 새끼를 보호하는 어미 늑대처럼 단호한 모습이었다. "한숨 돌리게 우릴 그냥 내버려 둬."

그들 가운데 한 사람이 차를 가져왔다(마트 관리자에게 써보낸 솔렌의 편지로 2유로를 돌려받은 그 여자였다). 또 한 사람은 티슈를 찾아 들고 왔다. 솔렌은 차츰 마음을 가라앉혔다. 눈이 빨갛게 퉁퉁 부어 있었다. '이런 꼴이라니 어처구니없잖아.' 솔렌은 속으로 중얼거렸다. '명색이 변호사면서 남들이 보는 앞에서 통곡을 하다니. 학대받은 여자들의 쉼터에서 말이야. 게다가 이 여자들을 돕겠다고 와서는……'
'이런 나를 보면 다들 뭐라고 수군거릴까.' 사람들 눈을 생각한다면 괴로운 상황이어야 했다. 그렇지만 별안간 솔렌은 오래된 짐을 내려놓은 듯이 홀가분했다. 갑갑한 갑옷을 풀어 이곳 휴게실에, 빈타의 발아래 벗어던진 느낌이었다. 기분이 훨씬 가벼웠다. 한결 편안했다.

티슈를 몇 장 뽑아 눈물을 닦고 코를 풀었다. 차를 마셨다. 그러는 동안 빈타는 자리를 옮겨 여자들을 불러 모았다. '타타'들이 빈타를 둘러쌌다. "우리의 작가를 이대로 두어서는 안 돼." 빈타가 나직이 말했다. 여자들은 머리를 맞대고 이야기를 나눴다. 잠시 후 빈타가 다시 솔렌에게 와서 말했다.

"우리와 같이해요. 줌바 댄스 강습이 있어요."

그들이 내린 '최종 판결'이었다.

11장

블랑슈는 올이 성긴 외투 속의 몸이 떨리는 걸 느꼈다. 알뱅의 말이 옳았다. 11월의 밤공기는 얼음장 같았다. 가죽 구두와 모직 외투라고 해도 찬 기운을 막아 내지는 못했다. 추위가 칼날처럼 몸을 파고들어 뼛속까지 시렸다. 발이 얼었는지 땅을 딛는 감각이 사라졌다. 두 손도 얼었다. 손가락이 곱아 마음대로 움직여지지 않았다. 그렇지만 계속 가야 했다. 오늘 저녁에도 '자정의 수프' 전투에 사관들과 함께 나서야 했다. '자정의 수프'는 배고픔과 추위에 맞서 알뱅과 블랑슈가 얼마 전 새로 시작한 공격 작전의 이름으로, 블랑슈는 배식을 개시할 때 반드시 현장에 있으려는 고집을 꺾지 않았다.

"안녕하세요, 사령관님." 블랑슈를 본 한 사관이 인사를 건네 왔다.

'사령관.' 블랑슈는 사관들이 자신을 이렇게 부를 때마다 여전히 어색한 기분이 들었다. 이제까지 단 한 번도 어떤 개인적인 야망을 위해 움직인 적은 없었으니까. 하지만 이 호칭이 거북하기는 해도 자랑스러운 느낌이 드는 건 부인하지 못했다. 각 국가별 구세군 조직의 지휘자를 의미하는 이름이었다. 알뱅과 블랑슈는 이 호칭을 함께 얻었다. 생의 모든 것을 함께 해 왔듯 진급도 공유했다. 그에 따른 책임도 함께 짊어졌다. 폐롱 사령관 부부. 두 사람은 마치 한 몸인 양 하나의 이름으로 불리며 프랑스 구세군을 이끌었다.

블랑슈와 알뱅이 밟아 온 여정은 길고 험난했다. 그들이 결혼한 이후로도 프랑스 구세군은 가혹한 시련을 겪었다. 조직이 대책 없이 와해될 위기에 처한 적도 있었다. 프랑스 지역에서 사역하던 구세군 조직 거의 모두가 폐쇄당했을 때였다. 프랑스는 구세군을 배척했다. 특히 파리의 텃새가 심했다. 하지만 블랑슈는 파리를 사랑했다. 태어나 자란 도시는 아니었어도 건물 석판 하나하나까지 묘한 친밀감을 주었다. 그동안 무수한 전장에서 빈곤과 맞서 전투를 벌여 왔지만 그중에서도 파리는 가장 애착이 가는 곳이었다. 경제적 불평등이 심각했고, 매순간 생계를 위협받는 극빈층이 밀집해 있었다. 파리는 블랑슈가 일생을 걸고 격전을 치를 전장이었다.

그 사이 블랑슈는 여섯 아이를 출산했다. 소명을 다해 구세군 전투도 이어 왔다. 지방과 나라 밖을 순례하며 기부금을 모아 빈곤과의 싸움에 쏟아부었다. 그러느라 잠자는 시간까지 아꼈다. 건강을 돌볼 여유는 없었다. 연달아 임신하다 보니 설교 도중에 단상에서 내려와 출산한 적도 있었다. 그러고는 또다시 사역에 나섰다.

알뱅은 약속한 대로 충실하고 헌신적인 동반자가 되었다. 블랑슈도 소명에 충실할 수 있도록 그는 육아를 교대로 맡았다. 긴 시간을 함께 지내 오면서 부부는 잘 조율된 악기처럼 화음을 맞춰 나갔다. 자전거의 두 바퀴가 동시에 굴러 전진하듯이 그들은 함께 나아갔다.

두 사람의 노력은 마침내 보상을 받았다. 프랑스 구세군은 결핍 속에서 후퇴를 거듭해야 했던 시간을 이겨 내고 눈부신 도약을 이루었다. 페롱 사령관 부부의 주도하에 대역사의 시대가 열렸다. 원대한 계획들이 차례로 실현되었다. 블랑슈와 알뱅은 파리 고블랭 구역에 '시민 궁전(Palais du Peuple)'을 건립했다. 노숙인을 위한 쉼터였다. 한편으로 라 퐁텐오루아 거리에 여성 피난소도 만들었다. 두 사람의 추진력에 힘입어 리용, 님, 뮐루즈, 르아브르, 발랑시엔, 마르세유, 릴, 메츠, 렝스를 비롯, 프랑스 거의 전 지역에 피난소가 생겼다. 가구와 옷가지를 기증받아 궁핍한 이들에게 전달하는 구호 사업 '가난한 자의 옷장'이 설치되었다. 집 없는 이들에게 한 끼 식사를 마련해 주기 위한 '자정의 수프' 사업도 시작되어 이제 따뜻한 수프가 담긴 냄비가 수레에 실려 파리의 밤거리를 누볐다.

그날 저녁 손수레 위에 실린 큰 냄비 둘레로 많은 이들이 모여들었다. 그들은 따뜻한 국물 몇 모금을 뱃속에 흘려 넣기 위해 추위를 견디며 긴 줄을 섰다. 수프 한 그릇이 하루의 유일한 식사인 경우도 있었다. 구세군 사관들이 식기와 빵 바구니를 들고 사람들 사이를 돌며 나눠 주었다. 뜨거운 수프

200그릇으로 굶주린 200명이 잠시나마 배를 채웠다. 블랑슈는 여전히 너무 부족하다는 사실을 알았다. 굶주림에 허덕이는 사람은 수천을 헤아렸다. 한 노숙인이 구세군 사관이 내민 수프를 마다하며 낮은 소리로 웅얼거렸다.

"돈이 없어."

옆에서 배식을 돕던 블랑슈가 얼어서 곱은 손가락을 입김으로 녹이며 다가왔다.

"무료예요. 어서 드세요."

이따금 거리를 지나는 행인들은 하나같이 발걸음을 빠르게 옮겼다. 수프 그릇을 받아 든 가난한 이들의 모습에 잠시나마 눈길을 주는 사람은 없었다. 사람들은 가난을 보면 누구나 겁을 먹었다. 모두들 가난을 두려워하며 멀찍이 피해갔다. 자정이 다가오고 있었다. 이제 곧 극장과 카바레들의 공연이 끝나면 관객들이 거리로 쏟아져 나올 것이다. 적막한 이 거리도 또다시 분주하게 활기를 띨 것이다. '그들이야 모두 돌아가 쉴 아늑한 집이 있을 테지.' 블랑슈는 가슴이 아팠다. '이 도시에 집 없는 사람들, 몸을 눕힐 한 뼘 공간도 없이 거리를 떠도는 사람들이 5000명이나 된다는 사실을 누가 생각이나 할까?'

파리의 기후는 폐가 약한 블랑슈에게 해로웠다. 블랑슈 자신도 그 사실을 알았다. 화보 그림에 등장하는 콩코르드 광장이나 샹젤리제와는 다른 파리, 현실 속의 파리가 블랑슈의 일터였다. 비에브르 거리, 레 드루아포르드 거리, 프레데렉 소통 거리를 거슬러 올라가 모베르 광장으로 가면 주변 선술집마다 수십 명이 구석진 테이블에 웅크리고 앉아 머리를 떨군 채 잠들어 있곤 했다. 포도주는 그나마 이들의 몸을 덥히고 버틸 힘을 주었다. 블랑슈는 짐짝처럼 너부러진 사람들 사이를 헤집고 다녔다. 사람이 그런 지경으로 방치된 광경을 볼 때마다 속이 끓었다. 어떤 이들은 그런 광경을 자꾸 보다 보니 담담해졌다고 했다. 블랑슈는 그러지 못했다. 그런 광경은 노트르담 대성당 부근 다리 위, 이어서 센강 우안 레 알 구역의 음침하고 좁은 골목길들로 이어졌다. 파리의 복부(腹部)라고 불리는 레 알 구역의 후미진 구석에는 더러움과 추위에 범벅이 된 불행들이 켜켜이 쌓여 있었다.

블랑슈는 그런 불행들을 한 걸음 떨어져 바라보기가 불가능했다. 타인의 아픔에 공감하는 것은 블랑슈의 변함없는 능력이었다. 불행에 공명하는 사운드 박스처럼 블랑슈는 비참함을 접하는 순간 내부에서 울리는 반향을 느끼곤 했다. 잠자리에 누워서도 그 순간 길에서 잠을 청해야 하는 사람들이 있다는 사실을 떠올리며 매번 잠을 설쳤다. 추운 날이면 거리에서 떨고 있을 사람들을 생각하면서 자신도 몸을 떨었다.

불행에 짓눌린 여자들의 모습이 특히 눈에 밟혔다. 영국에서 그들을 지칭할 때 사용하는 '슬럼 시스터(slum sister, 빈민가 자매)'라는 말 그대로 블랑슈에게 그들은 거리의 자매들이었다. 블랑슈는 그들을 한 사람 한 사람 다 알아볼 수 있었다. 그들은 블랑슈에게 타인이 아니었다. 그들에게서 바로 자신의 모습, 자신이 삶에 유린당했을 경우의 모습을 보곤 했으니까. 그들이 속칭 '깨진 단지'라면, 깨진 조각들을 다시 이어 붙여 주고 싶었다.

라빌레트 거리에서 마주친 한 매춘부를 잊을 수 없다. 당시 블랑슈는 구세군에 갓 입대한 초보 사관이었다. 그 여자는 길가에 걸터앉아 울고 있었는데, 입은 옷이 찢어져 흘러내렸다. 블랑슈는 그에게로 다가갔다. 가슴이 아파서 자신도 모르는 사이 여자를 품에 끌어안았다. 그것밖에는 해 줄 수 있는 것이 없었다. 그저 가슴에 품어 주기만 하는 하찮은 행동이었지만 그 말없는 몸짓에는 '내가 당신의 아픔을 함께 나누어 갖겠다는 의미가 담겨 있었다.

블랑슈는 늘 그들과 함께 있었다. 얼어붙은 겨울밤이면 거리로 나가 노숙인들을 챙겼다. 밤새 거리를 돌다가 동이 튼 다음에야 지친 몸으로 기침을 하면서 집으로 돌아오는 블랑슈를 볼 때마다 알뱅은 애가 탔다. 하지만 그가 아무리 성화를 부려도 블랑슈는 고집을 꺾지 않았다. 블랑슈는 자신이 있어야 할 자리가 따뜻한 이불 속이 아니라 찬바람 부는 거리라는 걸 알았다.

'자정의 수프' 부대가 손수레를 끌고 13구의 허름한 한 동네에 도착했을 때였다. 옛 성문 부근의 그 동네는 사방에 가난이 흉한 몰골을 드러낸 곳이었다. 임시로 얽어 놓은 한 천막집 가까이 갔을 때 어둠 속에서 별안간 가냘픈 울음소리가 들렸다. 블랑슈는 소스라쳐 몸을 떨었다. 여섯 아이를 낳은 경험으로 그 울음소리가 태어난 지 얼마 되지 않은 아이의 소리라는 걸 알았다. 아이는 채 한 달도 되지 않았을 게 분명했다. 블랑슈는 둘러막은 골판지를 헤치고 비좁은 천막집 안으로 발을 들였다. 지붕 삼아 올린 함석판이 일렁거렸다. 맨땅 위에 깔린 담요 한 장, 그 위에 추위로 새파래진 작은 몸뚱이가 보였다. 어려 보이는 엄마가 바들바들 떠는 아이 옆에 엎어져 있었다. 창백했고, 겁이 날 만큼 여윈 모습이었다. 그 앳된 여자는 아이를 해산하고 나서 줄곧 바깥에서 지냈다고 대답했다. 말을 하는 중간에도 연신 기침을 했다. 블랑슈는 아이를 안아 올려 가슴에 품었다. "병원에 가야 해요. 어서, 위급해요." 블랑슈가 여자를 재촉했다. "가 봤지만 받아 주지 않았어요." 그가 대답했다. "병원에도 자리가 없다고 했어요."

블랑슈는 결단을 내려 여자를 데리고 라 퐁텐오루아의 피난소로 갔다. 몇 해 전 알뱅과 함께 세운 여성 보호 시설이었다. 막다른 골목길 끝에 자리 잡은 이 집에는 추위를 피할 수 있는 200개의 침상이 있었다. 점원, 행상, 신문팔이 일을 해서 근근이 먹고사는 여자들이 밤에 이곳에 와서 눈을 붙였다. 가족 없이 떠돌며 품팔이 노동을 하는 여자들, 일자리를 찾지 못한 가정부, 대도시 파리의 신기루에 끌려 갓 기차역에 내린 시골 소녀들도 있었다. 파리의 심각한 주택난은 가장 취약한 이들을 차가운 거리로 내몰았다.

블랑슈가 앳된 엄마와 아이를 데리고 피난소로 와 보니 문이 잠겨 있고 침상이 모두 찼음을 알리는 푯말이 내걸려 있었다. "행운이 있기를 바랐는데." 블랑슈는 어쩔 줄 모르며 털어놓았다. 매일 밤 수백 명의 여자가 이곳을 찾아왔다가 잠 긴 문 앞에서 발길을 돌린다는 사실을 알고 있었다. 어젯밤만 해도 250여 명을 돌려보내야 했다. 잠잘 곳을 찾는 여자들 을 모두 재울 수 있으려면 이런 숙소가 두세 채 더 필요했다. 앳된 여자는 얼굴이 납빛이 되어 있었다. 아이가 울기 시작했 다. 잠잘 곳을 얻으려고 피난소를 찾은 또 다른 여자가 문이 잠긴 걸 보고 발길을 돌리다가 우는 아이를 가리키며 한마디 던졌다. "하수구에 버려. 이젠 별수 없잖아."

그 말이 칼날이 되어 블랑슈의 심장에 꽂혔다. 생이 끝날 때까지 피 흘릴 상처였다.

블랑슈는 가방과 호주머니를 뒤져 가진 돈을 전부 긁어모 아 앳된 여자에게 내밀었다. 여인숙에서 따뜻한 몇 밤을 지낼 수 있을 금액이었다. 일시적이고 허망한 해결 방식이라는 사 실을 모르지는 않았다. 며칠 여인숙에서 묵고 나면 결국 이 가엾은 여자는 13구의 천막집으로 돌아가야 할 거라는 것도 알았다. 아이를 품에 안고 멀어져 가는 여자의 뒷모습을 바라 보던 블랑슈는 온몸의 힘이 빠져 달아나는 걸 느꼈다. 한평생 빈곤과의 전투에 나서서 싸워 온 결과가 고작 이것인가? 지금 생명이 위태로운 갓난아이 하나 구할 능력이 없다는 엄연한 사실이 가슴을 짓눌렀다. 그렇다면 구세군에 들어와 쏟아부은 노력이 무슨 소용인가? 투쟁해 온 지난 세월이 무슨 의미가 있는가? 이 일을 계속해야 할 이유를 어디서 찾을 것인가? 추위에 얼어 꺼져가는 작은 생명도 인간 전체와 맞먹는 무게이건만, 블랑슈는 지금 저 생명을 구할 수 없다. 이것은 하나의 좌절이었다. 이제까지 전투를 치르며 겪어 온 그 어떤 패배보다도 참혹한 패배였다. '세상을 바꾸고자 했지만 그저 오만한 헛소리였어! 지금까지 해낸 일이라고 해 봤자 슬픔의 바다에서 고작 물 한 방울이나 덜어 냈을까?' 이런 생각을 하는 순간 모든 일이 무의미하고 공허해 보였다.

블랑슈는 길가 벤치에 무너지듯 주저앉았다. 몸과 마음이 지쳐 있었다. 동이 틀 시각이었다. 손과 발이 얼어붙어 언제부터인지 아무 감각이 없었다. 집으로 돌아가야 했지만 몸을 일으켜 세우기조차 어려웠다. 피로와 함께 견딜 수 없는 좌절감이 블랑슈를 짓눌러 꼼짝달싹 못하게 했다. 얼마나 시간이 흘렀을까. 얼음 같은 새벽 공기를 뚫고 신문팔이 한 사람이 나타났다. 신문팔이는 보도에 좌판을 펴고 신문들을 늘어놓았다. 그 모습을 지켜보던 블랑슈는 신문팔이가 고작해야

열대여섯 살쯤 된 소년이라는 사실을 알아차렸다. '가엾어라. 종일 바깥에서 추위에 떨어야 할 텐데.' 많은 사람들이 그 소년과 같은 처지였다. 게다가 그들 대부분이 잠잘 곳도 얻지 못했다. 블랑슈는 자신의 아이들을 떠올렸다. 모두 구세군에 들어와 사역하고 있었다. 하지만 함께 투쟁에 나서서 무엇을 이루었는가? 아이들이 구세군을 선택할 때 말렸어야 했다.

블랑슈는 신문팔이에게 다가가 빵 조각을 내밀었다. 지난밤 '자정의 수프' 손수레에 남은 마지막 빵이었다.

신문팔이는 깜짝 놀란 듯 블랑슈를 보더니 빵 조각을 받아 들고 허겁지겁 먹기 시작했다. 앳된 티가 가시지 않은 얼굴이었다. 눈빛에 어린아이의 순진함이 여전히 남아 있었다. '무자비한 삶이 아직까지는 이 소년을 집어삼키지 않았구나. 하지만 조만간 그렇게 될 테지.' 블랑슈는 가슴이 아려왔다. 신문팔이 소년은 부르트고 갈라진 입술로 희미하게 웃어 보이며 신문 하나를 집어 블랑슈에게 내밀었다. 감사의 표시였다. 블랑슈는 받기를 마다하며 말했다. "난 됐어. 팔아야지." 하지만 소년은 뜻을 굽히지 않았다. 거저 얻어먹을 수는 없다고 했다. 비록 누더기를 걸쳤지만 낡은 옷 밑에 살아 있는 소년의 자존심이 애달팠다. 블랑슈는 소년이 내민 신문을 받아 그 자리를 떠났다.

집으로 돌아왔다. 기진맥진한 탓에 몸을 제대로 지탱하기
도 힘겨울 지경이었다. 이미 날이 밝아 사방이 훤했다. 알뱅
역시 밤새 거리로 나가 노숙인들을 챙기고 새벽에 돌아와 잠
들어 있었다. 지금 침대에 누워도 잠을 이루지 못하리라는
걸 블랑슈는 알았다. 애써 봤자 몸을 뒤척이기만 하다가 일
어날 게 뻔했다. 주방으로 가서 커피를 만들었다. 뜨거운 커
피가 몸속에 들어가면서 밤새 뻣뻣해진 팔다리에 차츰 감각
이 돌아왔다. 소년에게 받아 온 신문을 식탁에 펼치고 눈으로
무심히 훑었다. 머릿속으로는 앳된 엄마와 아이를 생각했다.
이 차가운 계절에 그들이 얼마나 더 버틸 수 있을까? 올겨울
은 얼마나 더 많은 희생자를 만들어 낼까? 여자, 남자, 아이
들이 집이 없어 거리를 떠돌다가 목숨을 잃을 것이다. 낭테르
의 두 여자도 그랬다. 스물다섯 살의 쌍둥이 자매였는데 밖에
서 숨이 끊어진 채 발견되었다. 블랑슈는 그들을 잘 알았다.
태어나 한 번도 떨어져 지낸 적이 없다던 그 쌍둥이 자매는 집
에서 쫓겨나자 갈 곳이 없었다. 그들은 한겨울밤 눈 덮인 밭에
서 웅크리고 떨다가 서로를 꼭 껴안은 채 얼어 죽었다.

블랑슈는 생각에 잠긴 채 무심히 신문을 넘겼다. 잉크가 묻어 검어진 손가락 끝으로 신문을 접으려던 순간 기사 제목 하나가 눈에 들어왔다.

'샤론 거리의 골칫거리!' 그 기사를 보는 순간 블랑슈는 정신이 번쩍 났다. 다른 손에 들고 있던 커피잔을 테이블에 내려놓았다.

마침 잠에서 깬 알뱅이 주방으로 왔다. 블랑슈가 긴장한 얼굴로 서성거리고 있었다. 한눈에 봐도 밤을 꼬박 새운 모습이었다. 블랑슈는 알뱅을 보자 인사를 건넬 겨를도 없이 신문을 내밀었다. 아내의 손이 가늘게 떨리는 게 보였다.

"이거 읽고 어서 옷 갈아입어요." 블랑슈가 말했다. "가 봅시다."

12장

현대, 파리

줌바 댄스라니! 솔렌은 당황한 얼굴로 빈타를 마주 보았다. 줌바는 한 번도 접해 본 적이 없다고, 자신은 몸치여서 리듬을 탈 줄 모르고 동작도 막대기처럼 뻣뻣하다고 말했다. 그러자 주위에 둘러선 타타들이 빈타가 하자는 대로 함께 줌바를 추러 가자고 저마다 한마디씩 거들고 나섰다. 솔렌은 운동복도 없고 스텝이나 동작도 아는 게 없다고 거듭 사양했다.

"같이해요." 빈타가 더 고민할 필요도 없다는 듯 잘라 말했다. "한바탕 춤을 추고 나면 기분이 좋아질 거예요."

"옷과 신발은 빌려 쓰면 돼요." 2유로의 주인공이 옆에서

155

거들더니 어느새 레깅스를 가져와 솔렌에게 내밀었다.

빈타도 자신의 티셔츠 하나를 가져왔는데, 그걸 보고 여자들이 놀려댔다. "차라리 수메야의 티셔츠를 빌려주는 게 낫겠어! 두 사람 사이즈 차이가 너무 나잖아." 모두가 웃음을 터뜨렸다.

빈타는 놀림쯤이야 개의치 않는다는 듯 어깨를 으쓱해 보이며 말했다. "솔렌처럼 깡마른다는 건 말도 안 돼!"

"타타와 한 달만 함께 살아 봐요, 솔렌." 2유로의 주인공이 장난스럽게 말했다. "푸티°와 푸푸°를 만들어 줄 거예요. 살찌는 비법이죠!"

솔렌은 더 버티지 못하고 제안을 받아들였다. 칼리두에게 써 보낼 편지는 나중으로 미뤘다. 어쨌거나 오늘은 편지를 쓸 상황이 아니었다.

줌바 강습은 일주일에 한 번 여성 궁전의 체육관에서 열렸다. 사회적 공존을 지향하는 원장의 방침에 따라 이곳 거주자들뿐 아니라 지역 주민들도 참가했다. 여성 궁전의 직원 몇 사람도 수강 중인데, 그중에는 안내 데스크를 맡은 직원도 있었다. 학교에서 돌아온 수메야가 젤리 봉지를 들고 체육관에 들어와 비비안(뜨개질 하는 여자의 이름이었다) 곁에 자리를 잡았다. 비비안은 줌바 수강생 사이에 끼지 않고 구석에 앉아 뜨개바늘을 든 손을 부지런히 놀렸다. 그저 댄스 음악과 분위기를 즐기려는 것 같았다.

빈타가 줌바 강사 파비오에게 솔렌을 소개했다. 파비오는 스물일곱 살의 근육질 청년으로, 말투에서 묻어 나오는 브라질 억양이 매력적이었다. '미남이네.' 솔렌은 속으로 생각했다. 이 젊은 미남자와의 첫 대면에서 좋은 인상을 주고 싶었지만 오늘 솔렌의 처지는 꽤나 딱했다. 형광색 레깅스에 위에 걸쳐 입은 티셔츠는 너무 커서 몸이 옷 속에서 떠다녔다. 파비오는 솔렌을 친절하게 맞아 주었다.

"옳고 그르고를 따지는 일은 잊어 버리세요. 여기서는 그저 즐기기만 하면 돼요." 그가 말했다. "우울한 기분은 떨치고, 근심도 탈의실에 처박아 놓으세요."

솔렌은 조심스레 뒷줄 가장자리로 가서 섰다. 하지만 파비오가 기어이 솔렌을 맨 앞줄로 불러냈다. "앞에 서는 편이 따라 하기 쉬울 거예요." 솔렌은 도살장에 끌려가는 소의 심정으로 맨 앞줄로 가서 섰다.

파비오가 자신의 아이폰을 앰프에 연결했다. 체육관에 음악이 울려 퍼졌다. 리아나의 히트곡이었다. 음악은 순식간에

○ 서아프리카의 곡물 포니오로 만든 기니 음식이다.
○ 곡물 가루를 쪄서 만든 일종의 떡이다.

홀 안을 가득 채웠다. 신나는 노랫소리는 행복의 의지를, '다이아몬드'를 이야기했다. "다이아몬드처럼 빛나. 저 아름다운 바다에서 빛을 찾아. 나는 행복해지기로 했어. 너와 나, 너와 나. 우리는 저 하늘의 다이아몬드 같아." 솔렌은 노랫말에 귀기울일 여유가 없었다. 파비오의 동작들을 어떻게든 따라가보려고 애썼지만 그야말로 미치광이 안무였다. 젊은 줌바 강사는 방금 충전한 건전지 같아서 그로부터 발산되는 에너지가 모두를 들썩이게 했다.

솔렌은 어찌할 바를 몰랐다. 스텝은 쉼 없이 바뀌었고, 현란한 연속 동작은 팔다리에 공황을 불러일으켰다. 모든 게 낯설고 너무 빨랐다. 하나의 동작을 미처 끝내기도 전에 파비오는 이미 그다음 동작으로 넘어가 있었다. 게다가 당겼다가 푸는 리듬 감각이 필요했다. 솔렌은 망연자실했다. 타타들은 주위에 자리 잡고 서서 동작을 능숙하게 따라 했다. 솔렌은 허우적거렸다. 헐떡거렸다. 제대로 해내기란 틀린 것 같았다.

"걱정 말아요." 한 곡에서 다음 곡으로 넘어가는 중간에 파비오가 솔렌에게 말했다. "연습하면 누구나 할 수 있어요. 우선 발의 움직임에 집중하세요. 팔 동작은 그다음에 맞추면 돼요." 솔렌은 고개를 끄덕이고 다시 시작했다. 타타들이 지켜

보는데 이대로 포기하기는 싫었다. 그들은 솔렌을 이 자리에 데려왔다. 이건 결코 사소한 일이 아니다. 이 초대는 말하자면 임명식이었다. 솔렌을 친구로 임명하고 자신들의 옆자리를 내주겠다는 의미였다.

그래서 솔렌은 포기하기 싫었다.

울어서 눈 주위가 붉어진 얼굴로 숨이 턱에 닿도록 뛰었다. 머리카락이 엉클어지고 헐렁한 티셔츠는 바람 부는 벌판의 허수아비 옷처럼 펄럭거렸다. 거의 실신할 지경이었지만 잘 버텨 냈다. 심지어 주위에서 전해져 오는 열기에 함께 녹아들면서 어느새 뜻밖의 기분, 어떤 충만감이 밀려오기 시작했다. 음악이 있고, 파비오와 타타들이 있다. 수메야가 있고 비비안도 있다. 비비안의 뜨개바늘을 든 손이 리듬에 맞춰 움직이는 걸 보고 솔렌은 웃었다. 정신은 뒤죽박죽 풀어헤친 채 숨 가쁘게 뛰고 있었지만 살아 있는 기분이었다. 심장이 거칠게 뛰고 고막은 최고로 부풀고 혈액은 팔다리 온몸 구석구석으로 빠르게 흘러들었다. 근육들이 힘차게 수축했다. 여기저기 경련이 나고 통증이 일었지만 의식하지 못했다. 몇 달 넘게 비몽사몽 잠들어 있다가 굴속에서 내쫓긴 곰처럼 정신이 번쩍

났다. 수백 년 잠에서 깨어난 숲속의 공주 같다는 표현이 더 마음에 들기는 했다.

솔렌은 뜀을 뛰면서 손과 빌을 부딪고 팔다리를 흔들었다. 비틀거렸고, 박자를 놓쳤고, 부랴부랴 따라잡아 다시 뛰고 몸을 흔들었다. 음악에 자신을 내맡겼다. 주위에서 타타들도 열정적으로 뛰면서 몸을 흔들었다. 별안간 이 춤이 불행에 던지는 야유처럼 느껴졌다. 타타들의 춤은 그들의 슬픔을 향해 먹이는 주먹감자 같은 것이었다. 이 자리에는 할례당한 이도 마약 중독자도 없었다. 과거에 매춘부였고 노숙인이었다는 꼬리표도 없었다. 그저 리듬에 맞춰 신나게 뛰고 흔드는, 그럼으로써 운명의 속박을 발로 차 버리는 몸들이 있을 뿐이었다. 삶에 대한 갈망을, 계속해서 살아가겠다는 의지를 표현하는 몸짓들이 있을 뿐이었다. 솔렌도 이 자리, 여성 궁전의 여자들 속에 있었다. 모두와 뒤섞여, 모두와 함께, 마치 태어나서 처음인 것처럼 춤을 추었다.

환호와 박수 소리 속에서 줌바 강습이 끝났다. 솔렌은 도취감에 흠뻑 빠져 있었다. 시간이 어떻게 흘러갔는지 알 수 없었다. 한 시간이나 두 시간은 지났을 텐데 눈 깜짝할 사이에

끝난 느낌이었다.

음악이 그친 공간은 다시금 고즈넉해졌다. 모두들 체육관을 떠나고 있었다. 타타들은 하나둘 자신의 방으로 올라갔다. 직원들도 각자의 자리로 가고 이웃 주민들도 떠났다. 빈타는 수메야의 손을 잡고, 비비안은 털실 뭉치를 챙겨 각각 떠났다. 파비오도 돌아갔다. 솔렌은 타타들에게 빌려 입은 옷을 다시 돌려줄 틈을 얻지 못했다. "다음번에 돌려주면 되죠." 안내 데스크 직원이 스카프를 머리에 돌려 묶으면서 솔렌에게 말했다. "처음 해 보는 사람치고는 아주 잘하던걸요." 솔렌은 웃었다. 사실과는 거리가 멀다는 걸 알지만, 배려해 주는 말이 고마웠다. 직원의 얼굴에 다정함이 있었다. 어느새 마음이 통하는 느낌이었다. 두 사람은 지금까지 인사만 하고 지나쳤을 뿐 서로에 대해 알 기회도 이야기를 나눌 계기도 없었다.

"제 이름은 살마예요." 직원이 손을 내밀며 말했다.

솔렌이 그 손을 마주 잡았다. "말을 건네 줘서 기뻐요."

살마와 솔렌은 출입구를 향해 함께 걸어갔다. "내일은 분명 온몸이 쑤실 거예요." 살마는 자신이 처음 줌바를 했을 때는 열흘간 걷지도 못했다고 말했다. 거리로 나오자 살마가 바로 길 건너편에 보이는 작은 일식당을 가리켰다. "매주 줌바를 추고 나서 몇 사람이 저 식당에 모이곤 해요. 고급스러운 식사를 할 수 있는 곳은 아니에요. 7.5유로에 꼬치나 마키 같은 메뉴가 나와요. 하지만 분위기가 조용하고 주인도 친절해요. 혹시 마음 내키면 같이……."

솔렌은 망설였다. 이미 거리는 어둑했다. 텅 비어 있을 자신의 아파트를 떠올렸다. 집으로 돌아가고 싶지 않았다. 많은 일이 일어난 하루였다. 그런 하루를 마감하자면 곁에 얼마간의 온기가 있어야 했다. 사랑하는 남자를 거리에서 맞닥뜨리고, 길거리 좌판에서 아기 덧신을 사고, 처음 말을 나누는 사람의 어깨에 머리를 묻은 채 눈물을 쏟고, 타타들과 어울려 처음으로 줌바를 추는 일이 하루 만에 다 일어나는 경우란 흔하지 않았다.

솔렌은 살마의 제안을 받아들였다. 지난 몇 달간은 식당에 들어가는 행동조차 쉽지 않았다. 하지만 오늘은 해낼 수 있을 것 같았다. 또 누가 아는가? 친구를 사귈 기회를 얻을지.

13장

　식당에는 여성 궁전에서 살마와 함께 일하는 동료 넷이 이미 와서 자리 잡고 있었다. 이름은 스테파니, 에밀리, 나디라, 파투마타였는데 각각 사회 복지사, 보육사, 비서, 회계사였다. 솔렌까지 합류해서 그들은 많은 이야기를 나누었다. 하루의 일을 마친 뒤 맛보는 휴식 시간이었다. 업무 시간 중에는 모든 것이 팽팽하게 당겨진 줄 같다고 그들은 말했다. "여성 궁전 안에 있는 동안은 맥박이 더 세차게 뛰어요. 감정 소비도 무척 크죠." 사실 결핍과 불행의 그림자가 어른거리는 탓에 여성 궁전 거주자들과 직원들 사이에는 늘 긴장감이 떠돈다고 했다. 거주자들 중에는 직원의 입장에서 상대하기가 난감한 사람도 있었다.

생티아의 경우가 대표적이었다. "이런 이야기를 하다 보면 늘 종착점은 생티아예요." 살마가 푸념하듯 말했다. "매번 신경을 곤두세워 싸우려고만 드니 어떻게 대해야 좋을지 모르겠어요." 그들이 주고받는 대화를 옆에서 듣고 있던 솔렌은 자신이 보았던 생티아의 모습을 떠올렸다. 여성 궁전의 휴게실에서도 역시 생티아는 화를 내며 소리를 질렀다. "오늘도 한 건 했어요." 스테파니가 한숨을 내쉬며 그날 있었던 일을 이야기해 주었다. 생티아가 3층 공동 주방 냉장고의 내용물을 전부 꺼내 쓰레기통에 버렸다는 것이다. "생티아에 대해서는 정말이지 대책이 없어요." 스테파니가 말을 이어갔다. "벌칙이며 징계는 이제 먹히지도 않아요. 몇 번째인지 아마 셀 수도 없을걸요. 다음번에 또 문제를 일으키면 생티아를 내보내는 수밖에 없어요." 하지만 강제 퇴거란 쉽게 생각할 일이 아니었다. 여성 궁전이 설립된 이래 거주자 강제 퇴거가 시행된 경우는 없었다. 이곳은 받아들이기 위해 존재하는 곳이다. 내쫓는 것은 여성 궁전의 방식이 아니다.

여성 궁전에 거주하는 이들 대부분이 간직한 한 가지 꿈은 바로 자신의 집을 갖는 것이다. 뭔가 방법이 있었다면 여성 궁전에 들어오지 않았을 테지만 그들은 달리 대안이 없었다. 여성 궁전은 말하자면 어쩔 수 없는 선택이다. 더 나은 삶으로 들어가기 위한 대기실이다. 그 대기실에서 기다리는 시간이 길어질 수도 있다. 어떤 경우에는 몇 년이 걸린다. 하지만 거주자 가운데는 여성 궁전을 떠나지 않으려는 사람도 있다. 한 거주자는 8년 넘게 애쓴 끝에 원하던 영세민 임대 아파트에 입주할 수 있었지만, 아파트 입주 직후부터 매일 여성 궁전의 휴게실에 와서 하루를 보내곤 했다. 새로 이사 간 동네에는 아는 사람이 없어 외롭고, 함께 지낸 동료들이 그립다고 했다. "여기 오면 이야기를 나눌 친구들이 있거든. 게다가 강좌도 들을 수 있고 취미 활동도 할 수 있지. 문제가 있을 때 상담해 주는 직원도 있잖아. 여기는 사람이 북적북적하니까 살맛이 나."

이런 사정을 솔렌에게 말해 준 사람은 살마다. 그는 정식 직원으로 채용되어 안내 데스크에서 일하기 전부터 여성 궁전에서 지내 왔다고 했다. 어릴 적 전쟁을 피해 어머니와 함께 아프가니스탄을 떠나왔다. 살마는 여성 궁전에 들어온 첫날을 지금도 기억했다. 처음 보는 그랜드 피아노의 모습에 이끌려 가까이 다가갔다. 손을 내밀어 건반 하나를 눌러 보았다. 영롱한 소리가 휴게실 안에 울려 퍼졌다. 어머니가 살마를 돌아보며 야단을 치자 원장이 말렸다. "피아노를 치고 놀게 내버려 두세요." 이 말을 원장은 미리 익혀 둔 아프가니스탄어로 했다. "이곳을 집이라고 생각하고 편하게 지내요."

살마의 어머니는 12제곱미터 크기의 원룸을 배정받았다. 어린 살마는 그 원룸과 휴게실의 그랜드 피아노 사이를 오가며 자랐다. 살마도 어머니도 당시에는 그럴 수밖에 없었지만 프랑스어를 한마디도 몰랐다. 살마는 방마다 붙은 명판을 읽으면서 프랑스어를 익혔다고 했다.

"명판마다 이곳 설립 당시 기부금을 낸 사람의 이름이나 그가 선택한 문장이 새겨져 있거든요. 저는 같은 층에 있는 모든 방의 명판을 다 외웠어요."

여성 궁전은 어린 살마에게 집이자 놀이터, 매일 멋진 모험이 기다리는 원더랜드였다.

"어릴 적에 조라 아주머니와 지내던 일이 기억나요." 이야기를 꺼내는 살마의 목소리에 애정이 담겨 있었다. 어린 살마는 어머니에게 야단맞을 일이 생기면 청소 담당 직원인 조라에게로 달려가 치마폭에 숨었다. 그러면 조라는 매번 작업복

상의에서 모로코 전통 과자인 그리비아 몇 개를 꺼내 주며 살마를 달랬는데, 그 작고 동그란 과자는 혼이 달아날 만큼 맛있었다고 했다. 조라의 이마와 턱, 손에는 눈에 잘 띄는 헤나 문신이 있고, 불운을 막아 준다고 했다. 조라는 여전히 여성 궁전에서 일한다. 40년 장기 근속자로 전체 직원 가운데 최고참이다. 조라는 여성 궁전에 몸담은 모든 이를 알았고, 누구와도 친하게 지내며 고민을 들어 주었다. 말은 거의 하지 않았지만 사람들이 사연을 털어놓으면 아주 정성스럽게 귀 기울여 주었다. 조라가 하는 말로는 지금까지 자기가 본 눈물만 모아도 수영장을 채울 수 있을 거라고 했다. 싸움이 났을 때 사람들이 가장 먼저 불러오는 사람도 조라다. 중재 역할을 떠맡은 조라가 어느 한쪽만을 편드는 경우는 없다. 매번 신중하고 현명하게 대응하는 덕분에 지독한 고집불통들조차 한걸음 물러서곤 한다. 조라는 이제 은퇴를 몇 달 앞두고 있다. 여성 궁전으로서는 역사의 한 장이 넘어가는 셈이고, 살마로서도 어린 시절을 영영 떠나보내는 기분이 든다고 했다.

살마라는 이름은 아랍어로 '건강하다'는 의미다. 다치거나 상한 데 없이 온전하다는 의미. 살마는 자신의 이름을 생각할 때마다 자랑스러운 기분이 든다고 했다. 살마가 떠나온 아프가니스탄에서 여자들은 이름을 가질 수 없다. 그 나라에서는 가족이 아닌 사람이 여자를 이름으로 칭하는 일이 금지되어 있다. 여자들은 자신이 속한 가족의 이름으로만 불린다. 사기 자신이 아닌 '누구의 아내'이거나 '누구의 딸', 혹은 '누구의 누이'이다. 가족의 이름을 모르는 경우에는 그저 '아주머니'라는 총칭으로 불린다. 아프가니스탄 여성들은 공적인 공간에서는 그 자신으로 존재하지 못하는 것이다. 이런 상황이 전통의 이름으로 도시를 제외한 나라 전역에서 지속되고 있다. 게다가 아프가니스탄 국민의 3/4이 그런 비도시 인구이다. 살마는 지금 아프가니스탄에서 여성들이 존재할 권리를 되찾기 위해, 자신의 정체성을 되찾기 위해 나라 전역에서 투쟁하고 있다고 말했다.

"여기서는 그저 자기 자신일 수 있어요. 존재하기 위해 누군가의 딸이거나 누이일 필요가 없거든요." 살마가 말을 이었다. "그런 점이 좋아요. 나 자체로도 의미 있는 존재라는 말이니까." 그래서 살마는 자신과 어머니를 받아 준 이 나라에 고맙다고 했다.

여성 궁전에 거주한 지 10년째 되었을 때 살마는 새로운 일에 도전했고, 필요한 자격을 획득했다.

또래 도우미, 이것이 살마가 하는 일에 붙은 명칭이었다.

원장은 살마가 '경험적 지식의 소유자이기 때문에' 이 일을 잘 해낼 수 있을 거라고 했다. 어려운 표현을 쓰긴 했지만 그건 살마가 집을 떠나 떠돌아야 했던 고통을 이미 겪어 본 만큼, 불안정하고 뿌리 뽑힌 삶들을 잘 이해할 수 있을 거라는 의미였다. "네가 가진 경험은 아주 귀중해." 원장이 이렇게 말했을 때 살마는 놀랐다. 또래 도우미로 일하기 위해 전문 과정을 밟는 게 어떻겠느냐고 제안한 사람도 원장이었다. 그 과정을 마친 뒤 살마는 여성 궁전에 정식 직원으로 채용되어 일하기 시작했다.

이제 살마는 여성 궁전을 나와 자신의 아파트를 얻어 산다고 했다. 직장이 있고 월급을 받을 수 있어서 가능한 일이었다. "저는 행운아예요. 제 힘으로 생활비를 벌 수 있으니까요.

살마는 안내 데스크 뒤에 앉을 때마다 설명하기 힘든 기분이 든다고 했다. 눈에 보이는 모습은 20년 전 이곳에 처음 왔을 때와 같았다. 현관 로비는 최근 보수 공사를 했음에도 불구하고 별로 달라지지 않았다. 활동 일정이 게시되어 있고 새로운 입주자를 편안하게 맞아 줄 소파가 놓여 있다. "소파를 볼 때면 이따금 20년 전의 제 모습이 떠오르곤 해요. 엄마를 따라와 그 소파에 나란히 앉아 있었죠. 우리가 가진 짐은 가방 하나뿐이었어요. 다른 짐들을 다 잃어버렸거든요." 아프가니스탄을 떠나 몇 달간 길 위에서 떠돌았다고 했다. 여성 궁전에 왔을 때 모녀는 더 쥐어짤 힘도 없을 만큼 지쳐 있었다.

현재 살마는 여성 궁전에 걸려오는 문의 전화에 응답하는 일을 한다. 거주자들의 입주와 퇴거 절차를 돕는 것도 그의 일이다. 자신이 처음 왔을 때 느낀 기분을 새로 온 사람들도 느낄 수 있도록 하는 것이 살마의 보람이라고 했다. 팔 벌려 맞아 주는 곳이 있고, 어떻게 해야 할지 안내해 주고 그의 말에 귀 기울여 주는 사람이 있다는 사실을 알려 주고 싶다고 했다. 여성 궁전 사람들은 살마의 그런 정성을 모두들 고마워했다. 살마는 말했다. "여성 궁전이 저를 구했어요. 이제 제가 받은 것을 돌려주고 싶어요."

"이제부터는 제가 여성 궁전을 지킬 거예요." 살마의 목소리에 자랑스러움이 묻어났다.

14장

한밤, 솔렌은 잠들지 못했다. 그날 하루 솔렌을 사로잡았던 온갖 감정들이 되살아났다. 쉼 없이 밀려오는 생각들로 머릿속이 복잡했다. 식당을 나와 헤어지면서 살마가 고백처럼 나직이 털어놓은 말이 떠올랐다. 여성 궁전을 나설 때면 문을 닫고 돌아서기 어려운 심정이 될 경우가 있다고 했다. "그래서 무엇인가를 늘 가슴에 품어 갈 수밖에 없나 봐요."

빈타를 생각했다. 수메야, 생티아, 크베타나, 비비안, 배낭으로 매번 바리케이드를 치는 여자, 그리고 살마를 생각했다. 그들의 상처 입은 삶, 그들이 지나왔거나 눈앞에 둔 험난한 여정, 그들의 고통을 생각했다. 그들은 솔렌에게 자신의 이야기를 털어놓았다. 하지만 그런 그들 앞에서 정작 솔렌은 어찌해야 좋을지 몰랐다. 어떻게 해야 그들이 그 짐을 벗을 수 있을까? 어떻게 해야 과거의 고통을 잊을 수 있을까? 마치 아무 일 없는 사람처럼 계속 살아가는 일이 가능할까?

이불 속에서 뒤척이다가 솔렌은 늘 하던 대로 수면제의 도움을 빌리려 했다. 하지만 약병을 잡으려고 뻗던 손이 한순간 멈칫했다. '안 돼, 약이라는 손쉬운 방법에 굴복할 수는 없어. 어쨌거나 이번에는 안 돼.' 몸을 일으켜 전등을 켰다. '잠을 자지 않으면 그만큼 글을 쓸 수 있어.' 솔렌은 먼 곳에 있는 한 남자아이를 생각했다. 멀고 먼 기니에서 아이는 엄마의 편지를 기다리고 있었다. 솔렌은 편지를 써 주겠다고 빈타에게 약속했다. 약속을 지켜야 했다. 빈타를 실망시키고 싶지 않았다.

노트북 앞에 앉을 필요는 없었다. 이 편지에 그런 도구를 이용하고 싶지는 않았다. 이것은 직접 손으로 써야 할 편지였다. 마음이 불러주는 대로 써내려 가야 했다.

지금까지 맡은 일 가운데 가장 어려운 과제인 건 분명했다.

솔렌은 이제껏 '대필 작가'라는 일의 깊은 의미를 생각해 볼 기회가 없었다. 하지만 이제 자신이 맡은 일의 진짜 의미를 알 것 같았다. 대필 작가는 펜이 필요한 사람에게, 손이 필요한 사람에게, 그리고 언어가 필요한 사람에게 펜과 손과 언어를 빌려주는 사람이다. 누군가의 머릿속, 마음속의 글을 다른 이에게 전달할 수 있는 상태로 만들어 주는 사람이다. 판정하거나 평가하지 않고 운반해 주는 사람이다.

솔렌은 편지를 쓰기에 앞서 자신은 운반자라는 생각을 머릿속에 새겨 넣었다.

빈타는 기니에서 멀리 도망쳐 왔다. 그런 빈타를 기니에 되돌려 놓는 것이 솔렌이 할 일이었다. 아들에게 엄마를 되돌려 주어야 했다. 자신이 가진 얼마간의 언어로 그 일을 해내야 했다.

편지지를 마주하자 한 인생의 무게가 자신의 어깨에 실리는 걸 느꼈다. 무거우면서도 동시에 가뻤다. '나는 이 무게를 위탁받았어. 잠시 맡는 일이 그리 힘든 건 아니잖아.' 솔렌은 빈타가 들려준 이야기를 생각했다. 자기 이야기를 털어놓았다는 건 솔렌을 믿는다는 의미였다. 그렇게 믿어 준 데 대해 보답하고 싶었다. 어떻게 하면 될지 방법은 몰랐지만 솔렌은 맡은 일에 최선을 다하기로 했다. 머릿속에 떠오르는 것들과 가슴 속에 찰랑거리는 것들을 전부 쏟아붓기로 했다. 그러면 언어는 솔렌 앞에 모습을 드러낼 것이다. 오늘 밤 할 일은 그것이다.

솔렌은 편지를 써내려 가기 시작했다. 잠수부가 바위 위에 올라서서 대양에 몸을 던지듯이 편지 속으로 빠져들어 갔다. 썼다가 지우고 막다른 길로 들어섰다가 돌아 나와서 또다시 앞으로 나아갔다. 여덟 살 남자아이에게 어떤 식으로 말을 건네야 할지, 아이를 낳아 키워 본 적이 없는 만큼 처음에는 막막한 기분이 들었다. 칼리두의 모습을 상상해 보았다. 엄마와 누이의 얼굴 윤곽을 빌려와 어린 소년의 형상을 그려냈다. 별안간 소년이 눈앞에 보였다. 소년이 곁에 와 있었다. 솔렌은 아이의 귀에 대고 다정하게 속삭였다. 엄마는 너를 사랑한다고, 너는 엄마의 소중한 보물이자 자랑이라고, 언젠가는 엄마와 만날 수 있을 거라고 속삭였다. 틀림없이 그렇게 될 거라고 약속했다. 그러고는 아이에게 엄마의 이야기, 엄마가 아들에게 들려주는 끝나지 않을 이야기를 들려주었다. 아들은 기니 코나크리에서, 엄마는 프랑스 파리에서, 둘이 함께 계속해서 써 나가야 할 이야기에 대해서도 말했다.

"엄마는 이곳에서 잘 지낼 거야. 네 동생 수메야도 잘 지내. 엄마와 수메야는 이제 안전해. 엄마는 매일, 매 시각, 매일 밤 너를 생각한단다. 네가 자라서 듬직하고 아름다운 남자가 된 모습을 그려 보곤 해. 네가 곁에 없어서 얼마나 마음이 아픈지 몰라. 하지만 엄마의 마음은 항상 그곳에, 바로 네 곁에 있어. 엄마는 언제나 너와 함께 있을 거야."

솔렌이 편지를 써내려 가는 동안 어떤 신기한 현상이 일어났다. 솔렌이 빈타가 된 것이다. 솔렌은 또 칼리두가 되기도 했다. 솔렌은 편지를 쓰는 엄마가 되었고, 편지를 받아 보는 아들이 되었다. 이런 진귀한 경험은 처음이었다. 타인의 삶이 솔렌 안으로 밀고 들어왔다. 타인의 삶이 솔렌을 차지하고 자리를 잡았다.

펜을 잡은 사람은 솔렌 자신이 아니었다. 누군가 어깨 위로 몸을 기울여 편지 내용을 불어넣어 주는 것 같았다. 문장이 술술 풀려나왔다. 의미를 투명하게 붙잡을 수 있는, 전하려는 내용이 분명한 글이 꼬리를 물고 이어졌다. 솔렌은 한달음에 편지를 써내렸다. 눈에 보이지 않는 뮤즈, 자신보다 훨씬 큰 어떤 존재가 불러 주는 말을 받아 적는 느낌이었다.

솔렌은 기니에 가 본 적이 없다. 할례를 당하지도 않았다.

출산 경험도 없고, 낳아 기른 아이를 버리고 떠나는 고통을 겪어 본 적도 없다. 딸을 포대기로 둘러 가슴에 안은 채 말리 땅을 가로지르고 이어서 알제리를 통과해 어느 화물선 선창에 몸을 숨겨 본 일도 없고, 몇 날 며칠 먹시도 마시도도 못한 채 바다를 건넌 적도 없다. 발각되어 추방될 수도 있다는 절망감, 뱃속이 오그라드는 불안감도 모른다. 캄캄한 한밤중에 차가운 바다에서, 앞서 많은 사람들이 맞은 최후 그대로 익사하고 말 거라는 공포심에 짓눌려 본 적도 없다.

살아남기 위해 매 순간이 전투인 삶, 오로지 생존으로서의 삶, 그런 경험이 솔렌에게는 없다.

하지만 경험은 없어도 그 경험의 언어들은 솔렌을 찾아왔다. 빈타의 목소리가 솔렌에게 스며들어 섞였다. 마치 받아쓰기처럼 솔렌은 그 목소리를 언어로 쏟아 냈다. 그것은 한 영혼이 스며들어 와 불러 주는 묘한 노래였다.

창문 너머 날이 밝아 왔다. 여명이 하늘을 물들이고 지붕마다 어렴풋이 색을 칠했다. 편지 쓰기도 끝을 맺었다. 칼리두가 빈타의 아이이듯이, 이 편지는 솔렌이 홀로 낳은 아이였다. 솔렌은 자기 안에 무언가를 가득 채웠다가 비워 낸 기분이었다. 편지는 열 장이었다. 강물 같은 그 편지는 파리에서 발원해 기니 코나크리 부근 상가레야 만으로, 그곳에 사는 빈타의 가족에게로 흘렀다.

'한 어머니의 사랑을 담자면 적어도 열 장은 필요한 법이야.' 그날 아침 잠들기 전에 솔렌은 속으로 중얼거렸다.

'빈타의 사랑을 담아 보내려면 적어도 이 정도 길이는 되어야 해.'

15장

알뱅은 커피잔을 앞에 놓고 앉아 블랑슈가 내민 신문 기사를 보았다. 11월 28일, 오늘자 신문이었다. 그가 기사를 소리 내어 읽었다.

"파리가 유례없는 주택난에 신음하는 상황에서 이 도시 페데르브 거리 모퉁이의 한 주거 건물이 5년이 넘도록 거주자 없이 방치되어 있다. 방의 개수만 743개에 이르는 대형 주거 건물이다. 르보디 재단 소유의 이 건물은 1차 대전이 일어나기 직전 독신자 거주용으로 지어졌다. 시 당국이 이 건물을 사들이려 했지만 높은 매입 가격과 유지 관리 비용을 감당하기 어렵다는 판단하에 계획을 접어야 했다. 시 행정 당국은 이 건물을 활용하기 위해 여러 가지 방안을 내놓았지만 성과를 내지 못한 채……."

블랑슈는 조바심을 내며 알뱅의 손에서 신문을 되받아 빠르게 계속 읽어 내려갔다. 흥분한 탓에 목소리가 가늘게 떨렸다.

"5층 건물에 743개의 방이 있으며, 모든 방에 창문이 있어 조망이 확보된다. 또한 넓은 현관 로비, 화려한 리셉션 홀을 비롯해 세면장, 공동 샤워 시설, 조리 기구가 갖추진 공동 주방 시설이 있다. 종전 후 보훈연금부의 사업에 활용되다가 현재는 비어 있는 이 건물은……."

블랑슈는 기사에서 눈을 들어 알뱅을 바라보았다. 그 눈빛이 무엇을 말하는지 알뱅은 알았다. 다음 순간 블랑슈의 입에서 나올 말도 짐작했다.

"옷을 입어요. 가 봅시다."

하지만 알뱅은 그대로 앉아 고개를 저었다. 블랑슈가 기침을 하고 있었다. 밤새 한숨도 자지 않고 거리를 도느라 거의 탈진한 상태였다. 그런 아내가 또다시 바깥으로 나가게 할 수는 없었다. 어쨌거나 지금은 쉬어야 했다.

알뱅의 뜻이 완강하다는 걸 알아차린 블랑슈가 남편 옆으로 자리를 옮겨 앉았다. 남편을 설득하기 위해 지난밤 마주친 여자의 이야기를 했다. 출산한 지 얼마 되지 않은 앳된 엄마와 추위에 떨던 작은 핏덩이에 대해, 지나가던 여자가 던진 말에 대해서도, 또한 자신이 절망감에 짓눌려 거리에서 넋을 놓고 있었다는 이야기도 했다. "이 기사가 내게 다시 용기를 주었어요. 다시금 힘을 내게 해 주었어요. 그 신문팔이 소년은 우연히 그 자리에 나타난 게 아닐 거예요." 블랑슈는 나직하게 말했다. "신이 내게 길을 가르쳐 주기 위해 그 소년을 보낸 거예요." 블랑슈는 굳센 신념이 있었다. "이 기사는 하늘의 명이에요. 신이 내게 사명을 맡겼어요."

"주거용 대형 건물이 비어 있어요, 그것도 파리 시내에!" 블랑슈의 두 눈이 열기를 띠며 반짝였다. 벌떡 몸을 일으켜 알뱅 앞에 섰다. "그 건물을 사야 해요! 그래서 집이 없어 거리로 내몰린 파리의 모든 여자들이 와서 쉴 수 있게 해야 해요."

알뱅은 걱정스러운 표정으로 블랑슈를 마주 보았다. 아내가 열에 들떠 헛소리를 한다고 생각했다. "그 건물을 산다고요? 수백만 프랑이 있어야 할 텐데! 내가 공연히 걱정하는 게 아니에요. 여기 기사를 계속 읽어 봐요. '우편통신부 차관의 말에 따르면 이 건물을 사들여 활용하려던 계획이 비용 문제로 무산되었다고 한다.' 파리시 당국조차 감당하지 못한 금액이에요."

블랑슈는 열기 띤 목소리로 맞섰다. "수백만 프랑이 있어야 할 테죠. 그래서 어떻다는 건가요? 100만 프랑이라는 게 대체 뭐죠? 1000프랑 곱하기 1000이면 100만이에요. 100프랑 곱하기 1만을 해도 100만이고요. 10프랑이라면 곱하기 10만을 하면 돼요. 10프랑을 구하기 위해 10만 번 나서야 한다면, 내가 나설게요!"

알뱅은 아내의 말이 진심이라는 걸 알았다. 블랑슈는 불굴의 전차 같은 사람이었다. 뭔가 뜻을 세우면 굽힘 없이 밀고 나갔다. 지금까지 그들은 무수한 전투를 벌여 왔다. 마침내 여론은 그들의 노력을 높이 평가하기 시작했다. 구세군을 영국 기독교의 하찮은 한 교파로 치부하던 편견도 사라졌다. 초창기에 그들이 감당해야 했던 경멸은 이제 어렴풋한 기억 속의 일이 되었고, 세간의 적개심은 호기심으로 바뀌었다. 구세군 운동은 바야흐로 새로운 시대를 맞이하고 있었다. 정치인들과 고위 공직자들이 구세군 활동을 지원하겠다고 나섰다. 파리에서 페롱 사령관 부부는 빈곤에 맞서 끈질기게 싸워 왔다. 배타적이던 파리도 지속적 투쟁으로 이루어낸 그들의 성과를 결국 인정했다.

하지만 블랑슈는 굶주림과 추위의 맹렬한 위세를 몇 번 막아 내는 것으로 만족하지 않았다. "이 정도로는 부족해요." 블랑슈는 늘 말했다. "결코 여기서 멈춰서는 안 돼요." 자전거의 페달을 번갈아 밟듯이 하나의 사업은 계속해서 또 다른 사업으로 이어져야 했다.

"고통을 멈추는 게 가능한 일일까요? 아뇨. 세상의 고통은 계속될 거고 바로 그렇기 때문에 우리는 멈출 수 없어요."

블랑슈가 꿈꾸는 것은 고통받는 여자들이 쉴 수 있는 장소였다.

"오로지 여자들만을 위한 피난소가 필요해요. 라 퐁텐오루아에 마련한 피난소는 그리 넉넉한 규모가 아니잖아요. 집 없이 거리로 내몰린 여자들이 파리에서만 수천을 헤아려요. 학대받는 여자들, 생계를 위해 매춘에 발을 담가야 하는 여자들의 수도 그만큼은 되죠."

20세기 초에 이미 역사학자 조르주 피코가 이 문제를 다음과 같은 말로 여론에 환기한 바 있었다. '도움이 필요한 여성

무연고자의 수가 10만인데 그들을 수용할 침상은 1000개뿐이다.' 그로부터 얼마간 시간이 흘렀지만 상황은 그대로였다.

"이런 상황을 그냥 받아들여야 한다는 건가요?" 블랑슈가 반문했다. "이 추운 날 얼어붙은 맨땅에 눕혀 놓은 그 핏덩이는 우리의 아이예요. 세상의 모든 아이가 우리의 아이예요. 아이들을 보호하려면 그들을 낳아 기르는 어머니들을 도와야 해요. 가장 시급하고 중요한 일이 바로 그 일이에요."

아내의 말이 현실을 그대로 이야기하고 있다는 걸 알뱅은 모르지 않았다. 생계가 막막한 여자들이 아이들과 함께 찬바람 부는 거리에서 구걸하는 모습을 그 역시도 보아 왔다. 도시의 구석진 곳에서 노숙하며 겨우 손에 넣은 빵 조각을 아이에게 먹이고 자신은 주린 배를 움켜쥐어야 하는 어머니들의 절망을 알았다. 전국적으로 밀어닥친 끝없는 주택난의 가장 비참한 희생자들이 바로 여자들이었다. 그들이 빈곤의 제일선에서 총알받이가 되었다.

그 주거 건물을 매입하겠다는 건 미친 짓이다. 블랑슈도 그런 사실을 알았다. 하지만 페롱 사령관 부부는 이런 종류의 미친 짓을 하는 데 이골이 나 있었다.

알뱅을 겁먹게 만드는 건 그 엄청난 계획보다는 블랑슈의 건강 상태였다. 폐에 도사린 병이 나날이 위협적인 징후를 드러냈다. 최근에는 난청 증상이 시작된 데다 몸을 움직이기 힘들 정도의 두통이 덮쳐 오기도 했다. 치아와 관절도 좋지 않았다. 주기적으로 좌골신경통이 도졌고, 그럴 때마다 꼼짝없이 누워 지내야 했다. 구세군의 끝없는 전투 현장에서 맞닥뜨려야 했던 험한 환경과 거친 날씨는 뼛속까지 깊은 상처를 남겨놓았다. 블랑슈는 불평하지 않았다. 말없이 견뎌 내며 계속해서 전투에 나섰다.

알뱅은 어떻게든 블랑슈를 말리려 했다. 하지만 블랑슈는 뜻을 굽히지 않았다. "처음으로 사역에 나섰을 때를 기억하죠?" 블랑슈가 말했다. "그때 우리는 구세군이 구원의 큰 그물이 되게 하려는 사명감이 있었어요. 누구도 구원에서 탈락하지 않도록 그물코를 촘촘히 짜야겠다고 다짐했어요. 하지만 그물코는 아직도 너무 성겨요." 블랑슈는 한숨을 내쉬었다. "이 성긴 그물이 놓친 여자들과 아이들이 고통받고 있어요." 알뱅은 이번에는 블랑슈가 반드시 의사의 진찰을 받아 본다는 조건으로 결국 뒤로 물러섰다. 하지만 이 조건은 그동안 무수히 내걸기만 했을 뿐 이행된 적 없는 것이었다. 알뱅의 동의를 얻어낸 블랑슈가 눈을 빛냈다. "그 건물을 보러 갑시다. 오늘 당장."

두 사람은 센강 우안으로 건너가 전철에서 내렸다. 페데르브 거리를 걸어 올라가 교차로에 멈춰 섰다. 샤론 거리와 마주치는 지점이었다. 블랑슈는 눈을 들어 건물을 바라보았다. 거대한 벽돌 건물이 교차로에 자리 잡고 있었다. 웅장하고 당당한 전면 모습이 주변을 압도했다. "마치 요새 같군. 함락시킬 수 없는 성채라고 해도 되겠어." 블랑슈는 중얼거렸다.

그들은 계단을 올라가 출입구로 들어섰다. 르보디 재단 직원이 벌써 와서 기다리고 있었다. 한 시간 전 알뱅이 재단 사무실로 연락했을 때 전화를 받은 담당자는 아주 뜻밖이라는 듯이 놀라워했다. 벌써 수개월째 매물로 내놓은 이 건물에 어느 누구도 관심을 보이지 않았던 것이다. 너무 비싸고 규모가 크다는 게 이유였다. 직원은 미리 도착해서 페롱 부부가 건물을 둘러볼 수 있도록 출입문을 열어 놓았다고 했다.

앞장선 직원을 따라 페롱 부부는 현관 로비로 들어섰다. 건물 내부는 아주 밝았다. 천창을 통해 넓은 실내 공간으로 빛이 쏟아져 들어왔다. 전날의 구름 낀 날씨는 언제 그랬냐는 듯 사라지고 눈이 시리도록 푸른 하늘이 올려다보였다. 햇살이 그들의 발등에 와서 부서졌다. 바깥의 소음은 이곳에서는 들리지 않았다. 세상의 나머지 부분은 사라지고 오로지 이곳만 존재하는 것 같았다. 별안간 블랑슈는 마음이 평온하게 가라앉는 걸 느꼈다. 여기, 고요에 섞어 든 이 아늑한 공간에서 자신의 생을 보낼 수 있을 것 같았다. 평생 기원하며 살아온 생이었다.

재단 직원은 첫 방문객에게 건물을 소개한다는 데 들떠 서두르는 눈치였다. 앞장서서 회의실, 다실, 도서관까지 한달음에 안내했다. 블랑슈는 벽과 천장을 장식한 모자이크 타일을 둘러보았다. 모든 공간에 넓은 창이 나 있었다. 건물 내부 어느 부분에서든 단아한 기품이 느껴졌다. 이어서 직원이 안내한 곳은 대형 리셉션 홀이었다. 직원의 설명에 따르면 테이블과 의자를 놓을 경우 600명을 수용할 수 있으며 의자를 치운다면 1000명까지도 수용 가능하다고 했다. 블랑슈는 어느새 한 가지 생각을 떠올렸다. 이 공간에 싼값으로 식사할 수 있는 식당을 열면 좋겠다는 생각이었다. 그런 식당이 있다면 가난한 이들과 지역 주민들이 편하게 이용할 것이다. 말하자면 빈곤층을 위한 초대형 간이 식당을 열고 싶었다. 또한 크리스마스 때는 모두 모여 파티를 할 수도 있고, 연회장이 필요한 사람들에게 행사 공간을 빌려줄 수도 있을 것이다.

블랑슈와 알뱅은 직원을 따라 넓은 계단을 올라갔다. 위층에는 두 군데 중정을 중심으로 여러 갈래 긴 복도와 수십 개의 방이 있었다. '이곳이야말로 미궁이구나.' 블랑슈는 생각했다. '길을 잃지 않도록 복도 곳곳에 표지판을 붙여야겠어.' 블랑슈의 눈에 들어온 공간은 그 자체만으로 하나의 시(市)였다. '파리 안에 시 하나가 또 있는 셈이야.'

이윽고 일행은 지붕 위로 올라갔다. 테라스가 있었다. 눈 아래 펼쳐지는 도시의 파노라마는 잠시 숨을 멈출 만큼 인상적이었다. 파리의 대로들, 기차와 전철역, 성당, 역사 유적들이 한눈에 들어왔다. 마치 지도를 펴 놓고 바라보는 느낌이었다. 전망에 마음을 빼앗긴 탓에 블랑슈는 재단 직원의 말을 건성으로 흘려들었다. 직원은 건물의 연원을 설명하는 중이었다. 1910년 르보디 재단이 파리 내 독신 가구의 주거를 안정시킬 목적으로 완공하여 가난한 노동자와 일용직 인부들이 입주했지만, 1914년 1차 대전 당시 징병으로 인해 입주자들이 대거 빠져나가면서 빈 건물로 남았다고 했다. 이후 보훈병원으로 운영되면서 옛 입주자들이 전쟁터에서 중한 부상을 입고 이곳으로 돌아오는 일이 많았다.

블랑슈는 생각에 잠겨 있었다. 건물은 더할 수 없이 매력적이었지만 비용이 문제였다. 건물 매입가에 더해 보수 비용도 필요했다. 모두 합해 700만 프랑은 있어야 했다. 구세군은 그 돈을 지불할 능력이 없었다. 그렇지만 이곳은 블랑슈의 꿈을 실현할 최적의 공간이었다. 불가능해 보이는 이 과제를 어떻게 해낼 수 있을까? 블랑슈는 혼란스러웠다. 열정과 회의가 번갈아 밀어닥쳤다.

페롱 부부는 건물을 모두 돌아본 뒤 직원을 따라 다시 출입문 쪽으로 왔다. 직원은 건물에 대해 마지막으로 한 가지 설명을 덧붙였다. 이 건물터는 과거에 수도원이 있던 자리라고 했다. 도미니크파 은거 수녀 공동체인 십자가수녀회 수도원으로, 당대에는 결혼 전 여성의 교육에 전념하던 곳이었다. 20세기 초 수도원 교육을 금하는 법령에 따라 수도원이 해체되고 수녀들은 흩어지면서 건물도 폐쇄되었다. "그 수도원은 완전히 철거되었어요." 직원이 말했다. "수도원 본채에 예배당, 텃밭, 묘지가 딸려 있었는데 흔적도 남지 않았죠." 직원의 말에 블랑슈는 정신이 번쩍 들었다. 눈앞에 어떤 장면이 떠올랐다. 공동체를 일구어 생활하던 그들, 내쫓겨 뿔뿔이 흩어졌다는 수녀들의 모습이었다. 그들이 바로 눈앞에 있는 것 같았다. 그들은 수도원 골방에서, 예배당 궁륭 아래에서, 텃밭 한가운데서 기도를 올렸다. 그들은 블랑슈의 발밑, 이 건물 주춧돌 아래 묻혔다. 그들의 영혼과 정신이 이 건물에 배어들었다. 벽돌 하나하나마다 그들의 목소리가 메아리쳤다. 그 소리가 느껴졌다. 블랑슈는 그들의 목소리를 들을 수 있었다. 그들이 이곳에 있었다.

바로 그 순간, 블랑슈를 주저하게 했던 의심이 지워졌다. 이제는 알 수 있었다. 자신의 계획이 실현될 곳은 바로 이 공간이라는 사실을. 이 공간은 여성들의 것이었다. 잠시 빼앗겼던 공간을 다시 여성들에게 돌려주어야 했다.

"필요한 돈을 구해야 해." 블랑슈는 중얼거렸다.

'그래, 내 건강, 내 생명을 모두 바치더라도 해내야 해. 이곳은 한갓 주거 건물에 그치지 않을 거야. 이곳은 궁전이 될 거야.'

16장

현대, 파리

　빈타는 눈을 아래로 떨어뜨린 채 귀 기울여 들었다. 듣기만 할 뿐 아무 말도 덧붙이지 않았다. 이따금 주기도문을 읊조리듯 알 수 없는 몇 마디를 웅얼거리기만 했다.

　솔렌은 빈타 옆에 앉아 나지막한 소리로 편지를 읽었다. 지난밤에 쓴 편지였다. 고요한 밤, 글들이 어디선가 솟아나 솔렌에게로 왔다. 수백 수천의 단어들이 떼로 몰려와 온전한 문장을 이루며 강이 되었다. 편지에는 간밤의 강물이 그대로 담겨 흘렀다. 솔렌이 특별히 한 일은 없었다. 언어의 강이 잘 흐르도록, 물살이 너무 급해 넘치지는 않도록, 흐르는 수면

이 온건하게 반짝이도록 하는 데 만족했다. 사실 그럴 필요가 있었다. 몰려오는 물결을 보고 칼리두가 겁을 먹는 일은 없어야 했다. 그의 아버지가 반감을 품고 편지를 찢어 버리는 일은 생기지 않아야 했다.

이제 빈타는 그 말들을 아들에게 전할 수 있게 되었다. 솔렌은 자랑스러움을 느꼈다. 편지지 위 솔렌의 글은 아름다웠다. 자신이 쓴 글을 이곳, 여성 궁전으로 담아 와 빈타에게 들려줄 수 있어서 솔렌은 행복했다.

편지를 다 읽자 잠시 세상이 고요해졌다. 빈타는 아무 반응도 보이지 않았다. 시간이 필요했다. 솔렌의 편지글 속에 깊이 잠수했다가 다시 올라오려면 감압실을 거쳐야 했다. 기나긴 그 글에는 힘이 있었다. 솔렌의 글은 솔렌보다 더 강했다. 직접 쓴 편지는 아니지만 빈타는 그 글을 잘 알았다. 언어 하나하나를 전부 이해했다.

이윽고 빈타가 눈을 들었다. 솔렌을 마주 보며 말했다. "됐네요." 단지 한마디였다. '편지가 마음에 들어요.'라는 의미를 표현하는 빈타의 방식이었다. '내 심정이 어떤지 당신은 이해하는군요. 그래서 내가 느끼는 것을 여기에 그대로 담아 주었 군요. 이제 이 편지는 내 아들에게로 날아갈 테지요. 내 아들 은 편지를 손에 받아 들 거예요. 그 아이에게 나의 사랑, 나 의 고통, 나의 슬픔을 이야기해 줄 이 편지를. 여기, 당신이 써 준 이 글에는 내 심장 한 조각이 담겼어요. 당신 덕분에 나 는 아들에게 내 심장 한 조각을 보낼 수 있어요.'라는 의미가 담긴 가장 짧은 말이었다.

"됐네요." 이 짧은 한마디로 솔렌은 큰 선물을 받은 것 같 았다. 그것은 자신이 실수하지 않았다는 확인이었다. 주어진 과제를 잘해 냈다는, 빈타의 믿음을 배신하지 않았다는 증표 였다.

그렇지만 소소한 문제이기는 해도 해결해야 할 일이 마지막 으로 한 가지 남았다. 편지에 빈타의 서명을 넣어야 했다. 솔 렌은 서명까지 자신이 하고 싶지는 않았다. 그럴 권리가 없다 고 생각했다. 편지글은 솔렌이 썼지만 이 글에 담긴 의미는 빈타의 것이다. 서명은 단순히 이름을 적어 넣는 행위가 아니 다. 손수 이름을 적어 넣음으로써 그 편지를 자신의 것으로 만든다는 뜻이다. 편지는 빈타의 것이고 그러므로 빈타의 서 명이 들어가야 했다.

빈타는 솔렌이 내민 펜을 받아 들었다. 그러고는 편지 마지막 장 하단에 단어 하나를, 그 자체로 온전히 하나의 세계인 단어 '엄마'를 적어 넣었다.

솔렌의 심장이 조여들며 통증을 일으켰다. 그 단어 안에는 솔렌도 조금 들어 있었다. 오늘만큼은 솔렌 역시 밀항자가 되어 편지 잉크와 종이 사이 어딘가에 숨어 있었다. 울지는 않았다. 이번에는 아니었다. 가슴 속을 무엇인가가 휘저었지만 가만히 억눌렀다.

편지를 접어 봉투에 넣었다. 편지를 부치는 일은 빈타가 직접 하겠다고 했다. 우체국으로 간 빈타가 편지를 떠나보내기 직전, 손에 든 편지에 스치듯이 입을 맞출 모습이 떠올랐다. 칼리두를 두고 떠나오던 날 밤에도 그는 잠든 아들을 깨우지 않으려고 그렇게 스치듯이 뺨에 입 맞추었을 것이다. 그렇게 해서 나비의 날갯짓 같은 입맞춤은, 한없이 크고 다정한 그 사랑은 칼리두를 향해 날아갈 것이다.

"나 좀 봐요!"

생각 속으로 빠져들던 솔렌은 별안간 귓가에 울리는 소리에 깜짝 놀라 주위를 둘러보았다. 생티아가 다가왔다. 빈타는 생티아가 들어오는 모습을 이미 보았는지 편지를 손에 든 채 어느새 몸을 일으켜 멀어져가고 있었다. 또다시 언쟁을 벌이기 싫은 것 같았다. 타타들과 생티아의 사이는 이미 한참 전부터 일종의 전쟁 상태였다.

하지만 그날 오후 생티아가 '보자'고 한 대상은 타타 빈타가 아니었다. 생티아의 발걸음은 곧바로 솔렌을 향했다. "부탁할 게 있어요." 솔렌 앞에 와서 앉은 생티아가 말했다. "편지를 써 달라는 건 아니에요. 하여간 그건 아니에요."

솔렌이 생티아를 일대일로 마주 대한 건 처음이었다. 문득 낭패감이 고개를 들었다. '빈타가 옆에 있어 주면 좋았을 텐데.' 솔렌은 겁이 났다. 생티아가 하는 말은 상대방이 누구든 간에 욕설처럼 날아가 꽂혔다. 그가 말을 걸 때마다 상대방은 선전 포고를 듣는 기분일 것이다. 생티아는 증기를 내뿜기 직전의 압력솥 같았다.

생티아가 솔렌을 쳐다보았다. 노려보듯 찌푸린 눈길을 받고 솔렌이 움찔하는 순간 생티아가 용건을 이야기했다. 여성 궁전 관리부와 갈등을 빚고 있다는 내용이었다. 오래전부터 다른 층의 원룸으로 옮기고 싶다고 요구해 왔지만 관리부가 외면한다고 했다. 지금 지내는 3층에서는 타타들의 등살 때문에, 유아차 오가는 소리 때문에, 복도에서 소리 지르며 뛰어다니는 아이들 때문에 도저히 참고 지낼 수 없다는 말이었다. "게다가 주방 레인지 플레이트는 아예 쓸 수가 없어요. 늘 그래요. 지난 몇 달간 찬 음식만 먹고 지내다 보니 이젠 잠도 안 와요. 제발 사람 좀 살게 해 달라고 수천 번을 이야기해도 모두들 귓구멍을 틀어막고 꿈쩍도 하지 않아요. 관리부에서는 고작 한다는 말이 여긴 호텔이 아니래요. 그런 이유로 방을 바꾸어 줄 수는 없대요. 거주자가 바뀔 때마다 새로 도배를 하고 집기를 교체해야 한대요. 그런 상황인데 개인적인 이유로 방을 바꾸게 되면 업무량이 많아져서 감당할 수 없다더군요. 하지만 내가 원하는 건 새로 도배한 방이 아니거든요." 생티아는 그저 조용히, 소음에 방해받지 않고 잠잘 수 있는 방이기만 하면 된다고 했다. 지금 있는 방에서는 도저히 잠을 잘 수 없다고 했다. "귀가 닳도록 이야기하면 그래도 조금은 알아먹어야 하잖아요?"

생티아는 언젠가는 여성 궁전을 벗어날 생각이라고 말했다. "여긴 아주 끔찍해요. 숨을 쉴 수가 없어요. 온갖 종류의 인간들이 뒤섞여 산다는 게 어떤 건지 당신은 모를 거예요. 하지 말라는 건 얼마나 많은지. 자유가 없어요. 방문객이 들어올 수 있는 시간까지 지정되어 있다니까요. 사감은 내가 걸음만 조금 삐딱하게 걸어도 벌점을 먹인다고요. 하여간 여기서는 되는 일이 없어요." 생티아는 거주자 대표를 만나 운영 위원회에 참석할 때 자신의 요구 사항을 전달해 달라고 말했지만 거주자 대표는 들은 체도 하지 않더라고 했다. "대표는 개뿔! 그 여자는 문제가 있으면 우선 피하고 보는 사람이에요. 소란은 질색이다 이거죠. 여기 사는 여자들은 다 마찬가지예요. 다시 거리로 나앉게 될까 봐 겁을 내거든요. 그래서 다들 눈치를 보면서 굽실거리는 거예요." 생티아는 자신이 이곳에서 그나마 유일하게 자기 생각을 큰 소리로 이야기하는 편이라고 했다. "모두 듣기 싫어해도 어쩔 수 없죠." 생티아의 말에 따르면 여성 궁전에서는 그에게 재갈을 물리기 위해 온갖 벌칙을 부과한다고 했다. 어느 타타와 싸웠다는 구실로한 달간 방문객 금지 처분을 내린 것도 알고 보면 그를 견제하기 위해서였다. "그 여자가 먼저 싸움을 걸었고 나는 거기 대응했을 뿐인데 말이에요. 어쨌거나 상관없어요. 방문객 금지 처분을 내려 봤자 내가 눈이나 깜짝할까 봐. 난 이곳에 아무도 부르지 않는데. 이 썩어빠진 구석에 어떻게 오라고 하겠어요. 천만의 말씀이지. 난 이곳 사람들이 지긋지긋해요. 살마만 빼고요. 안내 데스크에 있는 살마 말이에요. 이곳에서 단 한 사람 말이 통하는 여자예요."

생티아가 하려는 말은 솔렌이 원장을 찾아가 자신의 요구 사항을 전해 달라는 것이었다.

"원장은 댁의 말이라면 들어줄 거예요."

솔렌은 당황했다. 생티아가 마치 침을 뱉듯이 세상의 면전을 향해 던지는 불만과 분노에 어떤 식으로 대응해야 할지 막막했다. 생티아가 폭력적이 될 수도 있다는 사실을 살마가 귀띔해 준 적이 있다. 휴게실에서 테이블과 의자들을 마구 던져 부순 적이 있다고. 그러니 생티아와 부딪치지 않는 편이 좋았다. 생티아가 과격하게 나오면 솔렌은 대책이 없었다.

그렇기는 해도 원장을 찾아가 생티아의 문제를 해결해 달라고 말하는 건 무리였다. 당사자도 아니면서 끼어들 수는 없었다. 생티아의 요구를 들어주지 못하는 건 비겁해서가 아니라 상황을 알기 때문이었다. 이 문제에서 솔렌은 제삼자이고 그러니 중립적이어야 했다. 여성 궁전에서 자신이 있어야 할 자리를 모르지 않았다. 정확히 말하면 자신의 자리를 이제 막 알아 가는 중이었다. 이곳의 질서를 흔드는 일은 하고 싶지 않았다. 작가로서 펜을 잡아야지 확성기를 들고 나설 수는 없었다. 누구든 지켜야 할 선이 있는 법이다. 솔렌도 대필 작가로서 지켜야 할 선이 있었다.

솔렌은 자신의 이런 입장을 생티아에게 설명하려 했다. 생티아가 원장에게 불편 사항을 호소하는 청원서를 쓰고 싶다면 기꺼이 도와줄 수 있지만, 생티아를 편드는 일은 할 수 없나고 말했다. 그러자 생티아의 얼굴빛이 달라졌다. 입술이 실룩거렸다. 분노와 경멸감이 표정에 내비쳤다.

"당신도 똑같아." 생티아가 쏘아붙였다. "그들과 다를 바 없어. 이곳에 와 있지만 전혀 도움이 되지 않아. 여기 왜 오는 거지? 집에 있기 심심해서 구경거리를 찾아 나오는 건가? 다른 사람들이 불행한 게 보기 좋아? 재미있어? 여기 사는 사람들을 보면 당신이 사는 모습이 그나마 괜찮아 보여서 오는 거야? 당신은 부자 동네에서 알량한 삶을 굴리고 있으니까 마음이 놓이나 봐? 편지를 써 주는 일로 누군가를 도울 수 있다고? 오호, 그렇게 생각한다고? 정작 여기 사람들한데 필요한 건 그런 게 아닌데! 우리가 이곳에서 어떻게 사는지 눈곱만큼도 모르면서! 일주일에 한 번 이곳에 오는 게 댁한테야 기분 전환이 될 테지. 자 보시라고, 오늘도 나는 구질구질해. 이렇게 구질구질한 걸 봐도 당신은 아무렇지 않은 척 자신을 속일 거야. 그런 다음 집으로 돌아가 문을 닫고 들어앉으면 그만이니까. 그러면 전부 잊어 버릴 수 있으니까! 당신네가 사는 곳으로 돌아가. 밖으로 나오려 하지 말고 그 안에서만 살아! 여기서는 아무 도움도 되지 않으니까! 이곳 사람들한테는 당신이 필요 없으니까!"

생티아는 맹렬하게 악다구니를 퍼붓더니 솔렌의 맥북을 후려쳤다. 긴 독설을 마무리하는 거친 한 방이었다. 노트북은 바닥에 나동그라지며 요란한 파열음을 냈다. 살마가 심상찮은 소리를 듣고 놀라 휴게실로 달려 왔지만 한발 늦은 뒤였다. 노트북 액정은 금이 가 버렸다. 생티아는 분이 덜 풀렸는지 한 차례 더 욕설을 퍼부으며 휴게실을 떠났다.

원장이 연락을 받고 휴게실로 내려왔다. 파손된 노트북을 보고는 질겁한 표정이 됐다.

"이번에도 생티아예요?" 원장이 물었다.

"예, 이번에도 생티아예요." 살마가 힘없이 한숨을 내쉬었다.

17장

최신 기술의 집약품은 생티아의 공격을 버텨내지 못했다. 노트북은 부팅이 되지 않았다. 원장은 낙심하며 솔렌에게 보상을 약속했다. 관리부가 노트북 수리 비용을 부담할 거라고 말했다. 솔렌은 보상 제의를 거절했다. 여성 궁전으로부터 돈을 받고 싶지는 않았다. "제가 아는 수리 기사가 있어요. 그에게 고쳐 달라고 부탁하면 돼요. 노트북 고장이야 자주 생기는 일이잖아요."

그날 저녁, 일식당에 간 솔렌은 꼬치도 마키도 손대지 않은 채 앞에 두고만 있었다. 식욕이 나지 않았다. 옆에 앉은 살마가 솔렌의 기운을 북돋아 주려고 애썼다. 생티아가 행패를 부린 경우가 처음이 아니라고, 여성 궁전에서는 이미 여러 사람이 생티아에게 난폭한 일을 당했다고, 그러니 솔렌에게 문제가 있어서가 아니라고 위로했다.

"이곳에서는 모두들 생티아에 대해 잘 알아요. 생티아는 부모를 모른다고 해요. 태어나자마자 버려졌거든요." 생티아는 위탁 가정과 고아원을 전전하며 자랐다. 잡초처럼 버려진, 가족의 사랑이나 안정감을 바랄 수 없는 성장기였다. 학교에 가서도 걸핏하면 문제를 일으켜 여러 차례 전학과 퇴학을 반복하다가 열여섯 살에 결국 학업을 중단했다. 성년이 되어 고아원에서 나온 뒤로는 같은 처지의 젊은이들이 많이 그러듯이 직업 없이 노숙 생활을 했다. 뒷골목 건달들에게 걸려들었고, 설상가상 마약도 접했다. 그 약물은 지겹고 고달픈 처지에서 벗어날 일종의 마법이었다. 약을 살 돈을 벌기 위해 생티아는 닥치는 대로 일했다. "우리가 생각할 수 있는 일 말고도 뒷골목에서 벌어질 수 있는 온갖 종류의 일을 다 했대요."

생티아는 임신했다. "아이를 낳고 싶었대요. 실수로 임신한 게 아니라는 말이죠. 생티아는 가족을 가져 본 적이 없고, 사랑을 받아 본 적도 없어요. 자신의 삶에 어떤 의미를 부여해 줄 누군가가 필요했대요. 불안정한 자신을 매어 놓을 뭔가가 있어야만 했대요." 아이는 그런 기회가 될 수 있었다. 새 출발할 계기였다. 생티아는 아이가 자신의 상처를 봉합해 줄 거라고, 내면에 갈라진 틈을 메워 줄 거라고 기대했다.

"태어날 아이를 위해 생티아는 뒷골목 생활을 청산했어요."

그렇지만 막상 아이가 태어나자 생티아는 극도의 무력감을 느꼈다. 자기 같은 사람이 아이를 낳은 건 부당한 짓이며 자신은 아무것도 해낼 수 없을 거라는 좌절감이 생티아를 사로잡았다. 부모가 누군지도 모르는 여자가 어떻게 엄마 노릇을 할 수 있을까? 받아 본 적이 없는 것을 어떻게 줄 수 있을까? 이런 자격지심이 생티아를 옥죄었다. 사랑이라는 것이 있는 줄은 알지만 그것은 매번 생티아를 추월해 빠져나가곤 했다. 그래서 모든 게 미심쩍었다. 자신이 역부족이라서, 아이를 사랑할 능력이 없는 것 같아서 불안했다. 애써 떨어냈던 나쁜 유혹들이 다시 몰려와 생티아를 에워쌌다. 아이의 아버지도 떠났다. 생티아는 다시 약물에 빠져들었다.

법정에서 아들에 대해 접근 금지 명령이 내려지던 순간 생티아는 기절했다.

"지금은 약물에 손대지 않아요. 생티아가 현재 깨끗하다는 건 제가 장담해요." 살마가 말했다. "생티아는 약을 끊으려고 발버둥을 쳤고 그래서 이겨 냈어요. 그래야만 아들을 되찾을 수 있으니까요. 지금 아들은 다섯 살이에요. 보호 시설에 가 있어요. 생티아는 보호소 생활이 어떤 것인지 잘 알죠. 아들이 자신과 같은 삶을 살게 될까 봐 두려워해요. 한 달에 한 번 아동 보호소의 회백색 면회실에서 참관인 입회하에만 아들을 만날 수 있다는 사실도 생티아로서는 견딜 수 없는 일이에요. 잠자기 전 아들에게 동화책을 읽어 주지도 못하고, 아들이 한밤중에 악몽을 꿔도 곁에서 다독거려 줄 수 없으니까요. 생의 중요한 순간을 아들과 나누지 못했다는 걸 생티아는 마음 아파해요. 시간은 한 번 잃어버리면 결코 만회할 수 없다고 말하더군요. 아들이 첫걸음을 떼던 날로 되돌아가지는 못한다고 했어요. 유치원에 입학하는 날도, 처음 영화관에 갈 때도 함께하지 못할 거라고요."

1년에 84시간. 생티아가 아들을 볼 수 있도록 허용된 시간이었다. 아들이 있는 보호소는 지방에 있었다. 생티아는 아들에게 갈 여비를 마련하기 위해 돈을 절약해야 했다. 막상 아들을 만나면 주어진 시간을 제대로 누리지도 못했다. 벽시계를 응시하며 흘러가는 시간을 낟알처럼 한 점 한 점 헤아리기만 했다. 면회 시간이 끝나면 아들은 뒤돌아서 들어가고, 자신도 돌아가 다음 달이 오기를 기다려야 한다는 것을 생티아는 알았다.

아들과 헤어질 때마다 생티아는 자신이 고아라는 사실을, 손 내밀면 잡아 줄 사람이 세상에 단 하나도 없다는 사실을 뼈저리게 느꼈다. 태어나자마자 버려졌다는 자신의 이야기가 필름을 되감듯 다시 눈앞에 어른거렸다. 마치 무한 반복되는 악몽 같았다. 그 고통을 어느 누구도 위로해 줄 수 없었다.

"그래서 생티아는 화가 난 거예요. 이런 삶을 자신이 선택한 게 아니기 때문에, 아들에게는 다른 삶을 마련해 주고 싶었기 때문에 늘 화가 나 있어요. 자신이 살아온 삶이 무자비하게도 반복될 것이기 때문에, 세상일은 그런 방향으로 흘러가는데 자신은 그걸 막을 수 없어서, 그렇게 무력한 자신에 대해 화가 나는 거죠. 생티아에게 사랑이란 결핍의 동의어라서, 그래서 늘 화를 내요."

생티아는 온 세상을 향해 화를 냈다. 자신을 판결한 가정법원의 판사를 원망했다. 사회 복지사, 위탁 가정들을 원망했다. 여성 궁전 직원들, 모여서 차를 마시는 타타들, 배낭 바리케이드 여자, 심지어 모르는 사람들까지 원망했다. 여성 궁전에는 아이와 함께 사는 이들도 있었다. 생티아는 아이들이 가까이 있는 걸 싫어했다. 유아차가 통행에 방해된다고 불평했고, 밤중에 아이들 울음소리 때문에 잠을 잘 수 없다고 화를 냈다. 그 아이들 소리가 자신의 아들은 먼 곳에서 잠들어야 한다는 사실을 매번 생생하게 일깨우곤 했으니까.

생티아는 상처 입은 짐승이었다. 새끼를 빼앗긴 어미 늑대였다. 그래서 신경을 곤두세우고 울음처럼 비명을 토해 냈다. 성난 어미들이 다 그렇듯 아무도 곁에 다가오지 못하게 했다. 도우려고 손을 내미는 사람까지 물어뜯었다.

여성 궁전에서 생티아는 감옥에 갇힌 느낌이라고 했다. 밤새도록 머리로 벽을 들이받을 때도 있었다. "하지만 생티아의 감옥은 여성 궁전이 아니에요." 살마가 말했다. 생티아가 방을 바꾸어 달라고 고래고래 악을 쓰는 것도 사실은 다른 방이 아니라 다른 삶을 달라는 요구라고.

"어린 시절에 겪은 결핍은 죽을 때까지 채워지지 않거든요. 가족의 식탁에서 배불리 먹은 기억이 없는 사람이 늘 배고픔을 느끼는 것과 마찬가지예요."

"생티아가 바로 그래요. 늘 배고픔을 느끼는 거죠."

솔렌은 집으로 돌아왔다. 가슴이 착잡했다. 생티아가 거칠게 쏘아붙인 한마디가 머릿속에 메아리쳤다. "당신네가 사는 곳으로 돌아가." 요즈음 솔렌은 여성 궁전에서 자신의 자리를 찾아 가는 중이었다. 자신이 쓸모 있는 일을 한다는 느낌도 들기 시작했다. 그런 참에 생티아가 던진 한마디는 솔렌을 사정없이 후려쳤다.

"당신네가 사는 곳으로 돌아가."라는 말은 '당신은 우리와 어울릴 수 없어.'라는 의미였다. '당신은 이곳의 여자들과 통할 수 있는 연결 고리가 없다. 삶의 혜택을 누리고 산 당신은 우리를 이해하지도 돕지도 못한다. 당신은 결코 우리의 처지가 될 수 없는 사람이다. 그러니 당신의 호의라는 건 얼마나 가소로운가. 그런 호의 따위는 넣어 둬라.' 바로 이런 의미였다.

"당신네가 사는 곳으로 돌아가." 이 말은 '당신은 여기 있을 권리가 없어.'라는 의미였다.

생티아는 분노에 차서, 경멸을 담아 솔렌에게 물었다. '위에 있는 사람들이 아래에 있는 사람들을 내려다보는' 일이 과연 정당하냐고, 당신이 뭔데 이곳에 오느냐고, 우리의 목소리를 글로 옮기기 위해서? 그러려고 우리의 삶 속으로 한 발짝 들어왔다가 한 시간 후에 집으로 돌아가는 거냐고, 그러면 당신의 일은 끝나는 것이냐고 생티아는 물었다.

솔렌은 강하게 얻어맞은 기분이었다. 얻어맞아서 흔들리고 있었다. 한 가지 점에서는 생티아의 말이 옳았다. 솔렌이 처음 여성 궁전에 간 것은 그곳의 여자들을 돕기 위해서가 아니라 자신의 우울증을 치료하기 위해서다. 여성 궁전은 솔렌에게 그저 심리 치료의 한 방식이었다. 우울증이 호전되면 그곳을 나와 원래 하던 일로 돌아오면 그만이었다. 말하자면 여성 궁전은 솔렌의 삶에 삽입된 괄호에 불과했다. 그 괄호의 마법이 이제 풀렸다.

함께 줌바를 춘 것으로, 몇 통의 편지를 써 준 것으로 솔렌은 그들이 자신을 받아들였다고 믿었다. 여성 궁전에 자신의 자리를 얻었다고 믿었다. "아주 쉽게 사네." 생티아의 목소리가 귓가에 울렸다. "당신네가 사는 곳으로 돌아가."

솔렌은 풀이 죽었다. 낭패감이 밀려왔다. 자신이 초라하게 느껴졌다. 철없는 부잣집 아가씨, 아니 가진 것처럼 보이는 텅 빈 여자였다. 자기보다 더 상처받은 사람들을 찾아가서 자신의 상처를 치료하려고 한 주제에 대체 누구를 돕는다는 말인가?

하지만 단지 그것만은 아니었다. 좌절감이 들면서도 한편으로는 항의하고 싶은 심정도 슬그머니 일었다. 물론 심리 치료의 하나로 봉사 활동을 적극 권하는 의사에게 등을 떼밀려 시작한 일이기는 하다. 내키지 않으면서도 여성 궁전에서 일하게 된 건 레오나르의 열성에 말려든 탓이다. 처음에는 그곳에 발을 들여 놓고 싶은 마음이 없었다는 점도 부인할 수 없다. 하지만 여성 궁전에서 솔렌은 처음에 기대한 것보다 더 많은 것을 찾아냈다. 그곳에는 빈타의 짧은 한마디 "됐네요."가 있었다. 수메야의 눈빛이 있었다. 2유로를 돌려받으려는 여자가 있었다. 솔렌에게 내밀어진 따뜻한 차가 있고 줌바 강습이 있었다. 그곳에서 시간을 보내는 동안 솔렌은 가능하리라고 생각하지 못했던 것들을 경험했다. 더 정확히 말하면 함께 나누었다. 그것은 내주고 돌려받는 어떤 과정, 그렇게 주고받음으로써 하나가 되는 경험이었다. 솔렌이 빈타의 품에 몸을 던지고 울 때 느낀 것이 바로 그런 일체감이었다.

얼마 전부터 솔렌 자신의 증상도 좋아지고 있었다. 무력감에서 어느 정도 벗어나 몸을 움직이기가 한결 수월했다. 정신도 서서히 맑아지는 느낌이었다. 매일 약에 의지해야 했던 때와 비교하면 이제는 약 없이도 버틸 수 있다는 기분이 이따금 들곤 했다. 의사는 처방하는 약의 분량을 줄이며 솔렌의 회복을 낙관한다고 말했다. 의사의 말대로 솔렌은 여성 궁전에서 '의미'를 되찾고 있었다. 그곳에서 자신이 쓸모 있는 사람이라고 느꼈다.

'그러니 여성 궁전에 가는 일이 정당한지 아닌지 따지는 게 무슨 의미가 있어? 내가 부자 동네에 살든 아니든 그건 상관없는 문제잖아? 내가 있을 자리는 그곳이야. 중요한 건 어쨌거나 내가 그곳에 있을 거라는 사실이야. 실망스러운 일도 있고 서로 간에 차이가 있다는 점도 분명하지만 그렇다고 내가 그곳에 있지 못할 이유가 되지는 않아. 노트북이 부서지고 생티아에게 욕도 들었지만, 그렇더라도 나는 여성 궁전에 가겠어.'

대필 작가는 글쓰기를 필요로 하는 누군가를 '대신해서 글을 쓰는' 사람이었다. 솔렌은 자신이 얻은 이 역할이 소중했다. "당신네가 사는 곳으로 돌아가."라는 생티아의 말이 솔렌을 휘청거리게 했지만, 그래도 솔렌은 포기하기 싫었다. 이 상황을 이겨내고 싶었다. '다음 목요일에도, 또 그다음 목요일에도, 매주 빠짐없이 갈 테야. 노트북이 없으면 어때. 종이와 펜만 있으면 되잖아. 종이와 펜이 내게 주어진 수단이야. 수단이라기보다는 내 동맹자야. 나는 글쓰기의 힘을 믿어. 하찮은 일 같지만 큰 힘을 가졌다는 걸 믿어.'

솔렌의 펜이 여성 궁전의 역사를 바꾸거나 그곳 사람들의 삶을 바꿀 수는 없을 것이다. 하지만 글쓰기를 통해 소박하게 기여할 수는 있다. 솔렌은 살마에게 들은 벌새 이야기를 생각했다. 피에르 라비의 우화에 나오는 이야기라고 했다. 큰 산불이 나자 숲에 사는 동물들은 넋이 나가 그 재앙을 무기력하게 바라보고만 있었다. 오직 작은 벌새 혼자 부지런히 부리로 물을 떠날라 불길에 몇 방울씩 떨어뜨렸다. 그런 벌새를 보고 아르마딜로가 말했다.

"어리석긴, 그래서는 불을 끄지 못해."

"나도 알아." 벌새가 대답했다. "하지만 어쨌거나 내가 해야 할 몫을 하고는 있잖아."

솔렌은 자신이 둥지에서 떨어진 벌새라고 생각했다. 산불을 끄려고 애쓰는 중이라고 생각했다. 벌새의 행동은 아주 작은, 하찮은 움직임이었다. 가소롭다고 말하는 사람도 있을 것이다.

하지만 벌새는 자기 몫의 일을 했다. 솔렌도 해야 할 몫을 하면 된다.

18장

　그날 아침 레오나르가 전화를 걸어왔다. 솔렌의 안부를 물
으며 여성 궁전에서 맡은 일은 어떤지 궁금하다고 했다. 생
티아의 폭풍우가 휘몰아친 다음에도 솔렌은 여전히 휴게실로
출근했다. 전선에 나서는 초년병 같았다. 이제 노트북은 집
에 두고 종이 뭉치와 펜만 가지고 다녔다.

　솔렌을 찾아와 대필을 부탁하는 사람이 점점 많아졌다. 솔
렌은 업무 시간을 연장해야 했다. 밤늦게까지 휴게실에 남아
있는 경우도 드물지 않았다. 써야 할 편지가 있을 때는 그 과

제를 집으로 가져오는 일도 많았다. 과제를 집에 가져오면 머리를 조금 식힌 다음에 다시 읽어 볼 수 있고, 다시 쓸 수도 있고, 차분히 문장을 다듬을 수도 있었다. 밤에는 새로운 생각들이 떠오르기도 했다. 농트기 전의 시간을 이용하려고 한밤중에 일어났다. 글을 쓰다 보면 끝없이 종이를 메워 나가는 자신을 발견하곤 했다. 글쓰기에서만큼은 다산성을 지녔다는 생각이 들어 혼자 웃었다. 솔렌 자신의 언어가 되돌아오기 시작했다. 바싹 마른 샘 같았던 언어들이 갈라진 바닥을 적시며 다시 솟아났다. 최근 몇 년간 솔렌은 언어가 자신을 떠났다고 생각했다. 글쓰기는 이제 꺼진 불씨처럼 가망 없는 일이라고 믿었다. 그런데 그 언어들이 여전히 바로 곁에 있었다. 언어는 솔렌을 버린 적이 없다.

여성 궁전에서 솔렌에게 글을 주문한 사람들은 모두 결과물에 만족했다. 솔렌은 청원서에 간절함을 섞어 넣고 자기 소개서에 매력을 끼얹는 솜씨가 있었다. 창작을 일부분 보태기도 했다. 창작이 필요하다고 판단되면 솔렌은 기꺼이 그 작업을 떠맡았다. "이렇게 쓴다고 해서 거짓말을 한 건 아니에요." 글을 주문한 사람에게 솔렌은 해명했다. "비지니스 세계에서는 자신을 돋보이게 포장할 필요가 있어요. 평가 항목이 세부적일수록 사소한 것이 큰 차이를 만들거든요." 이력서를 주문한 한 젊은 여자는 시장에서 가판을 펴고 양말과 팬티를 팔아 본 경험밖에 없다고 했다. "기성복 매장에서 판매원으로 일한 적이 있다고 쓸게요." 솔렌이 말했다. 면접을 보러 가서 어떤 말로 자신을 소개할지도 조언해 주었다. 젊은 여자는 솔렌이 써 준 이력서를 받아들고 기쁜 표정으로 돌아갔다. 그다음 주에 그는 솔렌에게 와서 한 의류 매장에서 일하게 되었다는 소식을 알려 주었다. 시간제 일이고 비정규직이지만 그것만 해도 어디냐고 좋아했다. "천릿길도 한 걸음부터라잖아요. 이제 시작이에요."

솔렌에게는 '고정 고객'들이 생겼다. 그들은 매주 목요일마다 솔렌이 오기를 기다렸다가 이런저런 종류의 글쓰기를 주문했다. 이어서 입소문을 듣고 찾아와 글을 부탁하는 사람도 하나둘씩 늘어났다. 이들 '신규 고객'들까지 합해지자 순서를 정해야 하는 상황이 되었다. 일을 시작하기 전에 솔렌은 고객들에게 도착한 순서대로 컬러 포스트잇에 대기 번호를 적어 나눠 주었다. 급하다고 재촉하는 사람도 있었고 기다려야 한다는 사실에 불평하는 사람도 있었다. 어떤 사람들은 관공서에 볼일이 있거나 슈퍼마켓에 가서 장을 봐야 하는 사정에 따라 포스트잇 순번표를 서로 바꾸기도 했다. 크베타나는 대개 가장 늦게 나타났다. 앞에 먼저 와 기다리는 사람이 있어도 순서를 지키는 법은 없었다. 쇼핑 카트를 끌고 불쑥 앞으로 나와서는 사람들이 항의하거나 말거나 솔렌을 붙잡고 물었다. "왔소?" 엘리자베스 2세에게 보낸 편지에 답장이 왔는지 묻는 것이었다. 솔렌의 대답은 매번 같았다. "아직 소식이 없어요." 크베타나는 어깨를 으쓱 추어올리면서 실망감을 무마하느라 멋쩍게 웃었다. 그러고는 쇼핑 카트를 끌고 사라졌다가 그다음 주에 다시 나타나 물었다. "왔소?"

매주 목요일 크베타나는 이렇게 불쑥 얼굴을 내밀곤 했다.

솔렌은 업무 시간 내내 주문받은 편지를 쓰고, 조언을 해주고, 그러는 사이사이 고객들과 함께 차를 마시면서 이야기를 나누었다. 수메야는 매번 솔렌에게 다가와서 자신의 젤리를 내밀었다. 솔렌은 손에 받아 든 젤리를 테이블 위에 올려놓았다. 주문받은 편지를 쓰다가 이따금 생각을 모아야 할 때면 눈길이 젤리로 향했다. 번번이 다른 색깔이었다. 젤리를 먹어 볼 생각은 들지 않았다. 집으로 가져와 잼 병에 넣었다. 잼 병은 수메야에게 받은 젤리들로 채워졌다. 솔렌은 그걸 바라보는 게 좋았다. 병에 가득 담긴 색색가지 젤리들은 하나하나가 작은 트로피였다. 무미건조한 삶과 우울증에 맞서 거둔 작은 승리들이었다.

수메야가 솔렌에게 뭔가 말을 건 적은 없다. 수메야를 대신해 젤리가 말을 건네 왔다. 젤리는 일종의 보편언어였다.

솔렌은 파비오의 줌바 강습에 정식으로 등록하고 타타들과 함께 참가했다. 아직 리듬이 몸에 붙지는 않았지만 동작 하나하나가 좋아지고 있다는 건 확실했다. 복장은 낡은 레깅스에 첫날 입었던 빈타의 티셔츠를 계속 입었다. 티셔츠를 주인에게 돌려주려고 했지만 빈타는 자신의 선물이라면서 한사코 받지 않았다. 솔렌이 써 준 편지에 대한 보답이라고 했다. 원래 입는 치수보다 훨씬 큰 사이즈였지만 솔렌은 그 티셔츠가 편했다. 좋아하던 낡은 스웨터를 옷장 구석에서 다시 찾아내 입는 기분이었다. 타타들은 이따금 솔렌의 뻣뻣한 춤 동작을 보며 웃음을 터뜨렸다. "빗자루가 따로 없네!" 빈타가 짐짓 구박하듯 말했다. "골반에 그렇게 자물쇠를 채우면 어떡해요! 가슴을 뒤로 더 젖히고, 자 봐요. 이렇게 허리를 돌리는 게 중요해요!" 하루는 강습 시간에 타타들이 솔렌을 둥글게 에워싸고 손뼉을 쳤다. 솔렌을 응원해 주려는 것이었다. 스피커에서 흘러나오는 음악은 호주머니에 가득한 햇살을 노래했다. 유연하고 섬세한 몸을 지닌 그들이 자신을 에워싸는 순간 솔렌의 가슴을 채운 것이 바로 그런 햇살의 느낌이었다. 가슴 가득한 햇살이자 되돌아온 기쁨의 감각이었다.

이따금 빈타는 강습이 끝난 후에도 체육관에 남아 혼자 춤을 췄다. 거울 앞에 서서 수메야에게 그들의 나라 기니에서 어떤 춤을 추는지 몸동작을 보여 주곤 했다. 그럴 때 빈타에게서는 묘한 기운이 흘러나왔다. 평소와는 다른 어떤 힘이었다. 온몸이 땀으로 흠뻑 젖고 숨이 턱에 차도록 춤을 추고 나면 뒤에서 지켜보던 수메야가 엄마를 향해 환호성을 지르며 박수를 보냈다.

"언젠가는 돌아갈 수 있을 거야." 빈타는 딸에게 말했다. 그래서 수메야도 같은 춤을 추게 해 주겠다고 약속했다.

솔렌은 여성 궁전의 여자들에게 익숙해졌다. 설명을 생략하는 탓에 다소 무례하게 느껴지는 그들의 행동 방식, 침묵, 감사를 표현하는 그들만의 화법을 이해했다. 그들 중에는 말이라는 표현 수단을 사용하는 데 여전히 서툰 사람도 있었다. 그렇더라도 그들에게는 눈빛이 있고 미소가 있었다. 차 한 잔을 앞에 내밀기도 했고, 티셔츠를 선물하기도 했다. 때로 아무것도 없는 경우도 있었지만 무슨 상관인가. 솔렌은 감사의 표현을 바라지 않았다. 감사를 받자고 여성 궁전에 온 것도 아니었다. 언젠가 레오나르가 이야기하기를, 대필 작가로 봉사해 온 지난 10년 동안 고맙다는 말을 들은 적이 단 세 번이라고 했다. 그동안 그가 쓴 편지가 수백 통이라는 사실을 생각하면 그건 고맙다는 말을 들은 적이 거의 없다는 의미였다. "무슨 상관이에요." 그는 말했다. "쓸모 있는 일을 했다는 느낌이야말로 값을 따질 수 없는 보상이잖아요. 제가 쓰는 편지마다 그 편지를 주문한 사람에게는 소중한 의미가 있어요. 어떤 사람은 부모를 모르고 다른 사람 손에서 컸는데, 낳아 준 어머니를 찾고 싶어서 편지를 부탁했어요. 제가 쓴 편지가 그와 어머니를 이어 준 끈이 되었어요. 두 사람이 함께 찾아와서 고맙다는 말을 하더군요." 이 이야기를 할 때 레오나르는 또다시 가슴이 벅차오르는지 목소리가 떨렸다. "그들은 고마움의 표시라며 초콜릿을 사 왔어요. 고급품은 아니었지만 제가 먹어 본 것 중에서 가장 맛있는 초콜릿이었어요."

솔렌이 그들에게 익숙해진 것과 마찬가지로 그들도 솔렌에게 익숙해졌다. 대부분 솔렌을 친구로 받아들였다. 비비안은 뜨개질을 하다가 솔렌을 보면 먼저 인사를 했다. 물론 입을 열어 말을 건네는 건 아니었다. 솔렌이 문을 열고 들어오면 고개를 조금 끄덕여 보이는 게 전부였다. 하지만 그 작은 동작이 '당신이 왔다는 걸 알아요. 내가 눈을 들어 당신을 보았어요.'라는 말을 전해 주었다. 지난번 길가에 좌판을 폈을 때 있었던 일을 다시 꺼낸 적은 없다. 솔렌은 자신이 갖고 있는 아기 덧신에 대해 이야기하고 싶었지만 어쨌거나 비비안은 말이 없었다. 어쩌면 한 번쯤은 덧신 이야기에 또 고개를 끄덕여 보일 수도 있다. 그는 말이 없는 사람이었다. '아무래도 전생에 깊은 산속 수도원에 은거했던 게 아닐까?' 휴게실에 앉아 있을 때조차 어떤 적막감에 에워싸이는 비비안을 보며 솔렌은 문득 그런 생각까지 떠올렸다. 정말이지 비비안은 세상과의 인연을 끊는 방법으로 여성 궁전을 택한 것 같았다. 어떤 것도 비비안의 고요를 흔들지 못했다. 생티아가 고함을 칠 때도, 타타들이 줌바를 출 때도 비비안은 홀로 고요했다. 여성 궁전이 당장 무너진다 해도 아마 비비안은 흔들림 없이 평온하게 뜨개질을 하고 있을 것 같았다.

비비안이 처음부터 그런 성격이었던 건 아니라고 했다. 현실의 삶에서 주어진 역할을 하며 살던 시절도 있었다. 결혼해서 두 아이의 엄마로 살아갈 때 겉으로 보이는 비비안의 삶은 부유한 교외 주택가에 사는 여느 주부와 다를 바 없었다. 남편은 치과 의사였고, 비비안은 병원 사무를 맡아 남편의 일을 도왔다. 온몸의 멍 자국은 최선을 다해 가리고 감췄다. 크베타나와 마찬가지로 비비안도 재난 생존자였다. 크베타나가 참혹한 전쟁을 겪은 것처럼 비비안도 전쟁을 겪었다. 세르비아까지 갈 필요도 없었다. 그의 전쟁은 파리 근교, 장미나무로 둘러싸인 고급 빌라에서 20년간 이어졌다. 적은 옷을 세련되게 차려 입었고 남편의 외양을 하고 있었다. 전투가 벌어지면 비비안의 몸은 맞고 차이고 학대당했다. 온종일, 셀 수 없이, 온몸을 맞았다. 주먹으로, 발로, 다리미로, 구둣주걱으로, 허리띠로 맞았다. 이혼을 요구했을 때는 칼에 찔리기까지 했다. 이웃이 경찰에 신고하지 않았더라면 그때 비비안은 남편의 칼에 목숨을 잃었을 것이다.

생사를 오간 그날의 전쟁으로 비비안은 한쪽 다리를 조금 절게 되었다. 뺨에는 조커처럼 흉터가 났다. 그 흉터를 의식한 탓에 비비안은 입꼬리를 올리지 않으려고 애썼다.

남편은 체포되어 재판에서 징역 5년에 집행 유예 1년을 선고받았다.

'한 여자의 인생을 망가뜨린 죄에 고작 5년형이라니, 거기에 집행 유예? 너무 가볍잖아.' 솔렌은 생각했다. '남편의 폭력으로 아내가 목숨을 잃는 일이 이삼일에 한 번꼴로 일어나. 그것도 소위 '문명국'이라는 이 나라에서. 언제까지 이런 일을 겪어야 하지? 자연계의 그 어떤 종도 이런 식의 살육은 저지르지 않아. 여성 학대란 자연에서는 볼 수 없는 현상이야. 만물의 영장이라는 생명체들이 여성을 대상으로 분출하는 이 파괴 욕구를 대체 어떻게 이해해야 하는 거지?'

아이들이 제물이 되는 경우도 빈번했다. 아이들은 그들의 어머니와 함께 가정 폭력에 희생되었다. 그렇게 살해되는 아이들이 매년 수십 명에 달했다.

낮 동안 비비안은 뜨개질을 했고, 그러는 동안은 손의 움직임에만 집중할 수 있었다. 하지만 밤이 되면 막아 놓은 기억이 몰려왔다. 밤마다 되살아나는 악령들이었다. 비비안은 남편이 찾아와 자신을 끌고 가는 꿈을 꾸었다. 식은땀에 젖어 잠을 깼다. 두려움에 질려 몸을 떨었다.

실제로 몇 년 전 이곳 여성 궁전에서 그런 일이 일어난 적이 있다. 한 거주자의 전남편이 이곳에 침입했다. 평소 낯선 사람의 출입을 통제했지만 그날 그 남자는 권총을 들고 휴게실까지 들어왔다. 거주자들과 직원을 위협해 개인 주거 공간으로 올라간 남자는 이웃에 피신한 희생자를 기어이 찾아내 얼굴에 총구를 갖다 대고 곧바로 총알을 발사했다. 이 사건은 신문 일면에 보도되었다.

그로부터 사흘 뒤 프랑스 내 다른 지역에서 또 다른 여성이 남편에게 살해당했다. 이런 사건이 1년 내내 매주마다, 매달마다 벌어지고 있다.

비비안은 여성 궁전에서 지낸다는 사실을 누구에게도 알리지 않았다. 이곳으로 들어올 때 모든 것을 버리고 왔다. 집, 친구들, 그때까지의 삶 전부를 버렸다. 비비안의 아이들은 이제 성년이 되었다. 아이들과는 거의 만나지 않고 지낸다. 아이들에게 엄마가 학대받은 여성을 위한 피난소에 들어와 있다는 사실을 차마 말하지 못했다. 수치심을 안겨 주고 싶지 않았다. 자신이 세상을 등지는 편을 택했다. 비비안은 이따금 아이들에게 뜨개질로 짠 옷가지를 보내곤 한다. 그것이 비비안이 아이들을 생각하는, 아이들에게 말을 건네는 방식이다. 사랑한다는 말, 너희를 잊지 않았다는 말을 전하는 방식이다.

교외 지역의 고급 빌라에서 나와 12제곱미터 크기 원룸으로 옮겨 왔지만 그런 건 상관없었다. 어쨌거나 이 작은 원룸은 안전했다. 그 이상의 것을 바랄 수는 없었다. 비비안은 결혼 생활 내내 남편의 병원에서 일했지만 직원으로 등록되지도 않았고 보수도 받지 못했다. 이럴 경우 아내는 남편 사업의 '협력자'라는 명칭을 부여받지만 사실은 노동력을 착취당했을 뿐이다. 비비안은 아무것도 얻지 못했다. 분명 쉴 새 없이 일했는데 실업수당도 퇴직 연금도 없었다. 20년간의 노동은 지워지고, 평생 단 한 번도 일한 적이 없는 사람과 마찬가지 상황에 놓였다.

일자리를 찾아보려고 했지만 쉰일곱 살의 나이가 걸림돌이었다. 비비안은 뜨개질을 시작했다. 출근해서 업무를 수행하듯 하루를 뜨개질로 채웠다. 병원 사무를 보면서 몸에 밴 정확성과 시간 엄수 습관은 지금도 여전하다. 주중에는 거의 매일 오전 10시에 거리로 나가 오후 6시까지 좌판을 펴 놓고 뜨개질한 소품과 옷가지를 판다. 토요일에는 한 시간 더 연장해서 오후 7시까지 좌판을 연다. 일요일과 공휴일은 쉰다. 매일 출근하던 시절처럼 아침마다 화장을 하고 옷을 갖추어 입는다. 옷차림은 늘 깔끔하고 반듯하다. 비비안이 누군가에게 손을 벌리는 일은 없다. 구걸은 그에게 어울리지 않는다. 생활비는 뜨개질한 소품들을 팔아서 마련한다.

매주 솔렌은 거리에서 뜨개 소품을 파는 비비안을 보았다. 비비안은 거리에 좌판을 펴고 그 앞에 웅크리고 앉아 있었다.

추위에 얼어붙은 모습이었다. '거리에 나와 있으면서도 사람들 눈에 띄기 싫어한다는 게 느껴져.' 솔렌은 비비안을 보며 생각했다. '만약 그런 남자와 결혼하지 않았더라면 비비안의 삶은 달라졌을 테지.' 인생에서 잘못된 선택을 하는 경우가 있다. 누구에게나 닥칠 수 있는 일이다. 한 번 잘못된 선택을 한 대가로 자신의 삶 전체를 지불해야 하는 것이다.

여성 궁전에서 비비안은 동료 거주자들과 교류가 거의 없었지만 그들과 함께 있는 걸 좋아하는 건 분명했다. 수메야는 휴게실에 오면 이따금 큰 화분 뒤편으로 가서 비비안 옆에 앉았다. 비비안의 손가락 사이에서 춤추는 뜨개바늘의 움직임을 그 흑옥 같은 눈으로 좇으면서 재미있어했다. 비비안은 수메야에게 털실 방울이나 인형 옷을 만들어 주었다. 언젠가는 카디건과 모자를 떠서 수메야에게 말없이 내민 적도 있다. 수메야의 작은 몸에 맞는 카디건과 모자였다. 수메야도 그 선물을 말없이 받았다. 두 사람은 의사소통을 위해 상대방이 사용하는 낯선 언어를 애써 동원할 필요가 없었다. 그렇다기보다 말을 주고받을 필요가 없었다. 지금 비비안이 뜨는 스웨터도 수메야의 것이다. 이번에는 수메야가 비비안의 털실 바구니에서 마음에 드는 색깔을 직접 골랐다. 빨강, 노랑, 초록. 스산한 겨울을 이겨 낼 색깔들이었다.

여성 궁전의 시간은 이렇게 흘렀다. 비비안의 뜨개질, 타타들이 나누는 차가 있었지만 생티아가 쏟아 내는 악다구니도 있었다. 좁은 계곡을 따라 모두 함께 흐르느라 군데군데 소용돌이치고 흰 물거품을 일으키는, 한순간도 조용할 수 없는 시냇물 같은 흐름이었다. 겉으로는 일상의 리듬을 타는 듯이 보였지만 이면은 불안정하고 위태로웠다. 이따금 찾아오는 평온도 팽팽한 실 한 올이 끊기듯 어느새 흔들렸다.

매주 목요일, 솔렌은 어김없이 여성 궁전의 문을 열고 들어섰지만, 그때마다 눈앞에 어떤 일이 벌어질지 예상하기란 어려웠다. 대필 작가의 일 자체가 매번 뜻밖의 만남을 마련해 놓고 있었다. 주문받은 글을 쓰면서 어디로 튈지 모르는 공을 되받아치는 기분이 될 때가 많았다. 매순간이 하나의 사건인 만남, 거기에 솔렌은 뛰어들어야 했다.

19장

'어떻게 해야 자금을 구할 수 있을까?'

페롱 부부는 거실에서 머리를 맞대고 이 문제를 해결할 방법을 궁리했다. 알뱅은 생각이 막혔는지 벌떡 일어나 초조한 걸음으로 실내를 맴돌았다. 알뱅과는 달리 블랑슈는 놀랄 만큼 침착했다. 흔들림 없는 의지가 보여 주는 침착함이었다. 여성 피난소를 세우기 위한 또 한 번의 전투를 앞두고 사령관 블랑슈는 자신이 세운 작전을 꺼내 놓았다. 첫 단계로 건물 매입에 필요한 350만 프랑을 모금해야 했다. 건물 보수 공사 비용은 계산하지 않은 금액이었다. 게다가 거쳐야 할 여러 절차에 따르는 법무 비용, 숙소 내부 수리비, 가구와 집기 구입비도 있어야 했다. 몇 가지 부속 시설을 갖추는 데 들어가는 비용까지 합하자 필요한 돈은 두 배로 늘어났다. 구세군은 이런 거액을 조달할 여력이 없었다. 재정은 정규 사업을 수행하는 것만으로도 늘 빠듯했다. 사관 봉급, 임대료, 은퇴 사관 연금, 활동비, 사관 학교 운영비……. 프랑스 구세군은 자산이 없었다. 런던에 있는 구세군 국제 본부에서 오는 지원도 미미했다. 계속되는 적자로 인해 재정은 걱정스러운 상황에 놓여 있었다.

"우리의 재정이 좋지 않은 건 새삼스러운 문제가 아니잖아요?" 적자를 걱정하는 알뱅에게 블랑슈는 반문했다. "파리 사관 학교 시절에 저녁 식사거리가 없어서 쐐기풀을 삶아 먹던 일이 기억나요. 우리가 결혼 후 처음 집을 구했을 때 구세군에서 보내 준 집들이 선물이 의자 세 개였는데, 그중 하나가 다리가 부러진 것이었죠. 그래도 우린 언제나 어려움을 이겨 냈어요." 블랑슈는 잠시 멈췄다가 다시 담담하게 말했다. "수백만 프랑이 필요하면 그 돈을 구하면 돼요. 불가능하다고 미리 포기하는 건 우리답지 않아요!"

블랑슈는 자리에서 일어나 침실로 갔다. 걸음을 옮기는 동작에서 확고함이 묻어나왔다. 장을 열어 알뱅의 여행 가방을 꺼냈다. 그동안 알뱅을 따라 이 나라 구석구석을 누벼 온 가방이었다. 페롱 부부는 헤아릴 수 없는 시간을 길 위에서 보냈다. 한평생 구세군 사역을 위해 지방과 외국을 넘나들어야 했다. 알뱅이 도버 해협을 건넌 적도 여러 번이었다.

"런던으로 가요." 블랑슈가 알뱅에 말했다. "그곳으로 가서 대장에게 우리의 계획을 이야기해요."

대장 브람웰 부스는 윌리엄 부스의 장남으로, 1912년 부친이 세상을 떠난 뒤 구세군 국제 본부를 이끌고 있었다. 브람웰은 현명하고 신중한 인물이었다. 그동안 그는 페롱 사령관 부부가 사업 계획을 제출하고 승인을 요청할 때마다 호의와 관심을 보이곤 했다.

페롱 부부의 계획을 직접 지원할 재정 여력이 없던 브람웰의 구세군 국제 본부는 한 생명 보험사로부터 문제의 건물 구입에 필요한 금액을 대출받을 수 있도록 주선해 주었다. 덕분에 알뱅은 액면가 1000파운드스털링 수표를 발행할 수 있는 수표책을 챙겨 런던을 출발했다.

1926년 1월 9일 토요일, 알뱅은 샤론 거리 94번지에 위치한 그 건물을 구세군의 이름으로 정식 매입했다. 건물을 계약할 때 블랑슈는 사람들 앞에 나서지 않았다. 당시 여성은 은행 계좌를 소유할 수 없었고, 그런 탓에 알뱅이 홀로 움직여야 했다.

건물은 확보했고 이제 보수 공사에 필요한 돈을 모아야 했다. 블랑슈는 대규모 모금 운동을 벌이자고 제안했다. 그러기 위해 설립위원회를 구성할 필요가 있었다. 라디오 방송과 신문을 통해 모금 계획을 알리고, 정재계 유력 인사와 사법부, 행정부의 고위층에 도움을 호소할 생각이었다. 또한 프랑스공화국 대통령 가스통 두메르그와의 면담도 추진했다. 마침 알뱅은 몇 달 전 '시민 궁전' 건립 축하 행사에서 대통령과 이야기를 나눌 기회가 있었다. 알뱅이 대통령에게 직접 후원을 부탁하기로 했다.

블랑슈와 알뱅은 전례 없는 규모의 모금 행사를 전개했다. 단체와 개인을 찾아다니며 후원을 얻어 냈다. 여성 궁전을 설립할 필요성을 역설하는 글을 써서 투고하고, 홍보 전단지를 제작하고, 삽화를 넣은 소책자도 인쇄해 배포했다. 구세군 사관들이 모두 나서서 도시에서 마을로 돌아다니며 계획을 설명했다. 블랑슈는 이 큰 전투에 나선 사관들을 격려했다.

"우리가 먼저 헌신해야 얻을 수 있습니다. 설득하고 글을 쓰고 호소합시다!"

블랑슈의 연설에는 사관들의 열정에 불을 지피고 대중의 마음을 움직이는 무엇인가가 있었다.

"중세에 저 성당들을 건축할 수 있었던 것도 수많은 일꾼과 이름 없는 장인들이 힘을 모은 덕분입니다. 여러분의 정성을 보내 주세요. 아무리 적은 액수일지라도 소중합니다. 작은 개울들이 한데 모여 큰 강이 됩니다! 여러분이 직접 하기 힘든 상황이라면 우리가 할 수 있도록 두둑하게, 흔쾌하게 도와주세요. 한시가 급합니다!"

블랑슈의 탁월한 연설 능력은 모금 운동의 동력이었다. 주치의 에르비에는 블랑슈의 건강 상태에 대해 계속 경고했지만, 블랑슈는 집회와 연설을 쉬지 않았다. 무엇보다 시급하고 또 무엇보다 '멋진' 이 계획을 실현하는 일이 자신의 건강보다 우선이었다. 블랑슈는 저명인사와 유력자들을 만나는 상류층 회합뿐 아니라 가장 거칠고 투박한 군중들 앞에 서는 일도 마다하지 않았다. 블랑슈가 연단에서 몇 걸음 앞으로 걸어 나가 신의 가호를 구하듯 손을 위로 추켜올리면 좌중은 일제히 입을 다물고 블랑슈를 주시했다. 바늘 떨어지는 소리도 들릴 법한 고요 속에서 블랑슈가 입을 열었다.

"파리의 심장은 얼어붙은 걸까요?" 첫마디가 울렸다. "옛 프랑스는 식량 기근에 시달렸습니다. 오늘날에는 잠자리 기근입니다. 몸을 누일 곳을 얻지 못해 사람들이 죽어 가고 있습니다."

파리 한 도시에서만 5000명이 집이 없어 거리를 떠돈다는 충격적인 숫자를 제시했다. 이어서 구세군 창설자 윌리엄 부스의 말을 인용했다.

"고통받는 사람을 볼 때마다 두 가지를 묻지 않을 수 없습니다. 저 고통은 무엇 때문인가? 어떻게 해야 저 고통을 없앨 수 있을까?"

블랑슈는 아무 연고 없이 거리로 내몰린 여성들의 참상을 청중들 앞에 생생히 그려 보였다. 모든 여성을 향해 그들의 자매가 안전한 곳에서 지낼 수 있도록 도와 달라고 호소했다. 생명을 낳아 기르는 일의 소중함을 역설하며 모든 남성을 향해 명예와 감사를 되살리자고 역설했다.

블랑슈의 연설은 듣는 사람을 사로잡는 힘이 있었다. 중간에 청중들의 열렬한 박수가 터져 나와 연설이 중단되는 경우도 많았다. 유장하면서도 참신한 연설이었다. 논거는 풍부했고 인용은 흥미로웠다. 성경 구절과 함께 빅토르 위고의 문장도 자주 언급했다. 구세군은 여성에게 설교를 허용하는 만큼 블랑슈는 연설 기회를 적극 활용했다. 연설은 끊임없이 자신의 목소리를 내는 방법이었다.

블랑슈는 유능한 지휘관이었다. 그 놀라운 추진력은 프랑스 구세군이 보유한 최고의 무기였다. 블랑슈는 성취해야 할 목표가 있으면 그것에 도달하기 전에는 물러서는 법이 없었다. 모금 운동에서도 마찬가지였다. 롬 거리 구세군 본영에 있는 사무실에서 블랑슈는 여성 궁전 설립 계획을 설명하고 후원을 요청하는 편지 수백 통을 직접 쓰거나 구술했다. 기침이 너무 심해 몸을 가눌 수 없을 지경이 되어야, 혹은 알뱅이 달려와 간청하는 경우에야 잠시 일에서 손을 놓고 쉬었다.

설립위원회가 빠르게 구성되었다. 수상, 외무부장관, 재무부장관, 내무부장관, 노동부장관, 국새상서, 경찰청장, 빈민구제국장, 프랑스은행 이사를 비롯하여 다수의 상하원의원, 시장, 외교관, 대학 총장, 신문사 편집장, 아카데미프랑세즈 회원, 의학 아카데미 회원, 은행장, 그 밖에 여러 유명 인사들이 설립위원회에 참여했다. 알뱅은 프랑스공화국 대통령 가스통 두메르그와의 면담에서 성과를 얻었다. 대통령이 여성 궁전 설립위원회의 후원자가 된 것이다.

알뱅도 한층 힘을 냈다. 프랑스의 가장 유력한 은행가와 산업가들을 찾아다니며 참여를 설득했다. 로스차일드 형제들과 라자르 형제들, 또한 푸조 가문의 아들들이 이 설립 계획의 취지에 공감하고 거액의 후원을 약속했다.

드디어 기부금이 답지하기 시작했다. 액수에 따라 공동 설립자(1만 프랑 이상), 후원자(5000프랑 이상), 기부자(1000프랑 이상)의 명단이 만들어졌다. 아무리 적은 액수의 기부금이라도 소중히 다루었다. 보석과 미술품을 기증받는 경우도 있었다. 이런 기증품의 판매 대금 역시 여성 궁전 설립 자금에 합했다. 한 사회의 모든 계층이 설립 운동에 참여했다. 방대한 이 운동은 말하자면 한 공동체 구성원들의 연대였다. 물랭루주의 무희 한 사람이 사무실로 직접 블랑슈를 찾아온 적도 있었다. 그는 목걸이 하나를 꺼내 놓으며 여성 궁전을 세우는 일에 자신도 힘을 보태고 싶다고 했다.

기부자 명단이 구세군이 발행한 〈언 아방(En avant, 전진)〉 지면에 실렸다. 기부자들에게는 감사의 의미로 명판 하나에 자신의 이름을 새겨 장차 완공될 여성 궁전의 각 호실 방문에 붙일 기회가 주어졌다. 명판에 이름 대신 좋아하는 구절을 선택해 새길 수도 있었다.

　이런 전례 없는 보답 방식에 대해 신문 기자들이 앞다투어 기사를 썼다. 여성 궁전의 기부자 명판에 대한 기사가 〈르 탕〉, 〈르 마탱〉, 〈레 데르니에 누벨 드 스트라스부르〉, 〈르 시에클〉, 〈르 프로그레 시빅〉, 〈랄자스 프랑세즈〉 등의 지면을 장식했다. 구세군이 삽화를 넣어 제작한 팸플릿도 다량 인쇄되어 널리 배포되었다.

　설립위원회는 여러 차례 모금 행사를 개최했다. 행사가 열릴 때마다 블랑슈는 수백 명의 사람들 앞에 나서서 빈곤에 위협당하는 여성을 보호하는 일이 얼마나 시급한 과제인지를 열정적으로 설득했다. "방 하나면 위태로운 생명 하나가 보호받을 수 있습니다. 이 건물의 보수 공사가 완성되면 743개의 방이 확보될 것입니다. 743개의 방이면 743인의 생명을 구하는 것입니다."

　블랑슈는 연설을 이어나갔다. "이 자리에 계신 여러분 한

분 한 분께 저는 다음과 같이 묻고 싶습니다. 우리의 삶으로
는 결코 받아들이고 싶지 않을 생활 조건을 다른 사람에게 받
아들이라고 할 수 있을까요? 거리로 내몰린 어머니가 살아남
기 위해 홀로 싸우는 모습을 지켜보고만 있어야 할까요? 그
어머니는 자기 아이를 먹여 살리기 위해 어쩌면 몸을 팔아야
하는 상황에 처할지도 모릅니다. 어느 한 사람 손 내밀어 도
와주지 않는데 다른 방법이 없지 않겠습니까?"

알뱅은 청중 사이에 섞여 있었다. 자랑스러움과 감동이 그
의 가슴에 차올랐다. 블랑슈는 열정 그 자체였다. 강하면서
도 따뜻했고 때로는 채찍처럼 매서웠다. 블랑슈가 쏟아내는
웅변의 힘은 매번 예상을 넘어섰다. 블랑슈의 연설에 귀 기울
이면서 알뱅은 생각했다. 다른 시대에 다시 태어나더라도 블
랑슈는 자신의 말과 글을 타인을 위해 사용할 거라는 생각이
었다.

블랑슈는 매번 두려움 없이 더 높은 목표를 겨냥해 왔다.
그런 블랑슈를 두고 이룰 수 없는 꿈을 필요로 하는 사람이라
는 평까지 따라붙을 정도였다. "우리 사령관에게는 달과 별이
필요해!" 이것이 구세군 사관들끼리 주고받는 말이었다. 지금
까지 블랑슈의 삶은 빈민 구역의 좁은 골목길을 구석구석 돌

아다니며 가장 누추한 것을 보듬는 일로 채워져 있었다. 세간의 주목을 끄는 모금 행사의 주인공이 되어 모두로부터 박수갈채를 이끌어 내는 순간에도 블랑슈에게서 한 점이나마 허영심을 찾아내기는 어려웠다. 어느 자리에 초대받든, 어떤 청중 앞에 서 있든 블랑슈의 관심사는 단 하나, 그 자리에 참석한 사람들에게 여성 궁전의 긴급한 필요성을 설득하는 일이었다.

점차 여론이 움직이기 시작했다. 4월 24일, 소르본대학교 대강당에서 열린 행사에는 2500명이 모였다. 그날 노동보건부 장관은 "여성 궁전 설립 계획을 실현시킨 이 선구자들에게 국가의 이름으로" 엄숙하게 감사를 표했다. 구세군 운동이 프랑스에 발을 내딛고도 "긴 시간 동안 무시당하고 배척받고 오해에 시달렸지만" 이 구세군 선구자들은 "우애라는 무기를 들고" 고통받는 사람들을 위해 싸워왔다고 했다. "이들이 보여 준 우애는 앞으로 올 사회의 모습이자 그 사회를 실현시킬 수단입니다." 장관의 이 말은 프랑스 구세군 역사에서 하나의 전환점이었다. 그것은 그동안의 고난을 위로한다는 의미 이상으로 구세군 활동을 공식적으로 인정하고 명예를 부여하는 하나의 선언이었다.

"구세군은 온정의 조직을 결성하여 가난의 결합을 막아 내고자 했습니다. 나무의 가치는 그 나무가 맺는 열매를 보면 알 수 있습니다. 그동안 구세군이 맺어 온 열매는 탁월했습니다. 구세군이 추신하는 계획이 부실한 것일 수 없는 이유입니다. 여성 궁전 설립 계획은 그저 호기심에 한번 눈길을 주고 말 일이 아닙니다. 그 이상으로 실질적 도움을 보탤 만한 가치가 있는 계획입니다."

장관의 격려사를 듣는 블랑슈의 머릿속에는 구세군의 과거 시간들이 주마등처럼 스쳐 갔다. 초기에는 사역에 나선 사관들이 세인의 조롱과 야유, 모욕을 뒤집어써야 했다. 돌팔매질을 당하고 때로는 썩은 달걀에 죽은 쥐 세례까지 견뎌야 했다. 이제 그들의 노력은 한 국가의 이름으로 인정받고 나아가 하나의 모범으로 제시되었다. 하지만 지금은 이러한 명예에 도취할 상황이 아니었다. 구세군 활동이 조명받고 있다는 사실은 눈앞의 시급한 목표에 더욱 매진해야 할 필요성을 일깨울 뿐이었다.

기부에 동참하는 사람들이 늘어났다. 1차 목표인 100만 프랑이 모였다. 블랑슈는 뿌듯했지만 아직은 긴장을 풀 때가 아니었다. 가야 할 길이 멀었다. 여성 궁전을 완성하기까지 필요한 막대한 돈을 구하는 일은 여전히 과제로 남아 있었다.

여성 궁전의 대여정은 이제 첫걸음을 내딛었을 뿐이었다.

20장

요청받은 글쓰기 과제 가운데는 솔렌을 당혹스럽게 하는 일들도 있었다.

어느 목요일 오후, 솔렌이 늘 하던 대로 휴게실 테이블에 자리 잡고 앉았을 때였다. 한 여자가 솔렌에게로 왔다. 마주 앉은 경우는 처음이었지만 이미 줌바 강습 시간에 멀찍이 얼굴을 익힌 이였다. 이름은 이리스라고 했다. 아름다운 몸매와 우아한 자세를 지닌 사람이었다. 짙은 눈썹이 크고 둥근 아치를 그리고 그 아래 섬세한 이목구비가 눈길을 붙잡았다. 그는 자신이 부탁하려는 일이 어쩌면 엉뚱하게 들릴 수도 있겠다는 말로 입을 열었다. 차분하고 나지막한 목소리였다.

"이 자리에서 이야기하기는 난처해요. 괜찮으시다면 제 방으로 함께 올라가서 말씀드려도 될까요? 저는 6층에 살아요. 조용히 이야기를 나누기에는 여기보다 방이 나을 거예요."

솔렌은 당황했다. 여성 궁전에 다소 익숙해졌다 해도 거주자의 사적인 공간에 들어가 본 적은 없었다. 원룸에 들어간다는 것은 장벽 하나를 넘어간다는 의미였다. 방어선을 넘어 내밀한 영역으로 발을 들여놓는다는 의미였다. 하지만 그건 솔렌으로서도 그리 편하지 않은 일이었다. 솔렌은 뒷걸음질 쳤다. "그건 곤란해요. 업무 시간에는 자리를 지켜야 하거든요. 여기서 이야기해도 누군가 엿듣는 일은 없을 거예요. 저도 비밀을 지킬게요. 약속할 수 있어요."

이리스의 얼굴에 실망한 표정이 떠올랐다. 하지만 곧바로 솔렌의 입장을 이해한다고 대답했다. 부드러운 말투였다. 이리스가 쓸쓸하게 자리를 떠나려는 순간 솔렌이 몸을 일으켜 이리스를 붙잡았다. 이리스가 그대로 떠나게 하기는 싫었다. "어쨌거나 오늘은 대필 작가가 파리를 날리는 중인걸요⋯⋯. 방으로 같이 올라가요. 룰을 어길 때도 있어야죠. 다만 시간이 너무 길어지면 안 돼요. 선례를 만들면 안 되니까요. 더구나 나는 늘 이곳 휴게실에 붙어 있었기 때문에 자리를 비우면 모두들 오늘은 대필 작가가 일을 쉬거나 조퇴를 했다고 생각할 거예요."

이리스는 뒤따라오는 솔렌을 데리고 중앙 계단 쪽으로 갔다. "저는 엘리베이터를 타지 못해요. 폐소공포증이 있거든요." 이리스가 말했다. "6층까지 걸어 올라가는 일이 줌바 강습만큼은 아니더라도 체중 유지에 어느 정도는 도움이 돼요. 약간의 운동이 몸에 해로울 리야 없죠." 이리스는 잠시 머뭇거리더니 덧붙였다. "쉼터에 들어와 산다고 해서 자신을 가꾸지 말라는 법은 없으니까요."

두 사람은 6층의 긴 복도를 따라갔다. 양편에 원룸들이 이어졌다. 솔렌은 각 호실 문에 붙은 명판을 유심히 보았다. 어느 것에든 한 사람의 이름 혹은 경구가 새겨져 있었다. 이윽고 그들은 어느 방문 앞에서 발을 멈췄다. 명판에 다음과 같은 구절이 있었다. "누구도 자신이 생각하는 만큼 불행하지 않고 기대했던 만큼 행복하지도 않다." 17세기 작가 프랑수아 드 라 로슈푸코의 잠언이었다. '이 장소에 딱 어울리는 구절을 선택하다니 누군지는 모르지만 센스 있는 사람이야.' 솔렌은 속으로 중얼거렸다.

이리스가 열쇠를 꺼내 방문을 열었다. 깔끔하게 정돈된 작은 방이었다. 싱글 침대가 있고 창문이 하나 나 있었다. 창문 너머로 안뜰이 내려다보였다. 한쪽에 작은 간이 주방도 설치되어 있었다. "욕실과 화장실도 딸려 있어요." 이리스가 말했다. "이 작은 공간에서 모든 게 해결돼요. 좁아도 생활이 불편하지는 않아요. '처음으로 나만의 방을 가졌다.' 이 말을 떠올리게 해 주죠. 저에게는 '나만의 방'이에요." 솔렌은 이리스가 자연스럽게 버지니아 울프를 인용하는 게 뜻밖이었다. 솔렌의 생각을 읽었는지 이리스가 조금 웃었다. 놀리려는 듯 목소리를 가볍게 띄워 말했다. "쉼터에 들어와 사는 사람도 책을 읽을 수 있어요."

솔렌은 뜨끔했다.

이리스는 하나뿐인 의자를 솔렌에게 내주고 자신은 침대에 걸터앉았다. 잠시 말없이 있다가 이야기를 시작했다. 부탁하려는 편지는 지극히 사적인 것으로, 말하자면 일종의 고백 편지이고, 그것에 대해 솔렌의 조언을 듣고 싶다고 했다.

"어떤 사람에게 제 마음을 고백하고 싶어요. 일 때문에 여성 궁전에 매주 오는 남자예요."

솔렌은 대답할 말을 찾지 못했다. 난감했지만 겉으로 드러내지 않으려 애썼다. 이리스의 이야기를 더 들어 보는 게 우선이었다.

　이리스는 자신이 살아온 이야기부터 꺼냈다. 원래 이름은 이리스가 아니었다고 했다. "처음에는 루이스°였어요. 그때는 지금과는 다른 삶을 살았죠. 이름은 처음과 중간 두 음절만 바꾸었어요. 행정 서류상의 작은 변화가 있었을 뿐이지만 저에게는 아주 중요한 일이었어요. 삶을 새로 시작한다는 의미였으니까요. 하지만 그 변화가 제 부모님에게는 수치를 떠안겼죠." 이리스의 아버지는 멕시코인이고 어머니는 필리핀 출신이라고 했다. "저는 수많은 혼합 중에서도 아주 진귀한 경우예요." 그는 말 속에 가벼운 유머를 섞어 넣을 줄 알았다. "어릴 적에 저는 어느 누구에게도 저를 이해시킬 수 없었어요." 유년기의 고립은 파란 많은 청소년기로 이어졌다. 루이스는 집에서 쫓겨났다. '다름'이 문제였다. 그래도 어쨌거나 끝까지 가 보기로 결심했다. 구호소와 거리가 번갈아 잠자리가 되었다. 잡일을 해서 번 푼돈으로 살았다. 몇 번 자살을 시도했는데, 손목에 난 흉터는 그때 생긴 거라고 했다. 학대당하며 지낸 적도 있고 매춘도 경험했다. 밑바닥으로 굴러떨어졌다. 더는 내려갈 데도 없는 절망의 시간이었다. "그런데 밑바닥에 가닿고 나면 그때부터는 올라갈 일밖에 없어요." 이리스가 말했다.

사회 복지사로 일하는 한 여성과의 만남이 모든 것을 바꾸어 놓았다.

　　서른 살에 이리스는 마침내 자기 자신을 찾았다. 이곳 여성 궁전은 이리스가 스스로를 다시 만들어 가는 공간이기도 했다. "제게도 어쩌면 미래가 있을 거라는 생각이 이제 들기 시작해요. 삶이 다른 것도 준비해 놓았을 거라는 기대가 생긴 거죠. 지금까지 제 몫은 고통과 배척뿐인 줄만 알았거든요."

　　하지만 이리스는 사람들과의 관계가 여전히 어렵다고 했다. "저를 있는 그대로 받아들여 주기를 바라지만 쉽지 않은 일이에요. 이곳의 어떤 이들은 저에게 반감을 드러내곤 해요. 여기 들어올 자격이 없다고 생각하는 거죠." 이리스는 여성 궁전에서도 빈번히 노골적인 경멸과 마주친다는 사실을 숨기지 않았다. "자신과 다른 무엇을 대할 때 이곳 여자들이 더 너그러운 태도를 취할 거라고 생각하는 사람도 있을 거예요. 평탄치 않은 삶을 살아온 사람들인 만큼 '다름'에 대해 보다 열린 모습을 보여 주리라 기대하는 거죠. 하지만 전혀 그렇지 않아요. 심지어 인종 차별을 노골적으로 드러내기도 해요." 이리스는 에둘러 말하거나 얼버무리는 법이 없었다. "그런 사람들은 난민이 자신들과 마찬가지로 이곳에 있을 자격을 갖

º Luis, 남성 이름이다.

는다는 데 불만이 많아요. 난민보다는 자신에게 더 많은 권리가 돌아와야 한다는 것이죠. 이곳에서도 이런 종류의 말들을 들어야 하는 게 현실이에요." 이리스가 씁쓸하게 말했다.

이리스가 고백하려는 상대는 바로 줌바 강사 파비오였다. 이리스는 파비오를 처음 보는 순간 숨이 멎었다고 말했다. "다리가 풀려 하마터면 그 자리에 주저앉을 뻔했어요." 파비오의 무엇에 그렇게 마음이 흔들렸는지 이리스 자신도 모르겠다고 했다. 남아메리카라는 파비오의 뿌리에 끌렸을까. 골반을 움직이는 그 독보적인 방식에 홀렸던 걸까. "그 사람의 리듬 감각이나 브라질 억양이 매혹적이긴 해요……. 그런데 그런 걸 발견하기 전에, 그러니까 줌바를 추는 그 사람 모습이 처음 눈에 들어오는 순간에 별안간 온몸에 전율이 일었거든요. 악마의 몸을 한 천사가 보였어요." 이리스는 이 말을 해 놓고 조금 웃었다. 이리스는 운동을 즐기는 편이 아니라고 했다. 예전부터 그랬다. 그런 이리스가 주저 없이 달려가 줌바 수강 신청을 했다. 오로지 파비오와 같은 공간에 있고 싶어서였다. 지금까지 한 번도 강습에 빠진 적이 없다는 말도 했다. "다음 강습 시간을 기다리는 일이 한 주 동안의 낙이에요. 밤이건 낮이건 그 생각만 해요."

이리스가 파비오에게 남몰래 연정을 품은 지가 거의 1년이 되어 간다고 했다. 여성 궁전에서 이리스가 마음을 털어놓을 수 있는 사람은 살마밖에 없었다. 최근 살마가 이리스에게 파비오가 싱글이라는 사실을 귀띔해 주었다. "살마는 여성 궁전의 일을 모르는 게 없어요. 누구나 살마에게 고민을 털어놓으니까요." 그 사실을 알고 난 뒤 이리스는 마음을 고백할 용기를 냈다. 하지만 일은 간단하지 않았다. 어쨌거나 여느 사랑 고백과는 달랐다. 이리스는 파비오를 겁먹게 하기는 싫었다. 이리스 자신이 조심스럽게 '다름'이라는 말로 표현하는 것, 그것이 파비오와의 일을 어렵게 만드는 일종의 브레이크가 될지 몰랐다. 하지만 무슨 상관인가. '위대한 사랑과 위대한 사업에는 그만큼의 위험이 따르는 법이다.' 언젠가 이리스가 달라이 라마의 책에서 읽고 수첩에 적어 놓은 문장이었다. "사랑을 얻기 위해 무릅쓰는 위험의 크기가 그 사랑의 위대함을 증명해 준다는 말이잖아요."

이리스는 조심성이 많았다. 파비오에게 다가가서 시간이 되면 한잔하자거나 함께 저녁 식사를 하자는 말을 하지 못했다. 대신 밤마다 시를 썼다. 외로움이 짙어지는 시간들이었다. 그렇게 완성한 시 한 편을 솔렌에게 보여 주며 의견을 구했다. 틀린 부분도 바로잡아 달라고 부탁했다. "저는 철자법에 약해요. 문법은 더 엉망이고요."

시로 마음을 고백하겠다는 생각이 고리타분해 보일 거라는 사실을 이리스는 알았다. 소셜 네트워크와 스마트폰의 시대이고, 문자 메시지나 멀티미디어 메시지가 손 뻗으면 닿는 곳에 있다는 사실도 알았다. 인터넷과 온라인 데이트 서비스 덕분에 연애는 즉석에서 구할 수 있는 무엇이 되었다. 하지만 이리스는 달랐다. "전 낭만적인 사람이에요." 이리스가 말했다. "그러고 보면 사람은 새로 만들어지는 게 아닌데 말이죠……."

이 말을 하면서 이리스는 장난스럽게 웃었다. 솔렌은 자신을 농담의 대상으로 돌릴 수 있는 이리스의 여유가 좋았다. 이리스는 재기가 뛰어난 사람이었다. 취미가 고상하고 교양이 풍부했다. '다른 상황에서 만났더라면 우린 좋은 친구가되었을 텐데.' 솔렌은 문득 생각했다.

과일 주스를 앞에 놓고 앉아 이리스는 솔렌에게 아버지의 나라에 대해 이야기해 주었다. 멕시코에서는 많은 대필 작가들이 노점상처럼 거리에 가판을 열고 글을 써 준다고 했다.

대필 작가들의 가판 경쟁이 가장 치열한 곳은 산토도밍고 광장인데, 철자법과 문법 시험을 통과한 작가들만 광장에 가판 자리를 얻는다는 설명도 덧붙였다. "그곳의 대필 작가들은 각자 전문 분야가 있어요. 우리 삼촌도 한때 산토도밍고 광장에서 가판을 열고 글을 써 준 적이 있는데, 삼촌의 분야는 연애 편지였어요. 언젠가 하루, 삼촌이 제시간에 가판을 열지 못한 날이 있었어요. 그런 일은 아주 드문 경우죠. 그러자 광장의 다른 대필 작가들이 삼촌이 죽었다고 헛소문을 퍼뜨렸어요. 삼촌의 단골손님들을 가로챌 속셈이었죠. 해질 무렵 삼촌이 광장으로 나가자 나이 지긋한 어떤 여성분이 혼비백산해서 비명을 지르며 달아났대요. 눈앞에 유령이 나타났다고 믿은 거죠. 삼촌은 생각날 때마다 이 이야기를 하면서 웃음을 터뜨렸어요. 삼촌이 해 주는 다른 이야기도 많았는데, 저는 이 가짜 유령 이야기를 제일 좋아했어요."

이리스는 이야기를 뚝 멈추더니 무안한 듯 말했다. "제가 너무 수다스럽죠. 마음이 맞는 사람과 함께 있으면 온종일을 이야기로 채우기도 해요." 그러고는 솔렌의 시간을 빼앗고 있다는 걸 안다면서 원룸의 작은 붙박이 책상 서랍을 열어 자신이 썼다는 시를 꺼냈다. 막상 꺼내기는 했어도 솔렌 앞에서 소리 내어 읽을 엄두는 나지 않는 것 같았다.

"무척 떨리네요." 이리스가 말했다.

"알아요. 자신의 글을 내보이려면 정말이지 용기가 필요해요." 솔렌은 대답했다. 사춘기 시절 자신이 쓴 글로 빼곡하게 채웠던 공책들이 생각났다. 그 글들을 문학 선생님에게 내밀며 감상평을 부탁하기까지 몇 달을 망설였다. "자신의 글을 다른 사람에게 보여 준다는 건 말하자면 문턱을 하나 넘어서는 일이에요. 용감해야 해요." 솔렌의 말이 끝나기 전에 이리스가 시를 읽기 시작했다.

솔렌은 귀 기울여 들었다. 이리스의 시구가 가슴에 스며들었다. 서툴고, 고지식하고, 정돈되지 않은 초고였다. 문법에 맞지 않는 부분도 있었다. 하지만 이리스의 언어는 진짜였다. 운율은 약하고 운각은 삐걱거렸지만, 그러나 이리스의 시는 단단히 버티고 서 있었다. 솔렌은 어느새 시와 함께 공명하는 자신에 놀랐다. 아주 먼 기억을 되짚어 보아도 누군가가 언어를 통해 이처럼 대담하게 자신을 드러내 보이는 모습은 처음이었다. 사실 시간을 들여 솔렌에게 시를 써 보낸 사람도 없었고, 자신의 감정을 언어에 실어 전한 사람도 없었다.

'나도 이렇게 했어야 했는데.' 솔렌은 속으로 중얼거렸다. '용기를 내서 나 자신을 솔직하게 드러내 보였어야 했는데.'

제레미가 떠났을 때 솔렌의 언어는 밑바닥까지 바싹 말라붙은 상태였다. '단 몇 개의 문장이라도 길어 냈더라면, 어느 정도만이라도 대담해졌더라면 모든 게 바뀌었을지도 몰라…… 그때 내 안에서 시를 길어 낼 수 있었더라면 그를 붙잡을 수 있었을지 누가 알아?'

이리스는 시를 쓰기에는 자신의 어휘와 구문이 빈약하다는 걸 안다고 했다. 자신은 거의 모든 게 부족하다고 했다. "그렇지만 열정은 전혀 부족하지 않은걸요." 솔렌의 말은 진심이었다. '크리스티앙이 록산느를 향한 끓어오르는 사랑을 시라노에게 털어놓았을 때, 시라노가 이런 느낌이었을까?' 솔렌은 여성 궁전에서 사람들이 시라노 드 베르주라크°에 대해 하는 말을 들은 적이 있었다. 여러 전기 작가들의 주장과는 달리 시라노 드 베르주라크가 사누아에서 사망해 묻힌 게 아니고 사실은 이곳 여성 궁전 아래 묻혀 있다고 했다. 여성 궁전이 들어선 건물터는 예전에 한 수도원이 있던 자리인데, 시라노 드 베르주라크가 마침 자기 누이가 수녀로 있는 그 수도원에 은거해 지내다가 누이의 품 안에서 숨을 거두었으며, 시라노의 진짜 무덤은 이곳 도서관 아래 어디쯤에 있을 거라는 게 떠도는 이야기의 내용이었다. '시라노 드 베르주라크의 영혼

° 17세기 프랑스의 유명한 문필가였던 실존 인물이자 1897년 초연된 에드몽 로스탕의 희곡 〈시라노 드 베르주라크〉의 주인공이다. 희곡에서 시라노는 친구 크리스티앙의 이름으로 록산느에게 연서를 쓴다.

이 어쩌면 이곳을 떠돌고 있을지도 몰라. 오늘 들은 이리스의 시 속에, 그 시구와 단어들 사이에 그의 영혼이 스며든 게 아닐까.'

"됐네요." 솔렌은 어느새 빈타의 말투를 따라 하고 있었다. 이리스에게 자신감을 주고 싶었다. "완벽한 시예요. 고쳐야 할 부분은 없는걸요." 그러고는 몇 군데 문법을 바로잡고 두세 가지 표현을 바꾸어 주기만 했다. "이제 이 시를 건네주기만 하면 돼요."

솔렌의 격려에 이리스는 결심할 수 있었다. "다음번 강습 시간에 용기를 내 볼게요……."

휴게실로 돌아가기 위해 계단을 내려오면서 솔렌은 파비오가 그 시를 읽고 어떤 반응을 보일지 상상해 보았다. 이리스가 읽어 주는 시를 들으며 자신이 그랬듯이 파비오 역시 몸이 떨려 오기를, 시구와의 공명을 경험하기를 바랐다. 이리스의 시구가 어떤 사랑 이야기의 첫 문장이 되기를 빌었다. 이런 생각을 하자 마치 자신이 그 사랑의 중매인이 된 듯, 적어도 바람잡이는 된 듯 가슴이 뿌듯했다. 아니면 여성 궁전의 시라노 드 베르주라크가 되었다고 해도 좋았다.

이러다가는 자칫 솔렌 자신이 이리스의 시에 자극받아 연애하고 싶어질 것 같았다. 곤두선 삶을 어루만지는 데는 시가 특효약인 셈이다. 학생 때 솔렌은 많은 시를 읽었다. 도서관에서 시집을 빌려 왔고, 시어가 빚어내는 하모니에 취해 어떤 상상에 빠져들기도 했다. 시를 따라가는 길은 숨겨 놓은 쾌락이 그렇듯 혼자만 떠나는 비밀 여행이었다. 어른이 되고 변호사 시험에 합격한 뒤로 시는 삶에서 밀려났다. 언어의 조응과 말의 에움길도 사라졌다. '하지만 아직은 너무 늦지 않았을 거야.' 솔렌은 속으로 중얼거렸다. '사랑도 시도 너무 늦은 건 아닐 거야.'

'나 자신을 되찾는 일도 아직은 늦지 않았어.'

휴게실의 수런거림 속에서 솔렌은 새로 시작하고 있었다. 새로운 삶 속으로 걸어 들어갔다. 양 볼에 가벼운 홍조가 떠오르고, 심장에 얼마간의 열기가 돌았다. 희망이라는, 행복이라는 어떤 싹이 고개를 내밀었다.

21장

그날 아침, 솔렌은 제레미의 캐시미어 스웨터를 옷장에서 꺼내 가방 속에 쑤셔 넣었다. 과거를 떠나보내야 할 시간이었다. 계속 뒤를 돌아보면서 미래와 만나기란 어려운 법이다. 스웨터는 여성 궁전으로 가져가 스테파니에게 전해 줄 생각이었다. 얼마 전 스테파니가 지하층에 나눔 장터를 열었다는 이야기를 들었다.

열린 옷장 안에 가지런히 걸린 슈트들이 눈에 들어왔다. 로펌에서 일할 때 입던 옷들이었다. 그 옷들을 입던 과거의 자신이 낯설게 느껴졌다. 그때의 모습은 더 이상 자신이 아니라는 생각이 들었다. 별안간 눈앞의 옷들을 옷장에서 전부 치우고 싶었다. 여성 궁전 거주자들은 경제적으로 넉넉하지 않았다. 대개는 새로 옷을 장만하기 버거운 사정이었다. 일자리를 얻기 위해 면접을 보는 경우는 종종 있었다. 그럴 때 입을 슈트가 있다면 분명 반가울 거라는 생각이 들었다. 솔렌의 옷들 가운데 낡고 후줄근한 것은 없었다. 솔렌은 옷을 잘 관리하는 편이었고, 그중 몇 벌은 새 옷이나 마찬가지였다.

옷을 전부 나눔 장터에 기부하고 나자 홀가분했다. 무겁게 매달려 있던 것을 벗겨 낸 기분이었다.

잘 가, 과거. 잘 가, 제레미.

솔렌은 책들도 여성 궁전 도서관에 기증하기로 마음먹었다. 상자에 담겨 창고에 잠들어 있기보다는 여성 궁전으로 가는 편이 더 의미 있게 활용될 거라는 생각이 들었다. 창고 방으로 갔다. 쌓여 있는 낡은 물건들과 잡동사니가 담긴 상자들을 뒤적이며 과거 속으로 발을 들여 놓았다. 학창 시절 솔렌의 책꽂이를 채웠던 소설책들은 따로 이삿짐 상자에 담겨 있었다. 부모에게서 독립해 이 아파트로 이사할 때 챙겨 온 책들이었지만, 정작 그 후로는 상자를 열어 볼 시간이 없었다.

책들은 책꽂이에 꽂혀 있었을 때처럼 온전했다. 먼지가 쌓인 점을 빼면 말끔했다. 《항해》, 《댈러웨이 부인》……. 버지니아 울프는 솔렌이 가장 좋아하던 작가였다. 상자 안에는 《자기만의 방》도 있었다. 책을 펼쳐 들고 눈에 들어오는 대로 읽어 내려갔다. 이 책을 처음 읽은 건 열일곱 살 때였다. 버지니아 울프가 책에 쏟아 놓은 생각들이 솔렌에게 강한 울림을 불러일으켰다. 버지니아 울프는 여성이 글을 쓰려면 자기만의 방과 얼마간의 돈이 있어야 한다고 말했다. 솔렌은 문득 생각했다. '거기에 더해 시간이 있어야 해.'

책장을 덮는데 별안간 무엇인가 분명해진 느낌이었다. 지금 솔렌은 이 세 가지를 다 가지고 있었다.

'그렇다면 글을 쓰지 못할 이유가 없잖아?'

이리스는 현기증이 일듯 파란 많은 삶을 가로지르며 글을 썼다. 그는 여성 궁전의 옹색한 원룸에서 시를 써냈다. 가진 것이 아무것도 없는 이리스는 가진 것이 없기 때문에 필요한 힘을 자기 안에서 길어 냈다. 자신을 던질 힘, 자신을 던져 글을 쓸 힘을. 가난은 시가 솟구쳐 나오는 데 걸림돌이 되지 않았다. 이리스는 계단을 걸어 내려와 문구점으로 가서 공책 한 권을 샀고, 그리고 무작정 글을 쓰기 시작했다고 했다. "제가 살아온 이야기를 소재로 삼아 소설 초고도 써 놓았어요. 저의 첫 소설이 될 거예요." 이리스는 비밀을 털어놓듯 솔렌에게 말했다. "하지만 아직은 너무 부족해서 보여 드릴 수 없어요."

솔렌도 한때 시를 썼다. 하지만 시를 썼다는 기억마저 로펌 생활의 분주함에 휩쓸려 어디론가 흩어져 버렸다. 시를 적어 놓은 공책들은 부모님의 집, 예전 자신의 방 책장 한쪽 구석에 여전히 잠들어 있을 것 같았다. 그때로부터 시간은 20년이 넘게 흘러가 버렸다.

언젠가는 소설을 쓰겠다고 다짐하던 때도 있었다. 지금이라도 쓸 수 있을까? 소설을 쓴다는 생각은 매혹적이었지만 한편으로는 겁이 났다. 자신이 쓴 글을 다시 읽어 보기가, 읽으면서 자신의 글이 하찮고 의미 없음을 발견하기가 두려웠다. 재능이 없다는 사실을, 이렇게 많은 시간을 흘려보낸 뒤에, 또다시 확인하는 일만큼 잔인한 게 있을까? 소설을 쓰겠다는 생각은 변호사가 되면서부터 일종의 환상, 붙잡을 수 없는 꿈이 되었다. 꿈이 가로막히면 현실에 더 많은 점수를 주게 되는 이점이 있다. 솔렌은 이룰 수 있는 목표만, 가닿을 수 있는 지점을 향한 길만을 탐색했다. 현실을 헤쳐 나가는 일도 위험 부담이 상당했다. 야망을 품으면 그에 걸맞은 노력을 기울여야 했고, 그러면서 야망이 매번 커져 갔다.

별안간 솔렌은 부끄러웠다. 자신이 비겁하게 느껴졌다. 이리스는 자신에 비하면 교육을 받을 기회도 터무니없이 적었는데, 기본 문법 지식조차 부족한데, 그런데도 두려움 없이 글쓰기에 뛰어들었다. 직접 쓴 시를 솔렌에게 들려주었고, 파비오의 눈앞에 과감하게 내밀 결심을 했다. 솔렌이 잊고 지내온 묵은 꿈을 다시 꺼내 들고 겁을 내고 있을 때, 이리스는 솔렌 서넛을 합한 것보다 훨씬 더 용감했다.

이제 선택할 길은 하나밖에 없다. 그 길을 외면하기에는 너무 멀리 나아왔다. 여성 궁전의 여자들은 어느새 솔렌을, 그들 자신도 의식하지 않은 일이겠지만, 막다른 길로 몰아넣었다. 빈타, 이리스를 비롯해 그들은 솔렌이 다시금 언어를 찾아 가도록, 언어와 만나도록 해 주었다. 솔렌은 글쓰기를 되찾았다. 글쓰기를 또다시 잃을 수는 없다. 20년 전에 시작된 길이다. 이제 이 길을 끝까지 가 봐야 한다. 자기 삶을 예전에 멈췄던 그 지점에서 다시 흐르게 하는 일, 이것이 솔렌에게 필요한 '치료'의 진짜 의미였다. 용기를 요구하는 일이었다. 이제 솔렌은 그 용기를 낼 수 있었다.

머뭇거릴 필요가 없었다. 곧바로 아버지와 어머니에게 전

화했다. 다음 일요일에 집으로 찾아가 함께 저녁을 먹고 싶다
고 말했다.

부모님의 집에서 함께 저녁을 먹는 건 아주 오랜만이었다.
동생도 아이들과 남편을 데리고 와 있었다. 솔렌이 한결 건강
해 보인다며 모두들 반가워했다. 솔렌은 느긋한 얼굴로 웃어
보였다. 먹는 약의 분량도 서서히 줄어 가고 있다고 말했다.
로펌에는 언제부터 다시 나갈 생각이냐고 아버지가 물었을 때
는 대답을 적당히 얼버무렸다. 다른 계획이 있었으니까. 마침
식탁 위의 이야기는 한창 말썽을 부릴 나이인 막내 조카의 기
발한 업적으로 방향을 틀었다. 조카의 엉뚱함을 화제로 삼아
모두가 웃고 있는 틈을 타 솔렌은 예전에 쓰던 방으로 올라갔
다. 빛바랜 옷가지들, 모아 놓았는지도 몰랐던 다이어리들,
레코드판, 누군가에게 빌려와 놓고 돌려주지 않은 비디오테
이프, 구두 상자 가득히 담아 놓은 편지와 영화 티켓들이 있
었다. 기어이 버리지 않고 모아 놓는 이 습관이라니, 흘러가
는 젊음을 하찮은 추억거리들을 통해 조금이나마 붙잡아 놓
으려 했던 걸까? 잡동사니를 뒤적이던 솔렌의 눈에 마침내 그
공책들이 들어왔다. 시가 가득 담긴 공책들은 책장 한쪽 구
석에 숨어 있었다. 그다음부터 솔렌은 어서 자신의 집으로 돌

아가고 싶은 마음뿐이었다. 거기 담긴 시들을 펼쳐 놓고 읽고
싶었다.

솔렌은 그날 밤을 꼬박 새웠다. 먼동이 틀 때에야 공책을
덮었다.

솔직히 말하자면 어떤 부분들은 말할 수 없이 유치했다. 서
툴고 과장된 표현들이 군데군데서 튀어나왔고, 몇몇 구절들
은 아예 지워 버리는 편이 낫겠다 싶었다. '하지만 전체로 봐
선 나쁘지 않아.' 솔렌은 생각했다. '아무튼 진부하지는 않잖
아. 더 파 보고 싶게 만드는 뭔가가 있어. 밑그림이긴 하지만
벌써 어떤 스타일이 보이는걸.' 이 자신감이 착각일 수도 있
었다. 솔렌은 신중해지려 했다. 언어는, 글쓰기는, 알면 알
수록 모를 것이었으니까. 시의 행간에서 자신과 마주치는 건
가슴 두근거리는 경험이었다. 시 속에 자신이, 아직은 어느
귀퉁이도 닳지 않은 모습으로, 아직은 어느 형태로도 재단되
지 않은 모습 그대로 삶의 첫걸음을 떼어 놓고 있었다.

불현듯 갈망이 일었다. 소설을 쓰고 싶다는, 예전에 가슴
에 품었던 그 갈망이었다. 글쓰기에 삶을 걸고 싶다는 갈망이
었다. 삶이 눈앞에 있다고, 언제나 삶과 마주 보고 있다고 생

각해 보라. 펜 한 자루만 있으면 모든 걸 바꿀 수 있었다. 약간의 시만으로도 자신을 새로 태어나게 할 수 있었다.

이리스가 그랬듯이 솔렌도 거리로 달려 나갔다. 문구점에서 새로 공책을 샀다. 글을 쓸 공책이었다. 너무 오래 기다려 온 언어들이 솔렌 안에서 요동쳤다.

글을 써야 했다, 지금 당장.

22장

눈에 보이지는 않지만, 있었다. 접근하지 말라는 경계선, 일종의 폴리스 라인이었다. 완충지대, 무인 지대라고, 아무도 들어가서는 안 된다고 막아서는 바리케이드였다.

솔렌은 빵집 앞을 오가는 행인들을, 구걸하는 여자를 교묘히 피해 가는 그들의 발걸음을 지켜보았다. 그들 대부분은 여자에게 눈길도 주지 않았다. 그저 요령 있게 피해 가는 것으로 만족했다. 그들에게 여자는 하나의 걸림돌, 그저 길을 가로막은 어떤 물체였다. 적선하는 사람은 드물었다. 잠시 발을 멈추고 미소 띤 얼굴로 말 한마디 건네는 사람은 더욱 드물었다.

솔렌 역시 여자와 이야기를 나눠 본 적은 없다. 최근 들어 보다 빈번하게 발을 멈춰 그 앞에 놓인 깡통에 동전을 집어 넣었을 뿐이다. 크루아상이나 바게트를 내민 적도 가끔 있다. 말을 건네더라도 '안녕하세요.' 한마디가 전부였다(그러면 여자는 '안녕하세요, 감사합니다.'라고 대답했다. 늘 예의 바른 모습이었다). 어째서 더 가까이 다가가지 못했는지 솔렌 자신도 모를 일이다. 여성 궁전에서는 새로 마주치는 거주자들에게 적극적으로 말을 걸곤 했다. 가난의 형태를 한 것에 대한 두려움은 이제 없었다. 가난은 친숙한 무엇이 되어 있었다. '취약성'은 추상적인 단어가 아니라 빈타, 비비안, 크베타나의 모습으로 구체화되었다. '내가 뒷걸음질 칠 이유가 없잖아.' 솔렌은 속으로 중얼거렸다.

솔렌 역시 어떤 경계선을 넘지 못했다. 그 사실이 부끄러웠다. 뭐라도 변명거리를 찾고 싶었다. 로펌에 나가던 시절이라면 시간에 쫓겨서 그랬다는 이유라도 끌어댈 수 있었을 것이다. 하지만 어떤 이유도 사실이 아니었다. 이 집 없는 여자에게 가까이 다가가지 못하게 솔렌을 붙잡은 것은 다른 어떤 것, 이름 붙이기 어려운 어떤 감정이었다. 의무를 짊어지는 느낌이 불편한 것이었다. 봉사 활동이라면 여성 궁전에서 이미 하고 있었다. 'ㄱ 일만으로도 할 만큼 하는 셈이잖아.' 이런 생각으로 솔렌은 자신의 비겁함을 변명해 보려 했다. 예전에는 솔렌도 다른 사람들과 다르지 않았다. 거리에서 구걸하는 사람 앞을 지나가야 할 순간이면 눈을 아래로 깔고 걸음을 재촉했다. 혹시라도 눈길이 마주치는 일이 생길까 봐 건너편 보도로 옮겨 지나간 적도 있다. 당시에는 자신의 그런 행동이 '자기 보호'라고 생각했다. 그렇게 생각하는 데 아무 거부감이 없었고, 또 익숙했다. 그런데 얼마 전부터는 그렇게 넘어갈 수 없었다.

잠자리에 든 솔렌은 거리의 그 여자를 생각했다. 지금 어디서 잠을 청했을까? 노숙인 보호소? 어느 주차장? 아니면 비어 있는 어떤 건물 안으로 숨어들어 갔을까? 빵집이 문을 여는 시각이면 여자는 그 자리에 있었다. 영업이 끝나는 시각까지 보도블록 위에 꿇어앉아 있었다. 속죄하듯, 뭔가 죄를 지었다는 듯 무릎을 꿇고 있었다.

거리에 꿇어앉은 여자는 분명 지나가는 모두에게 거북함을

불러일으켰다. 동정이나 연민을 보인 사람은, 없다고는 말할
수 없지만 아주 드물었다. 그의 모습이 솔렌의 머릿속을 맴돌
았다. 떨어 버리려 해도 다시금 몰려오는 탓에 밤새 잠을 설
쳤다.

솔렌이 잠을 설치게 된 건 그날부터였다.

그날 오후, 여성 궁전은 여느 때처럼 평온했다. 솔렌은 대
필 작가 업무 시간이 되기 전에 도착했다. 휴게실은 한적한
분위기였다. 구석 자리에 여전히 몇 개의 배낭을 둘러쌓아 놓
고 잠든 여자뿐이었다. 솔렌이 휴게실로 들어오는 소리에 여
자는 잠에서 깼다.

솔렌과 자신밖에 없다는 걸 알게 되자 여자는 솔렌에게 다
가왔다. "여기 앉아도 되우?" 마주 앉은 이가 누군가에게 편
지를 쓰려는 것도 아니고 행정 서류 작성 방법을 물을 마음도
없다는 걸 솔렌은 금방 알아차렸다. 그는 그저 누군가와 이야
기하고 싶었을 뿐이다. 종잡을 수 없이 이어지는 여자의 말을
중간에 끊고 싶었다. 자신은 이야기를 들어 주려고 여기 온
게 아니라고 못 박고 싶었다. 하마터면 그럴 뻔했다. 문득 자
신이 요양원에서 지낼 때가 생각났다. 간호사, 간병인들이 곁

에 있었다. 그들이 매일 챙겨 주는 수면제, 신경안정제들 이상으로 그들의 친절한 관심이 그 시간을 버틸 수 있도록 해 주었다. 자신에게 반응해 주는 그들의 작은 동작, 미소는 결코 사소하지 않았다. 그것은 고립감과 무기력을 막아 주는 제방 같은 것이었다. 그 기억을 떠올리자 솔렌은 여자의 말을 끊을 수 없었다. 그날 솔렌은 펜 대신에 자신의 귀를 빌려주었다. 그렇다기보다 솔렌 자신이 귀가 되었다. 판정하려 들지 않고 듣기만 하는 귀였다.

여성 궁전에서 그는 '라 르네(la Renée, 다시 태어난 여자)'라는 이름으로 불렸다. 길에서 지낼 때 동료들이 붙여준 이름이다. 노숙 생활은 15년간 이어졌다. 집 없이, 몸을 누이고 쉴 한 뼘 공간도 없이 살아 낸 시간이었다. "15년간 침대에서 자 본 적이 없거든. 그러고 나니까 침대에서는 도저히 잠을 잘 수 없게 된 거야." 라 르네는 방에 들어가면 갇힌 느낌이 들어서 잠을 이룰 수 없었다. 공용 공간으로 나와서 눕는 편이 나았다. 옷가지와 소지품을 매번 몇 개의 배낭에 나눠 담아 들고 나왔다. 그 배낭들을 둘레에 쌓으면 잠자리를 만들 수 있었다. 가진 물건들을 방 안 옷장에 넣어 두려 했지만 마음이 놓이지 않았다. 누군가가 들어와 훔쳐 갈 것만 같았다.

큼직한 배낭들 안에 자신의 삶 전부가 들어 있기나 한 듯이 늘 곁에 두어야 안심이 됐다. 라 르네는 달팽이가 껍질을 지고 다니듯이 밤이고 낮이고 배낭들을 짊어지고 다녔다.

라 르네가 가장 좋아하는 장소는 세탁실이다. 그는 매번 세탁기들 옆에 쪼그리고 누워 잠을 잤다. 세탁실에 떠도는 세제와 섬유 유연제 냄새가 좋았다. 여성 궁전의 직원들은 라 르네의 그런 행동을 이해하고 세탁실에서 밤을 보내도 눈감아 주었다. 덕분에 라 르네는 세탁기가 돌아가는 소리를 자장가 삼아, 깨끗한 세탁물 냄새며 상쾌한 세제 냄새에 둘러싸여 잠들 수 있었다. 건조기에서 배출되는 따뜻한 습기는 겨울이든 여름이든 세탁실 내부를 아열대와 같은 온화한 대기로 채워 주었다. 라 르네의 이런 습관을 불편해하는 거주자들도 있었다. 그들은 세탁기 앞에서 잠든 라 르네를 서슴없이 밀치고 세탁물을 꺼내 가곤 했다. 라 르네는 15년간의 길 생활에서 갈고닦은 생존 능력을 발휘하여 상대방이 귀가 솔깃해질 만한 협상 카드를 꺼내 들었다. 자신을 방해하지 않는다는 조건으로 다른 사람이 세탁물을 훔쳐 가지 못하게 지켜 주겠다고 한 것이다. 사실 세탁물이 도난당하는 일은 심심찮게 일어나곤 했다. 불과 몇 주일 만에 라 르네는 공식 세탁실지기가 되었다. 라 르네는 이 호칭이 마음에 들었다. 몸이 불편한 거주자들을 위해 이따금 세탁물을 거두어 직접 가져다주기도 했다.

물론 세탁실지기 역할을 해내기 위해 세탁기 사용법을 다시 익히는 수고를 해야 했다. 길에서 사는 동안 세탁기 역시 다른 많은 것들과 마찬가지로 낯선 물건이 된 탓이다. 길 생활에서는 옷을 빨아 입는 일이 없었다. 동전 빨래방을 이용할 돈도 없거니와 빈민 구호 단체가 지원해 주는 기증품 옷가지들을 몇 벌 새로 얻어 입고 더러워진 옷들은 버리는 편이 훨씬 간단했다.

"열다섯 해를 거리에서 산다는 건 열다섯 해를 코마 상태로 지내는 것과 같아." 라 르네가 말했다. "코마에서 깨어났으니 전부 새로 배워야 하는 거지. 먹고 자고 입는 일들 하나하나가 어색하거든. 음식을 만들고 침대에 들어가 잠을 자고 시트를 갈고 설거지를 하는 일들이 넘기 힘든 장벽처럼 보여." 여성 궁전에 왔을 때 라 르네는 '생활'이라는 말로 통칭하는 수많은 자질구레한 기능들을 잃어버린 상태였다. 살마를 비롯해 이곳 직원들은 라 르네가 일종의 재훈련 과정을 통해 그런 기능들을 다시 익힐 수 있도록 도왔다. 긴 시간이 필요한 일이었다. 교통사고나 화재로 쓰러졌던 사람이 재활 치료를 통해 다시 일어서는 과정과 다르지 않았다.

라 르네는 세 개의 삶을 겪었다고 했다. 고난이 시작되기 이전, 그 첫 번째 삶에 대해서는 한마디도 꺼내지 않았다. 그 다음이 길바닥에서 마주친 삶이었다. 두 번째 삶은 라 르네를 삼켰고, 이전의 삶도 지워 버렸다. 라 르네는 잔인한 그 시간들을 궁핍, 추위, 무관심, 폭력으로 요약했다. "길바닥에 내몰리는 순간 모든 걸 빼앗겨. 돈, 신분증, 휴대폰, 속옷까지 탈탈 털린다고. 나는 금니까지 뽑혔어. 강간도 당했지. 쉰 네 번." 라 르네는 횟수도 기억했다.

"쉰 네 번 당했어. 다 망가진, 숨만 붙은 이 몸뚱이가 쉰 네 번 짓밟혔어." 믿고 싶지 않지만 각 병원 진료 기록들이 현실을 증명했다. 미디어들이 여자 노숙인에게 가해지는 성폭력을 조명하는 경우는 거의 없다. 이건 바깥으로 드러낼 수 있는 주제가 아니다. 저녁 8시 뉴스에서 다루기에는, 프랑스인이 저녁 식탁에 둘러앉는 시각에 방송으로 내보내기에는 너무 부담스러운 내용이다. 사람들은 저녁 식사를 끝내고 자러 들어갈 시각에 자기 집 대문 밖에서, 동네 거리에서 어떤 일들이 일어나는지 그리 알고 싶어 하지 않는다. 다들 눈을 감고 잠을 청하는 편을 택한다.

"잠을 자는 게 소원이었어." 라 르네는 말했다. 잠은 하나의 사치였다고 했다. 여자 노숙인들은 그런 사치를 부릴 수 없었다. 가난은 고통을 무한대로 새끼치기했다. 라 르네는 한밤중에 주차장 구석에 숨어 잠들었을 때 누군가 발로 차는 바람에 깬 적이 있다고 했다. 이어서 헐떡거리는 남자 숨소리가 몸 위로 덮쳐 왔다. 술 취한 남자 노숙인 무리였다. 그날 밤 그 무리가 자신에게 저지른 짓에 대해서는 말하지 않으려 했다. "기억하는 것조차 빌어먹을 짓이야." 지우고 싶은 수많은 기억 중의 하나였다.

"잠이 들면 일단 죽은 목숨이라고 봐야 해." 라 르네는 노숙을 한마디로 요약했다. 그 어떤 짓을 하더라도 잠이 드는 것보다는 나았다. 잠들지 않으려면 걸어야 했다. 버스를 타고 종점까지 갔다가 다시 버스를 타고 돌아오는 것도 한 방법이었다. "걸었지. 하룻밤에 수십 킬로미터를 걸었어. 내가 걸은 거리를 모두 합하면 파리에서 뉴욕까지는 될걸. 이따금 밤 중에 두 다리가 몸뚱이에서 당장 떨어져 나갈 것처럼 아픈 날이 있었지. 그래도 걸어야 했어. 멈춰 서면 안 되니까." 매일 밤 라 르네는 끝없는 나선계단에 다시 올라섰다. 그렇게 목적지 없는 여행을 시작했다. 떠나기만 할 뿐 어디에도 가닿지 못하는 여행이었다.

몸을 덮치려는 자들을 피하려고 머리카락을 잘랐다. 여성의 표식은 전부 숨겼다. "길에서는 그래야 해. 여자라는 걸 내보이지 않아야 살아남을 수 있어." 여자 노숙인들은 스스로를 지워 보이지 않게 만든다. 그럼으로써 그들은 사회에서 사라진다. 지옥의 무한 회로, 고통의 악순환이다. 인간의 세계를 배회하는 유령들이다.

그 지옥에서 보낸 세월이 열다섯 해였다. "15년. 대략 그쯤 될걸." 라 르네가 덧붙였다. "잠을 자지 않으면 시간 감각이 없어지거든." 길 위에서 시간은 팽창한다. 바람을 너무 많이 불어넣은 고무풍선처럼 길게 늘어난다. 날을 세어 보는 일이 무의미해진다. 달과 해를 헤아리는 일도 포기하게 된다. 그런 면에서 가장 위험한 곳이 지하철이다. 땅 밑 방향으로는 절대 발을 들이지 말아야 한다. 몸을 쉴 곳을 찾아 지하철역 계단을 내려간 사람들은 다시 돌아오지 않았다. 물론 그 밑은 따뜻하겠지만, 그래서 더 빠르게 빠져들어 간다. 지하철 통로에 웅크리면 낮과 밤을 구별할 수 없다. 판단 능력이 마비되고 광기가 싹튼다. 그러다 보면 모두로부터 고립된 자신을

발견한다. 더 깊숙이 들어가고 싶은 유혹이 이는 건 그 순간
이다. 유혹에 져서 발을 옮기면 결코 다시 돌아 나올 수 없게
된다.

　"땅속으로 들어가면 안 돼. 무슨 수를 써서라도 땅 위에서
버텨야 해. 죽지 않으려면." 라 르네는 낮은 소리로 말을 이
었다. "길 위에서 술은 마약과 똑같아." 라 르네는 술에 손대
지 않았다. 때로 매섭게 추울 때 한 잔 걸치는 일은 있었지
만 그걸로 끝냈다. 지하철이 그렇듯 알코올도 입 벌린 함정이
다. 한 발만 헛디뎌도 어느새 빠지고 마는 바닥 없는 우물이
다. 유혹에 넘어가지 않으려면 아주 독해야 했다. "내가 지독
한 년이거든." 라 르네는 자신이 독한 여자의 표본이라고 했
다. 얻어맞고 굶주리고 추위에 떨면서도, 수시로 성폭력의
위험과 맞닥뜨리면서도 라 르네는 결코 삶을 포기하지 않았
다. 그랬다, 라 르네 자신이 바로 자연의 힘이었다. "내 고향
이 북쪽이거든. 그쪽 지방 사람들은 몸 안에 단단한 나무가
있어." 라 르네는 비밀을 털어놓는 사람처럼 말했다. "목질이
단단해서 잘 부러지지 않아." 라 르네 안에 있는 어떤 것이 비
텨 냈다. 그 어떤 것이 계속해서 살아 내고자 했다.

　라 르네는 마지막이 된 그날을 기억했다. 그날 덮쳐 온 자

들은 그때까지 겪은 어떤 재앙보다 잔인했다. 숨만 겨우 붙은 상태로 병원으로 실려 갔다. 그리고 '천사'를 만났다. 라 르네는 병원에 입원해 있는 동안 알게 된 한 사회복지사를 그렇게 불렀다. 자신의 일에 아주 열성적인 젊은 여성이었다. 천사는 라 르네의 상태를 보고 경악했고, 어떻게 해서든 구해 내겠다고 다짐했다. 사실 길에서 살아온 사람을 길에서 끌어내기란 쉽지 않다. 처음에 라 르네는 마음을 열지 않았다. 약속하는 말이라면 수없이 들어 왔다고, 이제 약속은 듣고 싶지 않다며 사회복지사를 밀어냈다. 길 생활로 차게 굳은 심장이었다. 상처 입은 짐승처럼 다가오는 모든 것을 의심하고 경계했다. 하지만 천사는 개의치 않았다. 라 르네를 온몸으로 부둥켜안았다. 부둥켜안아 일으켜 세우고 지탱해 주었다. 라 르네에게 모든 힘과 노력을 쏟아부었다. 수호천사의 도움으로 라 르네는 신분증을 다시 발급받았다. 그럼으로써 그동안 빼앗겼던 시간들, 정체성을 잃고 살아온 시간들도 되찾았다. 천사가 도와준 덕분에 장기 비소득자 정부지원금도 받을 수 있었다. 신청 자격을 회복했더라도 필요한 서류를 갖춰 제출한 뒤 몇 차례 면접 심사를 포함해 긴 과정을 거쳐야 했다. 이런 과정이 아무것도 아닌 것 같아도 노숙인의 입장에서는 엄청난 시련이다. 날짜도 요일도 모르고 사는 상황에서, 노상에서 밤을 지새운 뒤 어느 구석 자리에 웅크려 쪽잠에 빠졌을 때 깨워 줄 사람도 없다면, 정해진 면접 심사에 제때 출석하기란 거의 불가능한 일이니까.

하지만 라 르네는 그 일을 해냈다. 천사의 도움으로 그 모든 어려움을 이겨냈다. 물론 시행착오도 있었고 서로 다투기도 했다. 모든 걸 포기하고 싶을 때도 있었다. 하지만 두 사람은 역경을 함께 헤쳐 나갔다. 몇 달간 동분서주한 끝에 마침내 여성 궁전 입주 자격을 얻었을 때 두 사람은 프리카델°한 접시를 앞에 놓고 자축 파티를 했다. 라 르네가 가장 좋아하는 음식이었다.

라 르네의 세 번째 삶은 이곳 여성 궁전에서 시작되었다. 처음 왔을 때 라 르네는 서 있기도 힘겨워했다. 당시 라 르네의 상태에 대해서는 살마가 어제 일처럼 기억했다. 라 르네는 안내 데스크에서 방 열쇠를 받기도 전에 로비 소파에 웅크리고 누워 잠이 들었다. 그 후로도 그는 피곤에 절이 어디서나 잠이 들었다. 어느 때는 말을 하다가도, 상대방의 이야기를 듣다가도 잠들어 버렸다. 하루 대부분의 시간에 휴게실 소파나 세탁실에서 혹은 자기 방의 침대 다리 옆에 웅크리고 잠을 잤다. 부드러운 매트리스에 익숙해지려면 시간이 더 필요했다.

라 르네가 치르고 있는 전투는 분명 끝나지 않았다. 가야할 길이 여전히 남아 있다. 그러나 라 르네는 지금 삶에 자리잡고 있다. 몸을 누일 집도 있다. 한밤중에 걷어차 잠을 깨운 뒤 강간하는 자들도 없다. 여성 궁전에서 지내면서 라 르네는 오래전 어느 길가 벤치에서 잃어버린 자존감을 되찾으려고 애썼다. 자신을 다시금 가치 있는 존재로 인정하고 받아들이기 위해서는 많은 노력이 필요했다.

어쨌든 지금 라 르네는 당당했다. 앞으로도 당당할 것이다. '기죽지 말자', 이것이 라 르네의 좌우명이다.

∘ 프랑스 북부 지방에서 즐겨 먹는 고기 완자다.

23장

"페롱 사령관 부부가 거둔 저 놀라운 성과를 봐. 대단한 능력이야!"

구세군 내부에서도 두 사령관이 여성 궁전 설립 계획에 쏟는 열정과 끈기에 대한 칭송이 번져 나갔다. 1926년 봄, 여성 궁전 설립을 위한 모금 운동은 뜨거운 호응을 이끌어 내고 있었다. 마침내 5월 6일, 모금위원회는 두 번째 100만 프랑 모금 목표를 달성했다.

건물 보수 공사가 시작되었다. 블랑슈는 직접 현장에 나가 작업 상황을 살폈다. 여기저기 둘러보며 공사가 완성된 건물의 모습을 상상해 보는 일이 블랑슈에게는 큰 즐거움이었다.

방 면적은 9제곱미터였고, 방마다 온수와 냉수가 나오는 흰색 법랑 세면대를 설치했다. 벽은 페인트칠을 하고 바닥은 밀랍을 먹일 계획이었다. 모든 방이 공통적으로 갖추게 될 가구는 침대, 옷걸이가 딸린 장, 서랍장, 작은 테이블과 의자 하나였다. 스물다섯 명이 한꺼번에 들어갈 수 있는 대기실을 두 군데 마련했다. 층마다 방 색깔을 다르게 해서 각각 파랑, 초록, 베이지, 회색으로 칠할 예정이었다. 방문마다 명판을 붙이고, 복도에도 각각 안내 표지판을 달아 거주자들이 쉽게 방향을 찾을 수 있게 했다.

공용 공간에 세탁실을 만들고, 다양한 종류의 음식을 만들어 먹을 수 있는 공동 주방을 설치할 예정이었다. 휴게실, 도서관도 있었다. 벌써부터 블랑슈는 도서관을 채울 장서들을 구하는 일에 골몰했다. 체육실, 재봉실, 회의실, 그리고 방문객들을 맞이하기 위한 응접실도 계획되어 있었다. 마지막으로 지붕 위 테라스를 개조해 휴식 공간 겸 어린이집을 만들 생각이었다. 거주자들 중에 아이를 키우는 사람들이 있을 것이므로 그들이 일하러 갈 때 아이를 맡아 줄 곳이 필요했다.

블랑슈는 여성 궁전이 자신의 설계대로 완성된 모습을 눈 앞에 그려 보았다. 이곳은 학대받는 삶을 사는, 사회의 보살 핌을 받지 못한 모든 여자들의 피난소, 그들이 들어와 쉴 안 전지대여야 했다. 거주자 각자가 '자기만의 방'을 갖는, 가구 가 갖춰진 쾌적하고 아늑한 공간을 누리는 견고한 성채여야 했다. 평화로운 은거지여야 했다.

상처를 치료할 수 있는, 그래서 다시 일어설 수 있는 소중 한 집, 궁전이어야 했다.

하지만 블랑슈의 열망도 비용 문제와 맞닥뜨리면 풀이 죽 었다. 설립 자금 모금 운동은 계속했지만 그것만으로는 충분 하지 않았다. 건물 보수 공사는 계속해서 엄청난 돈을 삼켰 다. 특히 내부 공간 개조에 많은 비용이 들어갔다. 몇 개의 벽을 철거한 뒤 새로운 벽을 세워야 했다. 여러 군데 테라스 를 만들고 층마다 바닥도 새로 깔아야 했다. 법랑 세면대들을 운반해 각 층 호실마다 설치하고, 주방을 꾸미고, 중앙난방 설비와 조명 설비를 갖추고, 벽과 천장을 새로 칠해야 했다. 페인트칠이 필요한 면적만 수천 제곱미터에 달했다. 이 모든 작업을 완성하자면 150만 프랑이 더 필요했다. 대출금 상환에 드는 돈은 빼고 계산한 금액이었다.

처음으로 의심이 고개를 들었다. 가진 능력에 비해 꿈이 너무 컸던 게 아닐까? 지금까지 벌여 온 어떤 사업보다 더 큰 포부를 품고 시작한 일이다. 대의를 내걸었지만, 극빈자 구제를 요란스레 표방했지만, 사실은 거만과 허영에 사로잡혔던 게 아닐까?

'나는 어려움을 극복할 힘이 있다고, 이 사업의 당위성을 세상 사람들에게 납득시킬 힘이 있다고 믿었어. 과연 미래는 내 손을 들어 줄까? 혹시 내 허영으로 인해 구세군을 재정적인 파산 상태로 몰아넣고 마는 걸까……?'

심리적 혼란이 블랑슈를 잠식했다. 알자스에서 열린 설교회 도중에 블랑슈는 연단에서 쓰러졌다. 몇 시간 동안 기력을 되찾지 못하고 누워 있어야 했다. 파리로 돌아왔지만 기진맥진한 모습이 그 어느 때보다 위태로워 보였다.

알뱅은 걱정스러워 어찌할 바를 몰랐다. 늘 당당하고 의연했던 블랑슈에게서 피로감이 묻어났다. 의기소침했고 위축되어 보였다. 건강도 악화하여 기침 때문에 잠을 이룰 수 없을 정도였다. 귀에도 이상이 생겼다. 치아와 성대도 좋지 않았다. 두통이 떠나지 않았다. 좌골신경통이 도져 몸의 움직임이 자유롭지 않았다.

통증으로 잠을 이루지 못하는 밤이면 블랑슈는 침대에서 일어나 거실로 나왔다. 힘을 쥐어짜 기어이 움직여 보려 했다. 밤새 집 안 여기저기를 서성거릴 때도 있었다. 지금 자신은 쓰러질 권리가 없다는 생각을 했다. 어쨌거나 지금은 아니었다. 지금까지 빈곤과 맞서 치러 온 전쟁을 떠올렸다. 구세군에 들어온 이후로 무수한 전투를 벌였다. 매번 온 힘을 바쳐 왔다. 그런데 지금 블랑슈의 몸은 그 힘을 길어 내지 못했다. 몸이 블랑슈를 배신하고 저버렸다. 책을 읽으며 다시 힘을 내 보려 했다. 계속해서 싸워 나갈 힘이 필요했다. 블랑슈가 늘 머리맡에 두는 책은 《용기》였다. 《피터팬》의 작가 제임스 매튜 배리가 삶의 조언을 들려주는 이 책을 블랑슈는 밑줄을 그어 가며 되풀이해 읽곤 했다. "미래는 영광되기를 갈망하는 한에서만 영광스러울 수 있다. 그러니 전진하라, 용사처럼." 테레즈 드 리지외가 남긴 글도 다시 찾아보았다. "주의 은총으로 나는 전쟁이 조금도 두렵지 않게 되었다." 블랑슈는 빅토르 위고를 좋아했다. 그의 사상과 사회 문제를 외면하지 않는 태도에 공감했다. 다시 펼쳐 읽은 위고의 시 가운데 다음과 같은 구절이 있었다.

살아 있는 자들이란 싸우는 자들이다.

확고한 뜻으로 영혼과 정신을 채운 이들이다.

살아 있는 자들이란 고귀한 숙명으로 험준한 산꼭대기를 올라가는 사람들이다.

오로지 숭고한 목표만을 생각하며 걸어가는 사람들이다.

블랑슈는 이 대작가의 글을 설교회에서 이야기할 때가 많았고 특히 그의 《빈곤론》을 즐겨 인용했다. 위고의 시 '가난한 이들을 위하여'로 〈언 아방〉지를 꾸민 일도 있었다.

베풀라! 이 땅이 우리를 버리는 날이 오면

지금 당신이 베푼 온정은 천상에서 당신을 부유하게 하리니.

베풀라! 우리를 긍휼이 여겼다는 칭송을 받으려면.

비바람에 몸이 얼어붙은 거지, 잔칫상 옆에서 주린 배를 움켜쥔 가난뱅이가

당신의 대저택 문지방에 서서 질시의 눈으로 노려보게 하지 않으려면.

어릴 적부터 블랑슈는 책 읽기를 좋아했다. 삶의 풍랑을 통과할 때도 손에서 책을 놓지 않았다. 좋아하는 작가들은 위안

과 영감의 원천이 되어 주었다.

하지만 이제 빅토르 위고는 떠나갔고, 블랑슈의 목소리도 천천히 꺼져 갔다.

블랑슈를 다시 일으켜 세운 사람은 성실하고 헌신적인 파트너이자 변함없는 동반자, 전투 동지인 알뱅이었다. 그날 페니파딩 자전거 큰 바퀴에 올라탔을 때 두 사람은 서로에게 약속했다. 한 사람이 넘어지면 한 사람이 붙잡아 일으켜 세워 주기로. "둘일 때 더 강해질 수 있어요. 혼자서는 갈 수 없을 힘든 길을 끝까지 나아갈 수 있어요." 결혼할 때 알뱅이 한 이 말도 블랑슈는 기억했다.

알뱅은 약속을 지켰다. 약해진 모습을 단 한 번도 보이지 않았다. 늘 블랑슈 곁을 지키며 말했다. "눈앞의 장해물도 사실은 길 위에 널린 조약돌에 불과해요." 그는 수시로 블랑슈를 격려했다. "의심도 회의도 우리가 가야 할 길의 일부예요. 길이 늘 한결같을 수는 없잖아요. 평탄한 길이 있는가 하면 울퉁불퉁한 고갯길도 있는 법이죠. 가시나무 덤불과 모래흙, 자갈과 바위를 헤치고 나아가면 꽃이 만발한 푸른 들판이 열릴 거예요. 어떻게든 앞으로 나아가는 게 중요해요." 어느 날 밤 알뱅은 무기력한 블랑슈를 끌어안고 귓가에 속삭였다.

"당신은 전쟁터의 전사로 살아왔어요. 빈곤과 불행을 물리치는 전투 천사. 당신에겐 이 모든 걸 해낼 힘이 있어요. 나중에 세상 사람들은 당신의 생애를 기억할 거예요."

다음 날 아침, 블랑슈는 힘이 없어 잠시 비틀거렸지만 그래도 자신의 두 다리로 일어나 섰다. 밤사이 치솟았던 신열도 물러가고 없었다. 알뱅은 블랑슈에게 며칠 더 쉴 것을 권했지만 블랑슈는 고개를 저었다. "걱정하지 말아요." 블랑슈의 얼굴에 미소가 떠올랐다. "다음번 순회 연설회를 예정대로 해내야죠. 출발하기 전까지 시간이 있으니 목도 회복할 수 있을 거예요." 블랑슈는 자신이 있어야 할 자리에 있고자 했다. "전장에서 멀리 떨어져 살아남기보다는 싸우다 죽겠어요."

블랑슈는 다시금 전투에 나섰다. 평생 함께한 구세군 제복을 갖춰 입었다. 신념이 블랑슈의 검이었다. 알뱅의 사랑과 지지는 최고의 동맹군이었다. 두 사람은 40년 전 함께 발을 내디딘 이 험준한 오르막길을 계속해서 전진했다. 젊고 빛나던 외양은 험한 여정에 치여 주름지고 시들었지만, 발걸음도 이제 예전만큼 힘차게 떼어 놓기 어려웠지만, 그러나 사랑은 여전히 그대로였다.

산꼭대기를 향해 한 발 한 발 전진하는 두 사람을 이끌고 밀어 준 것은 바로 사랑이었다.

24장

여성 궁전에는 무거운 정적이 감돌았다.

문을 열고 들어서면서부터 솔렌은 느낄 수 있었다. 무슨 일인가 벌어졌다. 안내 데스크가 비어 있었다. 휴게실도 마찬가지였다. 솔렌은 불길한 예감에 사로잡혀 관리부 사무실로 갔다. 사무실 문을 노크했다. 안에서는 응답이 없었다. 인기척을 찾아 여기저기 기웃거리다가 마침내 내회의실까지 갔다. 직원들과 원장이 회의실에 모여 있었다. 살마가 솔렌을 보고 달려왔다. 눈이 붉어져 있었다. 운 것 같았다.

"생티아를 찾았어요." 살마가 잠긴 목소리로 말했다. 목소리에 아직도 흐느낌이 남아 있었다.

사흘 전부터 생티아의 모습이 보이지 않았다고 했다. 거주자들 가운데는 몇 주일씩 방에만 틀어박혀 지내는 사람들이 있긴 했다. 하지만 생티아는 그런 적이 없었다. 살마는 불안감이 들었다. "생티아의 방으로 올라가 문을 두드려 보았어요. 대답이 없어서 타타들에게도 물어보고 다녔죠." 최근에 생티아의 모습을 본 사람이 없다는 걸 알 수 있었다. 걱정스러워 견딜 수 없던 살마는 마그네틱 카드 복제 허가를 얻어 생티아의 방문을 열고 안으로 들어가 보았다.

생티아가 방 안에 있었다고 했다. 침대에 누워 있었다. 숨을 거둔 지 이미 여러 날이 지난 후였다.

침대 머리맡 탁자에 생티아가 남긴 편지가 놓여 있었다. "그 편지에 담긴 말들을 죽을 때까지 잊지 못할 거예요." 살마가 말했다. "그건 눈을 감기 전 생티아가 마지막으로 외친 소리였어요." 그 외침은 생티아의 유언이기도 했다.

생티아는 편지에서 자신은 '이제 글렀다'고 했다. 글러 먹은 지는 아주 오래전이라고, 애초부터 글러 먹은 인생이라고 했다. 자신이 태어난 건 아무짝에도 소용없는 일이었고, 또 원해서 태어난 것도 아니라고 했다. 산다는 건 환멸과 고통의 연속일 뿐이었다. 그러니 태어나지 않았으면 좋았을 거라고 했다.

'나의 아들은 내가 살면서 얻은 가장 아름다운 것이에요. 내가 유일하게 기뻤던 순간들도 아들이 내게 준 것들이에요. 그 아이가 입양되어 나보다 나은 부모를 만나게 되기를 바라요.

오랜 친구인 이 약물과 함께 떠나기로 마음먹었어요. 사람들은 욕하지만 이 친구는 내가 고통 없이 떠날 수 있게 해 줄 거예요.

내 안의 분노는 가져가고 싶지 않아요. 화내고 미워했던 모든 것을 이곳 여성 궁전에 묻어 버리겠어요.

다만 내 아들의 웃음만, 지금보다 더 어릴 적 내가 얼러주면 방긋거리며 웃던 그 모습만 가져갈 거예요.'

"아들의 웃음, 생티아가 원한 건 그것이었어요. 떠나기 전까지도 오로지 아들의 웃음만을 원했어요."

살마의 이야기를 들으며 솔렌은 할 말을 잊었다. 충격에서 헤어날 수 없었다. 생티아의 죽음은 사회 전체의 실패였다. 여성 궁전의 실패, 아동 복지법의 실패, 생티아가 짧은 생을 사는 동안 만난 사람들 모두의 실패였다. 이런 저런 사람들이 이런 저런 방식으로 생티아를 돕고자 했지만, 그 누구도 생티아를 도와주지 못했다. 생티아의 두 발이 늪 속으로 천천히 빠져 들어가는데도, 누구도 손을 뻗어 생티아를 끌어내 주지 못했다.

"당신도 똑같아. 전혀 도움이 되지 않아." 솔렌은 생티아의 말을 또렷이 기억했다. 죄책감이 별안간 엄습해 왔다. 그날 솔렌의 노트북을 후려치던 생티아의 주먹처럼 죄책감이 거세게 솔렌을 후려쳤다. 어느새 솔렌은 자신에게 물었다. 만약 그날 자신이 생티아를 도왔다면, 원장을 찾아가 생티아가 방을 옮길 수 있게 해 달라고 부탁했더라면 이런 상황까지 오는 건 막지 않았을까?

솔렌의 표정을 읽은 살마가 말을 이었다. 닥친 일은 슬프지만 그렇다고 솔렌이 죄책감을 갖는 건 옳지 않다고. 여성 궁전의 거주자들이 책임을 느껴야 할 이유도 없다고 했다. "복도의 소음이 생티아를 죽음으로 몰아간 건 아니에요. 타타들이 유아차를 밀고 다닌 탓도 아니고, 생티아가 기어이 다른 방으로 옮겨 가려다 실패한 탓도 아니에요." 살마는 말했다. 생티아가 한 번도 받아 보지 못한 사랑이 생티아를 죽였다고. "어린 시절에 생긴 텅 빈 구멍, 내면에 입 벌린 결핍이 생티아를 죽인 거예요. 그건 채울 수 없는 결핍이었어요. 어느 누구도 채워 줄 수 없는, 그 무엇으로도 채울 수 없는 깊은 구렁이었어요. 아들에 대한 사랑으로도, 아주 구체적인 물질로도 채울 수 없었죠. 채워지지 않는 그것은 자기 안에 자리 잡고 어딜 가든 따라다녀요. 그러니 생티아가 설령 방을 옮길 수 있었다 해도 소용없었을 거예요. 다른 동네로 이사를 했어도, 다른 도시, 다른 나라로 떠났어도 소용없었을 거예요."

"사랑의 결핍, 그게 생티아를 죽음으로 몰아갔어요. 죄는 오로지 그 결핍에 물어야 해요."

고즈넉한 옛 예배당에 생티아의 빈소를 차렸다. 추모의 발길이 이어졌다. 여성 궁전 사람들은 생티아를 위해 기도했다. 갖가지 언어, 갖가지 종교 형식의 기도가 예배당을 채웠다.

밤샘 추도 모임이 휴게실에 마련되었다. 솔렌은 집으로 돌아갈 마음이 없었다. 여성 궁전 거주자와 직원들이 모인 자리에 함께 머물렀다. 이곳이 자신이 있어야 할 자리라는 생각이 들었다. 촛불을 켰다. 작은 불꽃들이 끊임없이 위쪽을 향해 흔들리며 피어올랐다. 종이 접시에 조촐하게 음식을 담아 나누었다. 차도 나누어 마셨다. 여기저기 몇 사람씩 모여 앉아 이야기를 나누는 중에 누군가 불쑥 노래를 불렀다. 또 누군가가 몸을 일으켜 밑도 끝도 없이 추도의 말을 늘어놓았다. 기타를 들고 온 사람도 있었다. 둘러앉은 사람들이 기타 반주에 맞춰 함께 노래했다. 모금이 시작되었다. 장례 비용을 마련해야 했고 한편으로는 생티아의 아들을 위해서도 돈이 필요했다. 구두 상자가 손에서 손으로 옮겨 갔다. 각자 액수에 구애 없이 상자에 돈을 넣었다. 동이 틀 때까지 모두가 무엇인가를 하고, 이야기하고, 노래 불렀다. 여느 장례 전야의 조용하고 차분한 분위기와는 거리가 먼 밤샘이었다. 시끌벅적했고 중구난방이었고 갈피 없이 뒤엉켰다. 생티아 생전의 모습 그대로였다.

그렇게 모두가 모여서 밤을 새웠다. 이제는 이곳에 없는 사람, 상처투성이라서 늘 날을 세웠던 사람에게 말을 건네야 했기 때문이다. 아무도 사랑할 수 없어서 모두를 적으로 돌려야 했던 반항자를 생각하며 그와 이야기를 나누어야 했기 때문이다. 거칠고 수시로 분노를 터뜨려 모두를 힘들게 했지만, 그래도 생티아는 이 공동체의 온전한 일원이었다. 모두의 자매였다. 그가 누구보다 시끄럽고 누구보다 무례하고 사나웠던 건, 그가 누구보다도 절망한 탓이었다.

솔렌은 동이 튼 뒤 여성 궁전을 나왔다. 피곤과 슬픔이 등을 무겁게 짓눌렀다. 희뿌연 새벽 거리에서 뒤돌아본 여성 궁전은 낮에 보는 모습과는 달랐다. 당당한 성채, 난공불락의 요새는 거기 없었다. 대신 사회로부터 쫓겨난 여자들을 실은 배 한 척이 물 위에 떠 있었다. 그 배는 노아의 방주가 아니었다. 선택받은 방주이기는커녕 물이 새어 들어오는 배였다. 한 여자가 배에서 바다로 몸을 던졌어도 그저 바라볼 수밖에 없었다. 이제 그 배가 무덤이었다.

'휴게실에서 생티아가 소리를 지를 일은 없겠구나.' 솔렌은 생티아가 퍼붓던 욕설이 도망치는 한 방법이었다는 생각을 했다. 쫓겨날 거라는 불안감 때문에 생티아는 매순간 자신이 먼저 도망치곤 했다. "쫓아내려 할 필요 없어. 내가 떠날 거니까." 생티아가 걸핏하면 하던 말이다. 생티아에게 구원은

어디에도 없었다. 희망은 가질 수 없는 사치였다. 생티아에게
다가가서 손을 잡아 준 건 죽음뿐이다. 그것이 어둠 속으로
이끄는 손인 줄 알았더라도 생티아는 달리 붙잡을 게 없었다.

25장

솔렌이 집 안에 틀어박혀 지낸 지 사흘째였다. 문밖으로는 한 발짝도 나가지 않았다. 빵을 사러 내려가는 일은 포기했다. 레오나르가 걱정을 담아 보내온 몇 개의 메시지에 답신조차 하지 않았다. 솔렌은 매달 레오나르와 만나 '자원봉사 임무 수행 상황'에 대해 이야기하기로 예정되어 있었다. 마침 약속을 잡아 놓은 날이었지만 솔렌은 나가지 않았고, 전화해서 약속을 취소하는 성의도 보이지 않았다. '그래 봤자 무슨 소용이야?' 솔렌은 레오나르의 유쾌한 목소리를 듣고 싶지 않았다. 그가 발산하는 열정에 등 떼밀리는 느낌을 받기 싫었다.

자신의 일을 잘해 나가는, 너무 잘해 나가는 사람들을 참을 수 없었다. 그래서 레오나르를 잡동사니가 가득 쌓인 그의 사무실에 점토 공룡이며 그림들과 함께 있으라고 바람맞혀 버렸다.

생티아를 정말로 안다고는 말할 수 없었다. 단 한 번 이야기를 나누어 보았을 뿐이고 그것도 생티아가 퍼붓는 비난을 들으며 끝났다. 그런데도 생티아의 죽음은 솔렌을 벼락처럼 후려쳤다. 어째서 이처럼 기운이 빠지는 걸까? 이 슬픔은 어디에서 오는 걸까? 솔렌 자신도 이해할 수 없었다.

별안간 그 장면이 떠올랐다. 솔렌의 눈앞에서 아르튀르 생클레르의 몸이 법원 청사 대리석 바닥에 떨어져 으스러졌다. 소스라칠 만큼 선명했다.

또다시 솔렌의 눈앞에서 죽음이 벌어졌다. 한 사람이 스스로 죽음을 선택하고 결행했다. 솔렌은 그를 도와주지 못했고, 도와줄 방법도 몰랐다. 그의 죽음으로 인해 아르튀르 생클레르의 죽음이 부메랑처럼 돌아와 솔렌을 무기력과 죄책감 속으로, 발아래에 입 벌린 심연 속으로 밀어 넣었다. 우울증이 망령처럼 되살아났다. 그 망령의 차가운 숨결을 느낄 수 있었다. 그 얼음 손가락이 자신을 거머잡아 끌고 가려는 것을 느낄 수 있었다.

의사의 말은 거짓이었다. 봉사 활동은 전혀 도움이 되지 않았다. 솔렌을 다시 깊은 우물 속으로 밀어 넣었을 뿐이다. 솔렌도 자신이 회복되고 있다고 믿었지만 착각이었다.

또다시 레오나르로부터 전화가 왔다. 벌써 몇 번째인지 몰랐다. 끈질긴 사람이었다. 솔렌은 할 수 없이 전화를 받았다. 억지로 끌어낸 목소리가 몇 마디 안부를 주고받는 중에도 자꾸 꺼져 들었다. 생티아의 죽음에 대해 이야기했다. 자신이 느끼는 혼란에 대해서도 솔직하게 털어놓았다. 생티아의 비극을 계기로 그동안의 환상에서 깨어났다고, 글쓰기 봉사 활동으로 할 수 있는 일의 한계를 분명히 알게 되었다고 말했다. "확실하게 알게 되니 씁쓸해요. 글을 대신 써 주는 게 무슨 의미가 있겠어요? 생티아의 말이 옳았어요. 글쓰기는 세상을 바꿀 수 없어요." 솔렌은 잠시 말을 끊었다가 덧붙였다. "어쨌거나 제 글쓰기로는 아무 일도 해낼 수 없어요."

솔렌은 대필 작가 일을 그만두겠다고 말했다. "여성 궁전 원장님에게는 전화로 제 뜻을 알리려고 해요. 그곳에서 일하는 건 전투를 벌이는 것처럼 힘들어요. 그 일을 감당할 힘이 없어요. 그곳 여자들의 상처를 어떻게 대해야 할지 막막하기만 해요. 그들의 망가진 삶을 보면서 제가 휘청거려요. 저 역시 영영 주저앉고 말겠어요."

생각해 보면 솔렌도 이런 위험을 모르지는 않았다. 레오나르가 조언해 준 대로 자신을 방어하려고 애썼다. '일정 거리를 띄우는 게 중요하다.' 언젠가 레오나르가 솔렌에게 해 준 말이다. 대필 작가는 글을 의뢰한 사람의 사연에 귀를 기울여야 하지만 그 사람의 비극까지 책임질 수는 없다고 했다. 자신을 보호할 줄 알아야 한다고 했다. 여성 궁전에 들어갈 때는 단단한 등껍질을 둘러쓰고 가서 나올 때 벗으라고 했다. "그 조언을 기억해요. 하지만 전 그러지 못하겠어요. 거북이나 갑각류의 영혼에 빙의하면 모를까. 방호복을 입어 봤자 소용없어요. 제 방호복은 사방에서 물이 새어 들어와요."

물론 솔렌도 성공을 거둔 적이 있다. 솔렌을 기쁨으로 채워 주었던 작은 승리들. 하지만 그 소박한 성공은 생티아의 죽음으로 인해 모래 알갱이처럼 쓸려 나갔다. 솔렌은 전화선 저편의 레오나르를 향해 말을 이었다. "이제 더 이상 싸울 힘이 없어요. 거센 맞바람을 만난 느낌이에요. 앞으로 한 발짝도 뗄 수 없는걸요." 휴게실의 호의적인 분위기에 취해서 솔렌은 자신이 그들을 도울 수 있다고, 그들의 불행에 함께 맞설 수 있다고 믿었다. 터무니없는 자만심이었다. "제가 바로 우화 속의 벌새예요." 솔렌이 자조하며 중얼거렸다. "큰 산불 앞에서 그 작은 부리로 물을 떠 나르려 하다니 어리석기 짝이 없죠."

생각을 떨어 버리려고 솔렌은 불쑥 말했다. "앞으로는 법률과 관련된 일을 해 보려고 해요. 그렇다고 다시 변호사로 복귀할 생각은 아니고요." 과거로 되돌아가기는 싫었다. 로펌에 다시 나가는 대신 대학교 쪽에 자리를 찾아 보는 방법도 가능했다. 부모처럼 법학 교수가 되어 학생들을 가르치는 것이다. 이건 솔렌이 꿈꾸던 일은 아니다. 하지만 솔렌의 꿈은 결국 어느 방향으로도 길을 열어 주지 않았다.

솔렌은 전화기를 붙잡은 채 어느새 레오나르에게 소설이 꿈이었다는 이야기까지 꺼내고 있었다. 감춰 온 비밀을 마침내 털어놓는 기분이었다. "언젠가는 소설을 쓰겠다고 다짐했었어요. 하지만 그건 그저 꿈일 뿐이죠. 제겐 그 꿈을 이룰 능력이 없거든요. 다른 사람들에 대한 이야기라면 쓸 수 있을 것 같아요. 하지만 저 자신에 대해 쓰려고 하면 어딘가에 고여 있을 거라고 믿었던 언어마저 다 말라 버리곤 해요. 흔히 말하는 영감이라는 게 찾아오지 않아요. 그러니 글쓰기에 소질이 없다고 결론 내리는 게 낫겠죠."

레오나르는 전화기 저편에서 참을성 있게 들었다. 솔렌의 이야기가 독백 같은 주절거림으로 바뀌어도 말을 끊으려 하지 않았다. 그러다 어느 즈음 두 사람 모두 말이 없어졌다. 침묵 속에서 한참 전화기만 붙잡고 있었다. 이윽고 레오나르가 먼저 입을 열었다.

"사실 좀 추워요."

그는 지금 길가에 서 있다고 했다. 솔렌의 아파트 아래 와 있고, 초콜릿빵도 사 왔다고 했다.

"따뜻한 커피 한 잔 줄 수 있어요? ……차도 괜찮아요."

솔렌과 레오나르는 거실 소파에 나란히 앉아 늦게까지 이야기를 나누었다. 레오나르는 솔렌이 이미 마음을 굳혔다는 사실을 금방 알아차렸다. 그가 어떤 말로 설득하려 한들 솔렌의 결심을 돌이키기는 어려웠다. 처음으로 솔렌은 자신을 있는 그대로 내보였다. 번아웃 증후군이라는 진단을 받았다는 사실과 정신과 의사가 처방해 준 치료법이 봉사 활동이었다는 사실을 털어놓았다. 아르튀르 생클레르의 자살로 인해 삶이 완전히 바뀌었다는 이야기도 했다. 두 사람이 자원봉사 지원자 면접이라는 형식으로 처음 만났던 날에는 꺼내지 않은 이야기였다. "전 이제 잃을 게 없어요. 그러니 숨겨야 할 것도 없죠." 솔렌이 말했다.

"그런 일이 있었으리라고는 상상도 못했어요." 레오나르가 대답했다. 그의 표정이 조금 흔들리고 있었다. 솔렌의 솔직한 이야기를 들으며 뭔가 자신의 기억을 더듬는 눈치였다. 그가 머뭇거리다가 입을 열었다.

"저도 몇 년 전에 그런 경험을 했어요. 완전히 침몰했었죠."

동거하던 연인이 곁을 떠났을 때라고 했다. "처음 만났을 때 그 친구는 두 아이를 키우는 엄마였어요. 저는 그 아이들을 많이 사랑했어요. 품에 안아 재우곤 했죠. 제 아이처럼 돌보며 키웠어요. 행복했어요. 그들이 떠나기 전까지는."

그들과 함께 지낸 시간은 10년이었다. "사실 우리 사회는 버림받은 의붓아버지나 의붓어머니에 대해 너무 무심해요. 친아버지가 아니라는 이유로 양육권도 면접 교섭권도 갖지 못하죠. 아이와 친자 관계가 없으면 법적으로 아무 자격도 주어지지 않아요. 존재하지 않는 사람으로 취급돼요."

레오나르는 자신이 빛 바랜 사진 속의 인물이 된 기분이었다고 했다. 세월에 침식되어 이목구비를 더는 알아볼 수 없게 된 인물처럼, 자신은 아이들의 이야기 속에서 희미하게 지워지고 말 거라고 생각했다.

"절망했어요. 상실감이 밀려왔죠. 저는 연인만 잃은 게 아니었어요. 가족을 잃었던 거죠. 세상에 홀로 남겨진 것 같았어요. 긴 시간을 함께 지내 왔는데 그 시간이 전부 사라지고, 남은 거라고는 아이들이 제게 그려 준 그림 몇 장뿐이었어요. 10년의 시간이 순식간에 석 장의 그림으로 쪼그라드는 경험은 견디기 힘들어요."

솔렌은 레오나르를 이해할 수 있었다. 혼자 남겨졌다는 그 고립감이 어떤 것인지 솔렌도 잘 알았다. 주변의 세계가 별안간 텅 비면서 사방에 침묵이 깔리는 상황이 어떤 것인지도 겪어 보았다.

"그럴 때면 저는 이 집 안에서 길을 잃곤 했어요." 솔렌이 나직이 말했다. "방향을 못 찾아 집 안을 헤매는데 아무도 없으니까 길을 물어볼 수도 없어요. 밤이 되면 불안감이 덮쳐오고요. 아침에는 눈을 뜨자마자 혼자라는 걸 깨닫고는 매번 놀라요. 주말이 싫고 공휴일이 다가오는 것도 무서워요. 하루 종일 홀로 시간을 죽여야 할 테니까. 그래도 자신을 죽이는 것보다는 낫다고 해야겠죠. 시간이 모래 알갱이처럼 손가락 사이로 빠져나가는 느낌도 알아요. 자신이 원한 것도 아닌데 멈출 수 없는 기차에 올라탄 기분, 그것도 알아요."

정말이지 솔렌은 다 이해할 수 있었다.

레오나르가 작별 인사를 하려고 몸을 일으켰다. 대필 작가 일을 그만두겠다는 솔렌의 결정을 존중한다고 말하면서, 자신이 도울 수 없어서 미안하다고 했다. "그렇지만 소설을 쓰겠다는 꿈은 포기하지 말았으면 좋겠어요." 레오나르가 말을 이었다. "영감이 떠오르지 않는 건 재능이 없어서라기보다 무엇을 써야 할지 아직 찾지 못했기 때문일 거예요. 언어는 나비 같아요. 다치기 쉽고 또 자칫하면 덧없이 날아가 버려요. 잡으려면 나비채가 있어야 해요. 쓰고 싶은 주제를 찾으면 그것이 나비채가 되어 줄 거예요."

레오나르는 그대로 선 채 솔렌을 응시했다. 배웅을 위해 따라 일어난 솔렌도 그의 얼굴을 마주 보았다. "나비잡이에 행운이 있기를 빌어요." 어느새 레오나르의 목소리에 경쾌한 활기가 돌아와 있었다. "따뜻한 차 잘 마셨어요. 또 그동안 여성 궁전을 위해 시간을 내주어서 고마워요. 사실 그곳의 문턱을 넘어 들어가자면 용기가 필요해요. 그곳 거주자들과 함께 뭔가를 한다는 게 쉬운 일은 아니죠." 레오나르는 솔렌이 그 일을 해냈다고 말했다. 해냈을 뿐 아니라 대상에 대한 공감과 너그러움, 인내심을 보여 주었다고 했다. "당신은 자신이 작은 벌새 같다고 했죠. 제가 보기엔 날개가 아주 큰 벌새예요."

문을 나서기 전 레오나르는 솔렌에게 만약 생각이 바뀌면 주저 없이 전화해 달라고 말했다. "제가 어디 있을지는 이미 아시잖아요."

솔렌은 멀어져 가는 레오나르의 뒷모습을 바라보았다. 여러 갈래 생각으로 머리가 복잡했다. 레오나르가 한 말 때문일 테지만 묘하게도 그가 뭔가 솔렌에게 요구하거나 주장한 건 없었다. 그는 솔렌에게 여성 궁전으로 돌아가라는 말을 하지 않았다. 솔렌을 설득할 마음도 없어 보였다. 평소의 레오나르였다면 솔렌의 마음을 돌리기 위해 애썼겠지만, 오늘은 그런 면에서 오히려 무심해 보였다.

주방으로 가서 걸터앉았다. 식탁 위에 놓아 둔 잼 병을 집어 들었다. 여성 궁전에서 대필 작가로 일하는 날마다 수메야에게 받은 젤리가 병 안에 가득 담겨 있었다. 젤리의 개수는 솔렌의 대필 작가 출근 횟수였다.

솔렌은 알록달록한 젤리들을 바라보는 게 좋았다. 입안에 넣은 적은 없다. 그저 혼자만의 보물처럼 잼 병에 담아 간직해 왔다.

하지만 그날 밤, 레오나르까지 돌아간 뒤 빈집에 홀로 앉아 있던 솔렌은 잼 병의 뚜껑을 열었다. 젤리 한 알을 꺼내 입에 넣었다. 한 알 더 꺼냈다. 솔렌은 병 속의 젤리를 차례차례

먹기 시작했다. 색색가지 젤리를 한 알씩 입안에 넣을 때마다 여성 궁전에서 보낸 시간들이 한 장면씩 떠올랐다.

빈타를 생각했다. 살마를 생각했다. 비비안, 크베타나, 이리스, 라 르네를 생각했다. 그동안 만난 모든 여자들을 생각했다. 줌바 강습, 울어서 퉁퉁 부은 눈으로 홀짝이며 마시던 차의 따스함, 생티아의 장례를 치르며 함께 밤을 새운 일. 그들과 함께했던 많은 순간들이 떠올랐다. 색색가지 곰돌이, 작은 병 모양 해피콜라, 알록달록 드래기부스, 까만 고무 같은 감초 젤리, 타가다 스트로베리, 달걀프라이 젤리, 마시멜로우 샤말로, 스머프 젤리, 악어 젤리. 너무 달고 새큼하고 혀끝이 알알했다. 쓴맛 도는 감초 젤리 한 알을 씹어 삼키다가 결국은 속이 울렁거렸다. 색색가지 삶의 맛, 매번 너무 늦게 알아차리는 맛이었다.

'너무 늦었어.' 솔렌은 울렁증을 달래며 속으로 중얼거렸다. '생티아는 이미 떠났어. 불공평하고 부당해.'

'하지만 또 다른 누군가에겐 너무 늦은 게 아닐지 몰라. 지금도 상처 입는 여자들, 거리로 내몰리는 여자들이 있어. 멀리 갈 필요도 없이 바로 옆에도 있잖아.'

문만 나서면 금방 가닿는 거리였다.

그 여자가 빵집 앞에 꿇어앉아 있었다.

26장

이름이 릴리라고 했다.

"진짜 이름은 오렐리인데, 전 그 이름이 싫거든요. 엄마가
지은 이름이래요."

"릴리, 예쁜 이름이네요. 당신한테 어울려요."

빵집 앞으로 간 솔렌이 그 여자에게 커피 한 잔 함께 마시
지 않겠느냐고 제안했을 때, 그는 놀란 것 같았다. 적선 같은
인사가 아니라 뭔가 대화라고 할 만한 말을 건넨 건 처음이었
다. 하지만 그에게 솔렌은 그래도 낯익은 얼굴이었다. 무엇

보다 솔렌한테는 언젠가 미소를 받아 본 적이 있다. 별것 아니라고도 할 수 있지만 그런 미소는 다른 이들로부터는 한 번도 받아본 적 없는 것이었다.

솔렌은 길모퉁이 브라스리로 릴리를 데려갔다. 배가 고픈 것 같았다. 스테이크와 감자튀김을 먹겠다고 했다. "케첩을 듬뿍 주세요." 웨이터에게 덧붙였다. "제가 케첩을 좋아해서요." 릴리는 접시에 담긴 음식을 허겁지겁 먹으면서도 솔렌이 묻는 말에는 대답을 거르지 않았다. 한 가지씩 이야기할 때마다 다소 겁먹은 표정을 짓기는 했다. 릴리는 열아홉, 이제 곧 스무 살이 된다고 했다.

"어서 빨리 나이를 먹었으면 좋겠어요."

"다른 사람들은 나이 먹는 걸 싫어하는데요?"

"스무 살에는 아무것도 가질 수 없잖아요. '삼포세대'래요."

릴리는 '삼포세대'라는 말을 신문에서 읽었다고 했다. 보도 블록에 무릎을 꿇을 때 조금이라도 냉기를 막아 보려고 신문지를 주워 와 바닥에 까는데, 신문지 어느 귀퉁이에 그 말이 있었다고 했다.

릴리는 곧바로 자기 이야기를 쏟아 놓았다. "지방 소도시에 살았어요. 엄마는 감정이 많은 사람이어서 잘 울고 잘 웃었어요." 사람들이 어머니에 대해 수군거린 말은 그런 게 조울증 증상이라는 것이었다. 아버지도 어머니의 증상을 감당하기가 힘에 부쳤는지 어느 날 떠나 버렸다. "처음에는 아빠가 엄마와 저를 보러 왔어요. 주말이나 공휴일에는 왔었는데 그러다가 점점 오지 않더라고요. 아빠는 학교 방학 기간만이라도 저를 데려가 함께 지내고 싶다고 했어요. 하지만 그 말을 꺼내기만 하면 엄마가 펄펄 뛰며 소리를 질렀어요. 저는 엄마가 낳았으니까 엄마 거랬어요."

어머니에게 릴리는 하나의 소유물, 수고해서 획득한 상품이었다.

"내 딸, 예쁘기도 하지."

"보세요, 내 딸이 얼마나 예쁜지."

자라면서 릴리는 늘 물속에서 숨을 참는 느낌이었다. 방 두 개짜리 작은 아파트와 어머니가 가업으로 물려받은 제과점이 릴리가 잠겨 지내는 물속이었다. 애정 결핍은 아니지만 산소 결핍인 건 분명했다. 어머니가 쏟아붓는 애착이 릴리를 숨 막히게 했다. 그 애착은 모성애의 얼굴을 하고 릴리를 통째로 삼켜 소화시키는 괴물이었다. 그것은 '나'와 '너'를 구별할 줄 몰랐다. 어머니와 딸은 한 침대에서 자고 옷도 같이 입고 신발도 같이 신었다. 어머니는 친구가 없었다. "난 다른 건 다 필요 없어. 너만 있으면 돼." 어머니가 딸에게 입버릇처럼 말했다. "지금 이대로도 행복하잖아."

릴리는 어머니의 말을 믿었다. 자신이 행복하다고 생각했다.

릴리는 예쁜 아이에서 아름다운 여자로 자랐다. 불행히도 남자들의 눈길은 릴리를 그냥 지나쳐 가지 못했다. 어머니의 제과점에 문턱이 닳도록 드나드는 남자들이 꽤 생겼다. 그중 몇몇은 릴리가 가게에 나와 있는 동안 케이크 진열대 주위를 떠나지 않고 어슬렁거렸다. 릴리가 자신의 몸을 훑는 그들의 끈질긴 눈길을 문득 알아차리면 어머니는 딸을 가게 안쪽으로 들여보내 튀김냄비 안의 도넛들을 뒤집게 했다. 어머니는 자신의 질투심을 딸에 대한 소유권을 한층 강화하는 방식으로 드러냈다. 그들 모녀 사이에 누군가가 끼어든다는 건 있을 수 없는 일이었다.

마녀가 릴리 앞에 나타났다. 제과사 자격증을 따기 위해 입학한 직업 학교에서였다. 처음 본 순간부터 릴리는 마녀를 사랑했다. 마녀와 함께 있으면서 처음으로 자유를 느꼈다. 릴리는 밤중에 몰래 집을 빠져나가 마녀를 만나곤 했다. 둘은

밤샘 파티에서 춤을 추다가 새벽 여섯시에야 집으로 돌아갔다. 릴리는 마뉘의 여유로움이 좋았다. 내일의 일을 미리 생각할 필요 없다는 그 태평함이 좋았다.

어머니는 밤중에 딸이 사라진 걸 알고 분노했다. 딸의 외출을 막았고, 학비를 끊겠다고 을러댔고, 무일푼으로 쫓아내겠다고 겁을 주었다. "정신 차려. 그 애는 너를 사랑하지 않아." 어머니는 딸의 마음을 돌리려 애썼다. 대놓고 마뉘의 험담을 했다. 그의 사소한 결점까지 끌어들여 틈만 나면 그를 깎아내렸다.

릴리의 사랑은 꺾이지 않았다. 어머니가 독한 말을 퍼부을수록 오히려 릴리는 어머니의 세계로부터 한두 걸음씩 빠져나왔다. 어머니는 자신의 한 부분으로 여겨 온 딸이 자기에게서 점차 떠나는 걸 느끼자 다른 전략을 세웠다. 마뉘를 저녁식사에 초대하더니, 여름 방학 동안 아르바이트로 자신의 제과점에서 일해 보면 어떻겠냐고 제안했다. 겉으로 보기에 어머니는 딸과의 평화를 택한 것 같았다. 어머니가 태도를 바꾼 게 기뻤던 릴리는 달리 의심을 품지 않았다.

어느 날 릴리는 주문받은 케이크를 배달하러 나갔다가 일찍 돌아왔다. 어머니와 마뉘가 가게 뒷방에 함께 있었다. 반쯤 벌거벗은 몸들이 서로 얽혀 있는 모습이었다.

그날 어머니의 얼굴 표정을 릴리는 결코 잊지 못할 거라고 했다. "미안해하기는커녕 좋아 죽겠다는 얼굴이었어요." 그날 릴리가 어머니의 눈빛에서 본 것은 당혹스러움이 아니라 일종의 쾌감, 그리고 증오였다.

릴리는 한마디도 하지 않았다. 곧바로 가방을 싸서 파리 행 기차를 탔다. 몸을 움직이긴 해도 넋은 빠져나간 사람 같았다. 어머니와 연인, 모두로부터 배신당하고 상처 입은 충격은 컸다. 어쨌거나 사촌 언니를 찾아가 잠시 얹혀살기로 했다. 처음에는 별말 없이 릴리를 받아 준 사촌은 얼마 후 태도를 바꾸어 릴리에게 나가 달라고 말했다. 새로 남자를 사귀게 되어 방해받지 않을 공간이 필요해진 탓이었다. 릴리는 사촌을 원망하지 않았다. 다시 짐을 싸서 나섰다. 며칠 밤은 거리에서 마주친 사람의 호의로 그의 집 거실 소파나 접이식 침대에서 잘 수 있었다. 그런 행운이 끝나자 노숙 생활이 시작되었다.

"일자리를 찾아보려 했어요. 하지만 제과점에 취업하려는 사람은 파리에 넘쳐났어요."

그쪽으로 일자리를 얻기란 하늘에 별 따기라는 사실을 곧

깨달았다. 이력서를 들고 찾아간 한 제과점에서는 조수 자리를 구하는 사람들이 보내온 이력서만 서른 통이 넘는다는 이야기를 들었다. "TV만 틀면 요리 프로가 나오니까 너도나도 요리하는 직업으로 몰리지만, 문제는 시장이 그만큼 늘지 않는다는 거야." 제과점 주인은 릴리를 보고 혀를 찼다. 명문 제과제빵 학교를 나온 사람들도 취업이 어려운 형편이라고 했다. "제과 회사들이 공장에서 케이크를 쏟아내는데 이쪽 일자리가 늘어날 리 없지."

구직 과정은 취약 계층이라는 웅덩이로 굴러 떨어지는 긴 경도였다. 아버지에게 도움을 청해 보려 했지만 마음을 접었다. 어렵게 전화가 연결된 아버지는 외국에 있었다. 발리라고 했다. 그곳에서 새로운 인생을, 혹은 그 비슷한 뭔가를 시작한 것 같았다.

릴리는 처음 거리에서 보낸 밤을 기억했다.

"6월이었어요. 그날 주머니가 완전히 비어 방을 구할 돈이 없었어요. 밤 기온이 그리 차갑지 않아서 벤치에서 하룻밤을 보내 보기로 했죠. '딱 한 번만 여기서 버텨 보자.' 정말 그럴 생각이었어요."

'딱 한 번만'은 다음 날도 되풀이되었고, 그 후로 계속 이어졌다.

'딱 한 번만'이 지금까지 이어져 왔다.

집으로 돌아갈 생각도 해 보았다. 하지만 어머니와 다시 얼굴을 마주하기 싫었다. 예전의 삶은 이미 지워 버렸다. 자신이 자란 그 소도시에서라면 수치심 때문에 거리에서 구걸할 엄두를 내지 못했을 것이다. 그런 모습으로 누군가 아는 사람과 마주쳤다면 견딜 수 없었을 것이다. 파리에서는 익명을 유지할 수 있다는 점이 달랐다. 그저 거리를 떠도는 여럿 가운데 하나일 수 있었다.

그래도 행인들에게 손 내밀어 구걸하는 짓은 하지 않을 거라고, 처음 얼마 동안은 마음을 다졌다. 구걸은 더 굴러 떨어질 데도 없는 밑바닥이라고, 그렇게까지 망가질 수는 없다고 생각했다. 하지만 결국 굴복했다. 추위는 이런저런 방법으로 막아 볼 수 있었지만 배고픔은 도저히 이겨 낼 수 없었다. 굶주림은 창자를 쥐어짜고 위를 비틀어댔다. 아무것도 먹지 못하고 이틀을 버틴 끝에 릴리는 버려진 박스를 펼쳐 '도와주세요'라고 썼다. 그러고는 박스 뒤에 몸을 숨기고 울었다. 릴리의 눈물은 아무도 보지 못했다. 눈물만은 사람들에게 내보이고 싶지 않았다. 그것이 릴리에게 남은 마지막 자존심이었다.

릴리는 자신의 이야기가 동화 속의 신데렐라를 거꾸로 뒤집어 놓은 모습이라고 했다. "어릴 적에 아빠가 들려주던 이야기는 행복하게 끝났지만, 지금 생각해 보면 그 이야기를 반대로 뒤집어 들었어야 했어요." 어린 릴리를 안심시켜 주던 '해피엔드'란 현실에는 없었다. 동화 속 신데렐라는 노숙인이 되었고, 유리 구두는 알고 보니 아스팔트에 닳아 구멍이 난 싸구려 운동화였다. 릴리의 왕국에는 큰 길과 작은 길들이 끝없이 이어졌고, 몸을 누일 성채는 바람이 몰아치는 보도 위였다. 헝겊 모자를 왕관 삼아 눌러써서 엉클어진 머리를 감추고 부푼 드레스 대신 레깅스와 바지를 여러 벌 겹쳐 입었다. "자잘한 것들은 전부 옷 사이에 끼워요. 그래야 도둑맞지 않거든요." 릴리는 그런 방식으로 소지품들을 전부 몸에 지니고 다닌다고 했다. 쥐들은 릴리의 길동무였지만 만화 영화 속 귀여운 생쥐가 아니라 릴리만큼 굶주린 잿빛 시궁쥐들이었다. 그들은 릴리가 몸을 쉬려고 찾아 들어간 어느 구석에서든 밤새 먹이를 뒤지고 다녔다.

무료 급식소에서 만난 한 여자 노숙인이 릴리에게 얼굴을 좀 꾸미고 나이트클럽으로 가서 어슬렁거려 보라고 조언했다. 나이 열아홉에 얼굴도 곱상한데 쉬운 방법이 있지 않느냐고 했다. '하룻밤 상대로 만나서 오래갈 리는 없지만, 어쨌거나 침대에서 잘 수는 있잖아. 운이 좋으면 아침도 얻어먹을 수 있고.'

릴리는 조언받은 방법을 써 보았다. 견디기 힘들었다. 한두 번 만에 끊었다. 더럽혀진 느낌이었다. 아무리 씻어내도 몸에 묻은 더러움을 지울 수 없을 것 같았다. 몸을 팔아 하룻밤 푹신한 침대와 모닝커피를 얻느니 차라리 구걸을 하는 편이 나았다.

동네 주민들은 대체로 친절했다. 하루 구걸해서 받은 돈으로 먹을 것은 해결할 수 있었다. 게다가 마음씨 좋은 보모요정들이 있었다. 빵집 맞은편 비스트로에서 조리사로 일하는 나누 아주머니는 릴리가 건물 화장실에서 이를 닦고 얼굴을 씻을 수 있도록 허락해 주었다. 그 옆 건물 관리인 파티마 아주머니는 공동 현관 비밀번호를 알려 주고는 릴리가 건물 꼭대기 비어 있는 다락방으로 올라가는 걸 눈감아 주었다. 그런데 얼마 전부터 공동 현관문을 열 수 없었다. "비밀번호가 바뀌었나 봐요. 건물 입주자들이 아마도 관리인 아주머니한테 싫은 소리를 했겠죠." 릴리는 한숨을 쉬었다.

솔렌이 그럼 앞으로 어떻게 할 생각이냐고 묻자 릴리는 대답이 없었다. 잠시 머뭇거린 다음에야 말했다. 미래라는 걸 생각하지 않은지는 오래되었다고, 그런 건 이미 사라지고 없다고 했다. "저한테 미래는 이미 지난 일이에요."

릴리도 예전엔 꿈이 있었다. 재능이 있다는 말도 들었다. '넌 훌륭한 제과사가 될 거야.' 마침내 제과사 자격증을 땄을 때 직업 학교의 선생이 릴리에게 한 말이었다. 그때 릴리는 자랑스러워 어깨가 으쓱했다.

지금도 빵집 앞에 꿇어앉아 있을 때면 유리창 너머로 케이크들이 눈에 들어온다고 했다. "네, 전 잘할 수 있어요. 하지만 그걸 알아주는 사람이 아무도 없어요. 알려고도 하지 않아요."

"아무도 없다고요? 아뇨, 지금부터는 한 사람 있어요. 내가 릴리의 재능을 알아줄게요."

릴리의 이야기를 들으면서 솔렌은 한 가지 어처구니없는 생각에 사로잡혔다. 무모했지만 절실한 생각이었다. 릴리를 핍박해 온 삶의 비참함에 복수하고 싶었다. 빈곤에 반격하고 싶었다. 가난과 고통이 승자의 자리를 차지하게 놓아 두고 싶지 않았다. 이미 한 판을 내주었다. 고통이 이겼고, 그래서 생티아를 빼앗겼다. 하지만 이 싸움, 빈곤과의 전쟁은 아직 끝나지 않았다. 이제 솔렌이 전투에 나서서 고통에 맞서 싸울 차례였다. '자비는 없어. 눈에는 눈, 이에는 이. 당했으면 그만큼 되갚아 줘야 해. 한 사람 빼앗겼으니 이제 한 사람을 빼앗아 와야 해.'

꼭 해내겠다고, 그렇게 하고야 말겠다고 솔렌은 그날 밤 다짐했다. 릴리를 거리에서 구해 냄으로써 생티아의 죽음을 복수하고 싶었다.

편지를 쓰는 것만으로는 한계가 있었다. 이 계획은 여성 궁전 거주자들의 신뢰가 바탕이 되어야 했다. 원장을 설득하고 그곳에서 일하는 사회 복지사들, 살마, 자원봉사자들, 사무 직원들의 동의까지도 얻어 내야 했다. 솔렌 자신의 용기를, 인내심과 끈기를 시험할 때가 왔다. 삶의 비참함과 겨룬다는 건 그저 글쟁이의 상상 속에서나 가능한 일인지도 몰랐다. 아무리 격렬하게 맞서 봤자 승리한 쪽은 매번 배고픔과 추위였다는 사실도 부인하기 어려웠다. '하지만 라 르네가 그의 천사와 함께 마침내 해낸 일을 봐. 그들은 승리자가 될 거야. 나라고 못할 건 없잖아?'

생티아가 옳았다. 이따금 언어의 힘만으로 해결할 수 없는 일도 있다. 글쓰기만으로 부족하다면 그때는 행동에 나서야 한다.

27장

우리가 하는 일과 방법에 신념을 가져야 합니다. 뭔가가 이루어지리라고 믿어야 합니다. 그러면 그 일은 이루어질 것입니다.

_윌리엄 부스

1926년, 파리

블랑슈는 눈을 들어 건물 전면을 응시했다. 동판에 '팔레 드 라 팜므'라고 새겨져 있었다. 손을 뻗어 옆에 나란히 선 알뱅의 손을 잡았다. 마침내 그들은 해냈다.

최근 몇 주간 그들은 전력을 다했다. 낮과 밤을 가리지 않고 힘을 전부 쏟아부었다. 모금 운동에도 박차를 가했다. 두 페롱은 설교회를 열고 기고문을 쓰고 강연에 나섰다. 마침내 대공사가 완성되었다. 여성 궁전은 한갓 꿈이 아니었다. 이제 현실 속에 존재했다. 구세군의 상징 '블러드 앤 파이어'를 내

걸고 그들 앞에 당당하게 서 있었다.

　여성 궁전은 1926년 6월 23일 공식 창립되었다. 창립식에 참석하기 위해 대장 브람웰 부스도 런던에서 파리로 왔다. 그날 오후 리셉션 홀에는 2000명에 가까운 사람들이 운집했다. 연단 위에서는 프랑스공화국 대통령을 대리하여 참석한 노동보건부 장관 뒤라푸르가 나란히 자리 잡은 설립위원들을 뒤로하고 한 걸음 앞으로 나서서 구세군에 감사를 표했다. 알뱅이 인사말을 했다. 힘겨웠던 설립 과정을 증언하듯 극도로 지쳐 있었지만 얼굴은 기쁨으로 빛났다. 모금 운동에 참여해 준 사람들에게 감사를 표하고, 구세군은 빈곤과의 투쟁을 중단 없이 전개해 나가겠다고 약속했다. "투쟁은 계속되어야 합니다!"

　연단에 앉은 블랑슈의 얼굴에는 지나온 투쟁의 상흔이 깊이 새겨져 있었다. 오래전 글래스고에서 캐서린과 마주했던 순간이 떠올랐다. 그때 캐서린은 블랑슈에게 물었다. "자신에게 주어진 삶으로 무엇을 할 생각입니까?" 그 질문에 마침내 대답했다는 생각이 들었다. 끝내 확보한 이 공간은 학대받는, 그 누구도 손 내밀어 잡아 주지 않은 여자들이 들어와서 안전하게 머물 수 있는 쉼터였다. 눈물과 좌절, 욕설과 경멸을 넘어 일구어 낸 승리였다. 블랑슈는 고통받는 수많은 여자들이 이 공간을 찾아와 구원받을 수 있기를 기도했다. 문득 이 건물터에 관해서 들은 이야기가 생각났다. 이곳에 있었다는 수도원이 해체되고 수녀들이 해산당했을 당시, 여러 수녀가 잠긴 문을 열고 다시 수도원으로 돌아왔고, 지금 딛고 선 발밑에 잠들어 있을 거라고 했다.

블랑슈의 아이들도 이 자리에 와 있었다. 세 딸과 세 아들 역시 구세군에 입대해 헌신했다.

블랑슈의 승리를 축하하기 위해 영국에서 건너온 영원한 친구 에반젤린도 보였다. 에반젤린은 평생 결혼하지 않고 전투하는 수녀로 살자는 약속을 지켜 여전히 독신이었다.

블랑슈 곁에는 또 한 사람 '망지네트'라는 애칭으로 불러 온 이자벨 망쟁이 있었다. 르 카트르셉탕브르 거리의 모자 상인이었던 이자벨은 블랑슈와 거의 같은 시기에 구세군에 입대했다. 그들은 구세군 초기의 어려운 환경을 함께 헤쳐 나왔고 배고픔과 추위도 함께 겪었다. 블랑슈는 함께 웃고 울던 전투 동지에게 초대 여성 궁전 원장직을 맡겼다. 이자벨 망쟁이 키를 잡는다면 이 큰 배가 방향을 잃는 일은 없을 거라 생각했다.

7월 초 여성 궁전은 첫 번째 거주자들을 맞이했다. 이곳을 찾아온 여자들 속에서 블랑슈는 추운 겨울밤 임시 천막 안에서 떨고 있던 그 앳된 엄마와 아이를 알아보았다. 합숙소 한 곳을 찾아내 밤마다 몸을 피할 수 있었고 '자정의 수프'에서 나누어 주는 따뜻한 수프 한 그릇으로 연명했다고 했다. 아이를 가슴에 안은 앳된 여자는 여성 궁전의 홀 한가운데서 블랑슈를 먼저 알아보고 미소를 보내왔다. 그의 얼굴에 번지는 미소가 마침내 얻은 승리를 구현해 주는 것 같았다. 지금까지 블랑슈가 싸워 온 것은 오로지 그 미소를 보고 싶어서였다. 여자의 미소는 블랑슈가 받아 든 진정한 승리의 트로피였다.

영광의 시간이었다. 그렇다고 투쟁이 끝난 건 아니었다. 페롱 사령관 부부는 이미 또 다른 전장으로 나서고 있었다. 블랑슈는 어머니와 아이가 함께 생활할 수 있는 피난소를 세우는 일에 착수했다. 알뱅은 파리 13구에 빈민과 노숙자를 위한 집단 숙박 시설을 건립할 계획을 세웠다. 그는 새로운 쉼터 건물의 설계를 건축가 르 코르뷔지에에게 부탁하고 싶었다.

1931년 4월 7일, 프랑스 구세군의 구호 복지 활동 전체가 공익성을 인정받았다. 윌리엄 부스가 창설한 이래 오랫동안 야유와 조롱을 견디며 싸워 온 이들의 활동을 사회가 공식적으로 공익사업으로 승인한 순간이었다.

같은 해 4월 30일 블랑슈가 알뱅에 이어 레종도뇌르 훈장을 받았다. 서훈식은 여성 궁전에서 열렸다. 그날은 페롱 부부의 결혼 40주년 기념일이기도 했다. 아이들과 손주들이 모두 모여 그들을 축하했다.

기쁨의 날들은 오래가지 못했다. 블랑슈의 건강이 급격히 악화했다. 얼마 후 블랑슈를 진찰한 주치의 에르비에는 암이 전신에 퍼졌다는 진단을 내렸다. 블랑슈는 결과를 담담히 받아들였다. 오히려 그 사실을 비밀로 해 달라고 부탁했다. 의사가 권한 모르핀과 진통제들도 거절했다. 평생을 이어 온 투쟁이었다. 죽음 앞에서 나약해지고 싶지 않았다.

알뱅은 마지막 순간까지 밤낮을 가리지 않고 블랑슈 곁을 지켰다.

블랑슈가 힘을 놓아 버리는 듯이 느껴질 때마다 알뱅은 몸을 기울여 블랑슈의 귓가에 어떤 말을 속삭이곤 했다. 오래전 신혼 시절에 블랑슈가 순회 사역 임무를 부여받아 미국에 파견되었을 때 알뱅이 써 보낸 편지의 한 구절이었다. "당신을 지켜 줄게요. 마치 나를 그곳에 데려간 것처럼 늘 당신 곁에서 지켜 줄 거예요."

5월 그날 오후, 마지막 순간에도 알뱅은 이 말을 블랑슈의 귓가에 속삭였다. 그의 '투쟁하는 천사'가 무기를 내려놓고 있었다. 빛나던 그의 '햇살'이 서서히 빛을 거두고 있었다. 생의 동반자와 작별할 시간이었다. 알뱅이 인사를 건넸다. 훌륭히 싸웠으니 이제 당당히 쉬라고 말했다. 알뱅 자신은 단지 몇 년만이라도 더 살아남겠다고 약속했다. 살아서 그들이 함께 꿈꾸었던 것들, 함께 구상한 계획들을 실현시키겠다고 약속했다.

별안간 블랑슈가 눈앞에 서 있었다. 지푸라기처럼 생명이 꺼져가는 육신은 온데간데없고 그 옛날 당당하고 적극적인 스무 살 젊은 사관의 모습으로 알뱅 앞에 서 있었다. 스무 살의 블랑슈는 흙먼지 날리는 비포장 길 위에 서서 알뱅을 바라보며 웃었다. 페니파딩에 올라타기 직전이었다.

그 순간 블랑슈가 알뱅의 손을 놓고 빛 속으로 멀어졌다.

블랑슈는 1933년 5월 21일 구세군 제복을 차려입은 모습으로 눈을 감았다. 그 차림 그대로 또 다른 전투를 위해 다른 세상으로 떠났다.

5월 24일 여성 궁전 리셉션 홀에서 장례식이 거행되었다. 장례식 장소를 결정한 사람은 알뱅이었다. 알뱅은 블랑슈를 애도하는 자리로 여성 궁전이 아닌 다른 곳은 생각할 수 없었다. 여성 궁전은 블랑슈가 평생을 바친 투쟁의 구현이었다.

장례식장 사방 벽은 흰색 벽포로 덮었다. 이것 역시 알뱅의 뜻이었다. 하얀색을 뜻하는 이름, 블랑슈. 그의 마지막 시간을 검은색이나 다른 음울한 색으로 뒤덮고 싶지 않았다. 꽃 장식도 없었다. 블랑슈는 장식을 원하지 않을 거라고 생각했다.

그렇지만 꽃다발 하나가 블랑슈의 관 위에 놓였다. 일곱 살 여자아이가 와서 놓고 간 들꽃 한 묶음이었다. 들꽃을 직접 꺾어 꽃다발을 만들었다는 아이는 블랑슈가 여성 궁전을 설립할 결심을 하게 만든 7년 전의 그 아이였다.

1층의 넓은 홀이 조문객들로 가득 찼다. 혼자서는 걸음을 옮기기 힘든 최고령 거주자까지 포함해 여성 궁전 거주자들이 모두 장례식에 참석했다. 외부에서 온 조문객들까지 합해 장례식장 안으로 더 들어갈 공간이 없자 사람들은 휴게실과 로비를 채우고 길에까지 늘어섰다. 구세군, 개신교, 가톨릭, 유대교……. 모든 교파가 모였다. 무신론자들도 있었다. 지인과 추종자들 말고도 작가, 학자, 고위 공직자, 정치인, 사교계 인사, 직공과 노동자, 거리의 여성들……. 한 사회 전체가 모여 블랑슈를 애도했다.

추도사가 끝나고 이윽고 장례 행렬이 블랑슈의 관을 둘러싸고 리용역 방향으로 움직이기 시작했다. 여러 기관과 단체의 장들이 가난뱅이들, 노숙자들과 한데 섞여 걸어가는 기묘한 행렬이었다.

블랑슈는 아르데슈 생조르주레뱅에 묻혔다. 블랑슈는 생전에 이곳을 '야외 수도원'이라고 부르며 기회가 있으면 찾아와 원기를 얻곤 했다. 무덤은 일출을 바라보는 위치였다. 일생의 신조로 삼았던 욥기의 구절이 유언에 따라 비석에 새겨졌다.

황금도 티끌 위에다가 내버리고,
오빌의 정금도 계곡의 돌바닥 위에 내던져라.

블랑슈의 육신은 이 마지막 안식처에 눕겠지만 영혼은 다른 곳에 가 있으리라는 걸 알뱅은 알았다. 삶의 고통과 맞서 싸운 전사의 영혼은 여성 궁전의 복도와 모퉁이, 휴게실, 리셉션 홀, 각층의 방들에, 또 지금 그리고 미래에 그곳에 머물 모든 이들의 가슴 속에 살아 있을 것이다. 역사는 이 전사의 이름을 기억하지 않겠지만, 세상 사람들은 블랑슈 페롱이 어떤 생을 살았는지 잊겠지만, 그건 그리 중요하지 않았다. 블랑슈의 투쟁은 명예와 영광을 얻기 위한 것이 아니었으니까. 다만 그의 영혼은 세월이 지나도 여성 궁전의 이름으로 살아 있을 것이다. 그리하여 이 전사의 후예들이 투쟁을 이어 갈 것이다. 그것이 블랑슈가 바라는 단 한 가지였다.

삶의 고통에 반항한 전사, 빈곤에 맞서 싸운 투사에게 나머지는 그리 중요하지 않았다.

28장

그것은 크리스마스를 며칠 앞두고 도착했다. 규격 우편물로는 크기가 가장 큰 품질 좋은 봉투에 들어 있었다. 그날 아침 살마는 여성 궁전으로 온 우편물 더미에서 유난히 눈에 띄는 그 봉투를 집어 들어 살펴보았다. 봉투에 적힌 고상한 필체, 문장 첫머리 대문자의 유려한 형태, 종이의 고급스러운 질감이 심상치 않았다.

수신자는 솔렌, 주소는 여성 궁전.
발신자의 주소 역시 '궁'으로 되어 있었다. 멀리 있는 또 다른 궁전, 진짜 왕관을 쓴 사람들이 사는 곳에서 온 편지였다.

살마가 솔렌을 기다리고 있다가 봉투를 내밀었다. 그 봉투 안에 무엇이 들어 있을지 솔렌은 금방 알아차렸다. 처음에는 믿어지지 않았다. 그런데도 어느새 웃음이 얼굴에 번져 나갔다. 소리 없이 빛나는 웃음이었다. 솔렌 안에 울려 퍼지는 무엇인가가 안내 데스크가 있는 로비를 채우고 눈 깜짝할 사이에 휴게실로 번져 나갔다. 잠시 후에는 여성 궁전 전체를 채웠다. 솔렌은 자기 안에 종소리처럼 울려 퍼지는 기쁨을 들었다. 고통과 불행의 면전에 한 움큼 축제의 색종이를 흩뿌린 기분이었다.

봉투를 열어 보지는 않았다. 자신에게는 그럴 권한이 없다고 생각했다. 거의 뛰다시피 계단을 올라갔다. 몇 개의 복도를 가로질렀다. 편지를 진짜 주인에게 전해 주어야 했다. 자신은 그저 중간에 낀 심부름꾼이었다.

솔렌이 크베타나의 방 앞에 도착했을 때 크베타나는 마침 방문을 열고 나오는 참이었다. 솔렌은 얼굴이 붉게 상기된 채 한 손에 편지를 들고는, 숨이 차서 금방 말을 꺼내지도 못했다. 선물 앞에서 좋아 어쩔 줄 모르는 아이 같기도 했다. 크베타나는 영문을 모르겠다는 듯 솔렌을 흘긋 쳐다보며 자기 앞으로 내미는 봉투를 받아 들었다. 미심쩍은 눈으로 봉투를 훑어보았다. 봉투 상단에 인쇄된 '버킹검 궁' 문양도 빤히 들여다보았다. 그러고는 끌고 나온 쇼핑 카트에 봉투를 던져 넣고 멀어져 갔다. 말 한마디 없었다. 고마움의 눈길 한 번 주지 않았다. 솔렌은 얼이 빠져 복도 한가운데 서서 두 팔을 축 늘어뜨렸다.

이곳의 여자들은 아직도 자신을 더 놀라게 할 모양이라고 생각했다. 솔직히 말하면 실망스럽기보다 재미있었다. 이곳에만 오면 게임의 규칙이 먹히지 않아 당황하는 자신이 우스웠다. 여기서는 카드를 번번이 다시 섞어야 했다. 매번 패를 새로 돌려야 했다. 솔렌에게 이곳에서의 삶이란 늘 새로 만들어 내야 할 무엇이었다.

휴게실로 들어섰다. 타타들이 빈타를 둘러싸고 모여 있었다. 모두들 무엇인가에 정신이 팔린 눈치였다. 솔렌도 가까이 다가가 어깨너머로 들여다보았다. 사진 한 장이 보였다. 모두 그 사진에 대해 한마디씩 떠드는 중이었다. 솔렌을 보자 타타들이 몸을 당겨 앉으며 자리를 내주었다. 빈타가 사진을 내밀었다. 솔렌을 바라보는 눈이 빛났다.

"이 아이예요. 내 아들." 빈타가 말했다. "편지를 보내왔어요."

솔렌은 칼리두의 사진을 받아 들었다. 아름다운 아이였다. 벌써부터 힘찬 기운을 발산했다. 하지만 미소는 품 안의 아이처럼 어렸다. 가슴이 울컥했다. 두 눈에 눈물이 고이더니 손 쓸 새도 없이 작은 시냇물을 이루며 흘러내렸다. "또 시작됐군." 타타 가운데 한 사람이 한숨을 내쉬며 말했다. "이제 곧 소리 내어 엉엉 울 거야."

솔렌은 이번에는 웃었다. 눈물을 닦으면서 생각했다. '아무래도 난 소설가가 될 만큼의 재능은 없는 것 같지만, 뛰어난 소설가가 된다는 건 더더욱 어림없는 일일 테지만, 그래도 난 이 사람들이 손에 쥔 펜이야. 삶에 학대받았어도 고개 숙이지 않는 이들을 위해 내가 펜이 된 거야. 벌새 깃털 펜이라고 해도 좋아. 오히려 난 자랑스러워. 이 사람들은 풀 죽지 않아. 라 르네가 그렇듯 언제나 당당해.'

그날 저녁, 여성 궁전 리셉션 홀에서 크리스마스이브 만찬이 열렸다. 대형 크리스마스트리를 장식하고 긴 테이블을 놓았다. 여성 궁전의 거주자 모두가 참석했다. 원장, 직원, 사회 복지사, 보육사들도 모였다. 공인 회계사와 환경 미화원이 같은 자리에 앉았다. 자원봉사자들도 왔다. 솔렌도 자리를 함께했다. 솔렌이 부모님의 집이 아닌 곳에서 크리스마스이브를 보내는 건 처음이었다.

가족 만찬에 참석할 수 없다는 걸 알렸을 때 부모님은 무척 놀라는 눈치였다. 이브에 다른 계획이 있으니 그다음 날 가겠다는 말로 간단히 설명하고 전화를 끊었다. 이어서 레오나르에게 전화를 걸었다. 여성 궁전 크리스마스 파티에 함께 가지 않겠느냐고 물었다. 레오나르는 솔렌의 초대에 관심이 없지는 않은 눈치였다. 솔렌이 말했다. "사실은 산타클로스 역할을 할 자원봉사자가 필요해요. 산타 분장을 하고 아이들에게 선물을 나눠 주는 일이에요." 그러고는 덧붙였다 "이번에는 제가 당신을 부려 먹으려고요!" 레오나르가 웃음을 터뜨렸다. "좋아요! 어쨌거나 크리스마스이브에 외롭지 않을 수 있어서 기뻐요. 혼자 저녁을 먹어야 할 참이었거든요."

긴 테이블에 각자 만들어 온 요리들이 놓였다. 미리 정해 놓은 메뉴는 없었다. 빈타는 솜씨를 발휘해 푸티를 만들어 왔다. 특별한 날을 위한 기니 전통 의상 블렌즈 차림이었다. 서아프리카 특산 면섬유로 만들어 허리를 맵시 있게 매어 입는 그 옷은 빨강, 노랑, 초록, 세 가지 색깔이 아름답게 어우러져 있었다. 빈타 곁의 수메야는 비비안이 직접 떠 준 스웨터를 입고 왔다. 다른 옷을 입는다는 건 생각지도 못할 만큼 예쁜 스웨터였다. 수메야로부터 그리 멀지 않은 자리에서 비비안은 여전히 쉴 새 없이 뜨개바늘을 놀렸다. 올겨울 날씨가 유독 추운 탓에 특별 주문이 몇 벌 밀려 있었다. 라 르네는 오늘만은 배낭을 어깨에 주렁주렁 매달지 않은 모습이었다. 무수한 협상 끝에 라 르네는 처음으로 자신의 배낭을 옷장에 넣어 두고 몸만 나타나는 데 동의했다. 하지만 만찬장에서도 마음이 놓이지는 않는 모양이었다. 중간에 방으로 올라가서 배낭들이 옷장 안에 무사히 있는지 확인하고 와야겠다고 했다.

타타들은 저마다 화려한 부부°를 꺼내 입고 왔다. 몸에 두른 목걸이와 갖가지 장신구들이 몸을 움직일 때마다 작은 캐스터네츠 소리를 냈다. 온갖 색깔의 부부가 모인 자리는 어디나 무지개가 떴고 색채의 회오리바람이 사람들을 휘감았다. 크베타나가 사람들 사이를 돌아다니며 자신이 받은 영국 왕의 사인을 자랑스럽게 내보였다. "벌써 수십 번째야." 타타한 사람이 핀잔을 줬다. "이렇게 보여 주다가 사인이 닳아 없어지면 어쩌려고 그래?"

° 서아프리카 지역에서 주로 입는 자루 형태의 길고 헐렁한 의상이다.

이리스가 파비오와 나란히 앉아 있었다. 두 사람 사이에 뭔가가 있는 건 분명했다. 서로 무심한 것 같았지만 이따금 주고받는 눈길만 봐도 알 수 있었다. 둘의 관계가 어떤 종류의 것인지 정확히 아는 사람은 없었다. 이리스는 솔렌에게도 또 다른 사람에게도 전혀 이야기를 해 주지 않았다. 모두들 궁금해하는 이 모호한 상태를 즐기는 것처럼 보이기도 했다. 그 순간에도 이리스는 자기 옆의 젊은 줌바 강사를 향해 수시로 날아오는 뜨거운 눈길들을 놓치지 않았다. 이곳 거주자들 중에 파비오를 연모하는 이가 적지 않았다. 그렇다 한들 무슨 문제인가. 오늘 파비오 곁에 이리스가 앉아 있으면 그걸로 된 것이다. 몇 달 후에 이리스가 새로 온 영어 강사에게 반한다 해도 무슨 문제인가. 이리스는 파비오와 줌바를 잊을 것이다. '그것이 인생'이다. 여성 궁전에서도 사랑은 그렇게 왔다가 가 버린다.

테이블 가장자리, 한 벌의 식기와 의자 하나가 빈 채로 놓여 있었다. 생티아를 위한 자리였다. 생티아를 애도하는, 오래도록 잊지 않겠다고 말하기 위한 자리였다.

나이 지긋한 청소 담당자 조라가 별안간 자리에서 일어나

떨리는 목소리로 모두에게 자신을 주목해 달라고 외쳤다. 조라는 솔렌의 도움을 받아 연설문을 준비해 온 참이었다. 지난 40년간 여성 궁전에서 일해 온 조라는 정년 퇴직을 앞두고 있어서 오늘이 여성 궁전에서 맞이하는 마지막 크리스마스이브라고 했다. 이곳 거주자들에게 하고 싶은 말이 아주 많다는 말로 첫머리를 연 조라는 지난 세월 동안 이곳에서 가족처럼 지내 왔음을 회상했다. "여러분은 나의 동생이고, 친구이고, 조카였어요. 때로는 나를 힘들게도 했지만 또 그만큼의 기쁨을 주었어요. 이곳을 떠나기가 아쉽지만 한편으로는 고단한 몸을 쉴 수 있어서 좋네요. 이따금 차를 마시러 올게요. 휴게실에서 나를 마주치면 차 한잔 대접해 주세요."

만찬이 무르익자 살마가 그랜드 피아노 앞에 앉아 연주를 시작했다. 즐거운 곡조였다. 음악이 홀을 가득 채우고 여성 궁전 구석구석으로 퍼져 나갔다. 살마의 연주는 훌륭했다. 여성 궁전에 들어온 열 살 때부터 혼자 갈고닦은 실력이었다.

살마의 피아노 연주를 들으면서 솔렌은 여성 궁전을 음악으로 표현하면 어떤 곡이 될까 상상했다. 예측할 수 없는 선율과 가슴 조이게 하는 박자가 있을 것 같았다. 때로는 불협화음을 쏟아내 깜짝 놀라게도 하지만 그럼에도 마음을 끌어

당기는, 듣기를 멈출 수 없는 곡일 것이다. 레오나르가 솔렌 옆에 앉아 있었다. 매년 홀로 한 해를 보내면서 우울 증세가 도지곤 했다는 그였지만 이 순간에는 우울함을 잊은 것 같았다. 솔렌과 나란히 앉은 걸 행복해하는 듯이 보이기도 했다. 아이들에게 선물을 전부 나누어 준 다음이라서 산타클로스 복장은 벗은 모습이었다. 수메야는 산타에게 받은 인형의 옷을 갈아입히는 일에 열중하면서도 초콜릿 트뤼프를 먹는 일역시 포기하지 않았다. 수메야를 바라보며 미소 짓던 솔렌의 눈이 문득 레오나르의 눈과 마주쳤다. 그 순간 레오나르도 솔렌처럼 미소 짓고 있었다는 걸 알았다. 레오나르가 웃는 모습을 본 게 이번이 처음이라는 생각을 했다. '웃어서 그런가? 오늘은 잘생겨 보이네.' 솔렌은 조금 당황했다. 레오나르의 매력이 느닷없이 가슴에 쳐들어 온 탓이다. 그것은 상처받아 본 사람들만이 갖는, 바닥으로 떨어졌다 다시 몸을 일으켜 선 사람들에게만 있는 매력이었다.

멀지 않은 곳 벽면에 새겨져 있어서 종종 읽고 지나가는 이반 오두아르의 한 잠언을 생각했다. '금이 간 것들은 복 받을지니, 그들이 있어 빛이 새어 들어올 수 있으므로.' 그날 밤, 여성 궁전은 환한 빛으로 가득 찼다. 천 개의 불을 밝힌 것 같았다.

릴리가 만들어 온 크리스마스 케이크가 만찬의 마지막을 장식했다. 통나무 모양 뷔 슈드 노엘이 모습을 드러내자 모두가 환호했다. 훌륭한 케이크였다. 가장 까다로운 입맛을 가진 사람조차 감탄하지 않을 수 없는 맛이었다. 릴리가 다닌 직업 학교 선생은 재능을 알아보는 눈이 있었다. 릴리는 제과계의 떠오르는 샛별이었다.

당분간이기는 하지만 릴리는 공식적으로는 여성 궁전 거주자가 아니었다. 입주 대기자가 많이 밀려 있는 탓이었다. 정식 입주 허가를 얻자면 꽤 오래 기다려야 했다. 우선 급한 대로 원장은 체육관에 침대를 들여 놓고 릴리를 머물게 했다. 2007년에 수립된 혹한 대비 규칙에 따라 체육관 문은 24시간 열려 있었다. 체육관이 안락한 숙소일 수는 없지만 릴리로선 호사를 누리는 기분이었다. 또다시 거리로 나가야 하는 일은 없을 거라고 원장도 릴리에게 약속해 주었다. 누군가의 손을 잡았다면 그 손을 다시 놓아서는 안 된다. 이것이 여성 궁전의 원칙이었다.

솔렌도 '수호천사' 활동을 하면서 나름 천사 등급에서 승급을 이루었다. 릴리를 위한 투쟁에서는 솔렌 자신이 생각하기에도 놀라울 만큼 맹렬했다. "불도저가 따로 없군요." 솔렌을 지켜보는 레오나르도 감탄하는 기색이었다. 솔렌은 자신의 어깨죽지에 날개가 돋는 느낌을 받았다. 평소였다면 엄두도 못 낼 힘이 솟구쳤다. 이런 뜻밖의 힘이 어디에서 흘러나오는 것인지 솔렌도 몰랐다. '여성 궁전이 나에게 없던 힘을 내게 하는 걸까? 생티아의 그림자가 나를 따라다니며 힘을 불어넣어 주는 걸까?' 어쩌면 여성 궁전이 설립된 이후로 이곳에 들어와 휴식과 힘을 찾아낸 수천 명의 여자들이 이 힘의 원천일지도 몰랐다. 이제 몇 년 후면 여성 궁전은 100주년을 맞이하게 된다. 백여 년의 시간을 지나오면서도 이곳은 원래의 임무, '사회가 보듬어 주지 못한 이들에게 쉴 곳을 제공한다'는 그 임무를 단 한 번도 소홀히 한 적이 없다. 풍랑이 일 때도 있었지만, 어둠 속의 등대처럼, 하나의 요새처럼, 든든한 성채처럼 버텨 냈다. 솔렌은 여성 궁전이 써내려 가는 이야기에 자신도 한 부분을 채우고 있다는 사실이 자랑스러웠다. 이곳에서 힘을 찾아낸 사람 가운데는 솔렌도 있다. 여성 궁전은 솔렌이 다시 몸을 일으켜 설 수 있게 해 주었다. 이제 걸음을 내딛을 수 있다. 더는 알약의 힘을 빌리지 않아도 세상을 응시할 수 있다. 처음으로 솔렌은 자신이 쓸모 있는 존재라고 느꼈다. 자신이 두 발로 세상을 단단히 딛고 서 있다고 느꼈다. 자신이 있어야 할 자리에 있다고 느꼈다.

그로부터 몇 주 뒤 원장이 솔렌에게 전화를 걸어왔다. 타타 가운데 한 사람이 공공 임대 아파트로 옮겨 갔다고 했다. 그 말은 여성 궁전의 원룸이 하나 비었고 따라서 릴리가 공식적으로 입주할 수 있다는 의미였다.

솔렌은 릴리가 정식으로 입주하는 날 함께하고 싶었다. 두 사람은 건물 앞 계단에서 만나 같이 출입문으로 들어섰다. 안내 데스크로 곧장 걸어갔다. 살마가 포마이카 테이블 뒤에서 원룸 출입 카드와 우편함 열쇠를 들고 나와 릴리에게 내밀었다. 릴리는 그것들을 받아 들고는 고개 숙여 한동안 바라보았다. 자기 방 열쇠를 갖게 되었다는 게 릴리에게 사소한 일은 아니었다. 그건 삶을 얻었다는 의미였다.

원장이 내려와 릴리를 안내했다. 솔렌도 그들을 따라갔다. 크베타나와 마주쳐 인사를 건넸다. 크베타나는 역시나 멀뚱하게 그들을 쳐다볼 뿐 대답이 없었다. 배낭으로 바리케이드를 치고 잠이 든 라 르네 옆을 지나 비비안에게 인사를 건넸다. 마주 눈인사를 건네는 순간에도 비비안은 쉴 새 없이 뜨개바늘을 놀렸다. 이리스는 시를 쓰는 중이라고 했다. 영어 강사에게 주려는 것이리라. 세 사람은 중앙 계단을 올라가 복도를 따라갔다. 마주 오던 타타들이 반갑게 인사를 건넸다. 빈타와 수메야, 또 다른 이들의 원룸 앞을 지나갔다. 예전 생티아가 지내던 방도 말없이 지나갔다. 마침내 어느 방문 앞에 발을 멈췄다.

명판 하나가 붙어 있었다. 한 여자의 이름이 보였다.
블랑슈 페롱.

솔렌이 이 낯선 이름에 대해 찾아본 것은 그로부터 얼마간 시간이 흐른 후의 일이다. 역사가 이름을 지워 버린 이 여자에 대해 비로소 알게 된 것도 얼마간 시간이 흐른 때였다. 백여 년 전, 집 없는 여자들에게 피난처를 마련해 주기 위해 싸운 한 여자가 있었다. 그 이야기를 처음 접하는 순간 솔렌은 무엇엔가 감전된 듯 전류가 온몸을 타고 흐르는 걸 느꼈다. 이제 그 일을 해야 할 때라고, 이 여자의 이야기를 소설로 써야 할 때라고 중얼거렸다. 블랑슈의 삶에 대해 이야기하고 싶다는, 그가 싸워 온 여정과 해 놓은 일들에 대해 이야기하고 싶다는 열망이 일었다. 어느새 영감이 솟았다. 메말라 보였던 솔렌의 우물 밑바닥에서 솟아 나왔다. 깊이 고여 있던 물줄기를 찾아내자 비로소 언어가 솔렌을 찾아왔다. 이제는 나비채로 그 언어들을 모으기만 하면 됐다.

오늘 릴리는 스무 살을 맞았다. 여성 궁전에 들어옴으로써 그에게 자기만의 방이 생겼다. 몸을 쉴 쉼터, 안전한 휴식처를 얻었다. 방황은 끝났다.

이제 삶이 시작된다.

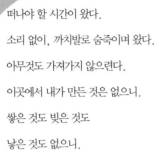

떠나야 할 시간이 왔다.

소리 없이, 까치발로 숨죽이며 왔다.

아무것도 가져가지 않으련다.

이곳에서 내가 만든 것은 없으니.

쌓은 것도 빚은 것도

낳은 것도 없으니.

내 삶은 덧없이 한 번 깜박인 불꽃,

수많은 이들이 그렇듯이 이름 없이, 역사에 묻혀 잊히리라.

작고 하찮은 불꽃 하나

그런들 어떠랴.

내가 온전히 내 기도 안에 담겼으니.

나를 따르는 이들이여

우리의 싸움을 멈추지 마시오.

계속해서 춤을 춥시다.

또한 시간을, 돈을,

수중의 모든 것을

자신이 지니지 않은 것까지도

모두 나누어 줍시다.

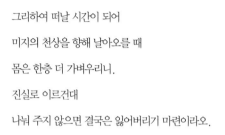

그리하여 떠날 시간이 되어

미지의 천상을 향해 날아오를 때

몸은 한층 더 가벼우리니.

진실로 이르건대

나눠 주지 않으면 결국은 잃어버리기 마련이라오.

　　　_19세기 십자가수녀회 수도원의 이름이 알려지지 않은 한 수녀

만남과 연대

임미경

《여자들의 집》은 래티샤 콜롱바니의 두 번째 소설이다. 영화감독이기도 한 작가는 2017년 첫 소설 《세 갈래 길》을 발표하여 전 세계 독자들에게 깊은 공감을 불러일으켰다. 《세 갈래 길》이 삶에 가로놓인 장애물에 맞서는 용기를 통해 하나로 이어지는 세 여자의 이야기였듯이 《여자들의 집》도 여성의 삶과 투쟁, 그리고 연대를 이야기하고 있다.

마흔 살의 변호사 솔렌은 어느 날 눈앞에서 의뢰인이 투신자살하는 일을 겪는다. 그때까지 성공을 위해 쉼 없이 달려온 솔렌은 이 사건을 계기로 깊은 무기력과 우울증에 빠져든다. 의사는 솔렌의 증상이 '의미를 잃었기 때문'이고 그럴수록 자기 안에 갇혀 있기보다 다른 사람들에게 다가가야 한다면서 봉사 활동을 권한다. 솔렌은 이 처방에 큰 기대는 하지 않으면서도 우연히 한 구인 공고를 보고 지원한다. 대필 작가로 통칭 되는 글쓰기 자원봉사자를 구하는 공고였다.

솔렌은 '여성 궁전'이라는 곳에서 대필 작가로 일하게 된다. 그곳에는 처한 환경과 쌓아 온 경험이 다르고 그동안 밟아 온 삶의 궤적도 다른 여자들이 모여 산다. 그들 앞에 놓인, 각자 맞서야 할 고통의 성격은 서로 다르지만, 그들 모두는 억압받고 학대당한, 사회로부터 버림받은 사람들이라는 공통점을 지닌다.

여성 궁전의 여자들은 '좋은 동네 출신'이며 이방인인 솔렌을 경계한다. 솔렌은 처음에는 그들 곁으로 다가가는 일에 어려움을 느끼지만, 그곳 여성 궁전에, 그 여자들 곁에 자신의 자리를 찾아내려는 노력을 포기하지 않는다.

래티샤 콜롱바니는 이 작품 속에서 솔렌과 여성 궁전 여자들이 엮어 가는 이야기와 나란히 또 하나의 이야기를 펼쳐 놓는다. 한 세기 전, 집 없는 여자들에게 피난처를 마련해 주기 위해 투쟁한 블랑슈 페롱의 이야기이다. 비록 역사는 블랑슈 페롱의 이름을 망각 속에 묻어 놓았지만, 그는 사회의 무관심

속에 거리로 내몰린 여성들에게 안전한 쉼터가 될 여성 궁전을 설립하는 일에 헌신한 사람이었다. 블랑슈가 꿈꾼 여성 궁전은 자신의 몸을 눕힐 한 뼘 공간도 없이 거리로, 뒷골목으로 내몰린 여자들, 사회 주변부에서 빈곤으로 고통받는 여자들이 모여 쉴 수 있는 안전지대였다. 그는 여성 궁전이 각자 '자기만의 방'을 가질 수 있는 견고한 성채, 평화로운 은거지이기를 꿈꾸었다. 상처를 치료하고 다시 일어설, 그렇게 해서 삶을 회복하고 사회로 돌아갈 힘을 기를 수 있는 따뜻한 집이기를 바랐다.

그로부터 백여 년이 지난 후 솔렌은 이곳 여성 궁전에서 앞서 블랑슈가 했던 투쟁을 또다시 시작한다. 그곳의 여자들과 함께 삶에 고통에 맞서 싸우려는, 쓰러졌던 그 자리에서 다시 힘을 내 일어서려는 투쟁이다.

하지만 솔렌이 여성 궁전의 여자들과 '함께'한다는 의식을 금방 얻을 수 있었던 것은 아니다. 살아온 환경과 삶의 경험이 다른 그들의 만남은 자연스럽지 않다. 서로의 감정과 생각을 이해할 공통분모를 찾아내지 못한 탓에 서로를 이어 줄 '연결 고리'를 쉽게 만들어내지 못한다.

고통받은 여자들을 위한 이 쉼터, 어디로 발을 옮겨 놓아야 할지 가늠하기 힘든 그곳에 들어와 솔렌은 처음에는 길 잃은 기분이 된다. 여성 궁전에서 마주친 여자들은 배타적이고 경계심 많고 속을 알 수 없는 사람들로 느껴진다. 게다가 그들도 처음에는 솔렌을 경계한다. 그들은 약속이 수없이 깨어지는 것을 본 사람들이다. 그래서 그들은 약속을 믿지 않는다. 그들은 희망을 이야기하는 사람들을 불신한다. 그들은 다시 상처받지 않기 위해 자신을 보호하느라 심술궂다. 도움을 청하는 일이 약자의 입장에 서는 일인 탓에, 즉 자신의 상처를 동여맨 붕대를 내보이는 일인 탓에 그들은 한사코 거부하는 몸짓을 보인다. 처음에 솔렌과 그들은 한 공간에 있어도 진짜로 만날 수 없었다. 솔렌은 그들의 마음과 행동을 열 암호를 몰랐고, 그들에게 다가갈 방법이 적힌 안내서도 구할 수 없었다.

하지만 그곳에서 시간을 보내는 동안 솔렌은 자신과 다른 삶을 살아온 여자들을 통해 미처 생각하지 못했던 것들을 경험하게 된다. 그들이 겪어 온 고난과 슬픔에 공감하고 그것을 글로 쓰면서 자기 안에 갇혀 지낸 과거를 돌아보고, 잊고 지낸 꿈을 되살린다. 빈타, 수메야, 생티아, 크베타나, 이리스, 살마, 비비안, 라 르네를 비롯한 여성 궁전의 많은 이들과 함께 지내면서 솔렌은 점차 자기 자리를 찾고 자신이 살아 있음을 자각한다.

작가가 그려 보이는 여성 궁전 여자들의 모습에서 우리는 불행과 슬픔을 보지만 또한 그들의 열정, 삶을 열어나가는 힘과 용기를 발견한다. 핍박 속에서도 삶을 포기하기를 거부하는 여자들이 작가의 글쓰기를 통해 우리 앞에 되살아난다. 그러면서 서로 다른 삶을 살아온 사람 사이에 가능하리라고 기대하지 못했던 어떤 일, 서로가 하나로 이어지는 어떤 과정을 목격하게 된다. 솔렌이 빈타의 품에 몸을 던지고 울 때 그들 사이에 자리 잡은 것은 서로가 이어져 있다는 동의였다.

우리는 타인의 아픔에서 그 아픔이 어쩌면 자신의 것이 될 수도 있음을 예감할 때, 고통받는 그의 모습에 자신이 삶에 유린당했을 경우의 모습을 겹쳐 놓을 수 있을 때, 그 아픔을 함께 나누어 가지게 된다. 아파하는 이를 향해 당신의 고난을, 그 힘겨움을 이해한다고 말할 수 있게 된다. 사실은 내가 당신이라고, 그러므로 당신과 함께 싸우겠다고 손을 내밀 수 있게 된다. 서로를 이해하는 이들이 이렇게 하나로 이어지는 것이다. 스스로 하나의 고리, 하나의 사슬이 됨으로써 서로의 힘이 되어 주려는 것이다. 그것이 삶을 위한 '연대'이다. 우리는 이렇게 서로 이어짐으로써 우리가 몸담은 이 세계를 보완할 수 있을 거라는 희망, 더 나은 세상을 만들어갈 수 있다는 희망을 '조금은 더' 품을 수 있을 것이다.

《여자들의 집》은 삶의 고통에 맞서 자신의 자유와 존엄을 지켜 내기 위해 싸우는 여자들의 이야기이다. 작가는 고통에 굴복하지 않으려는 여자들의 용기와 그들의 연대를, 삶의 희망을 위한 연대를 이야기한다. 이 연대는 시대의 간격을 넘어, 겪어 온 경험과 환경의 차이를 가로질러 이루어지는 것이다. 솔렌과 블랑슈를 비롯해 여성 궁전 여자들 모두가 이 연대의 한 그물코이다. 래티샤 콜롱바니는 희망을 위해 삶의 고통에 맞서 싸우는 이들을 전면에 불러내 '승리자'라고 부른다. 이 작품의 원래 제목은 '승리한 여자들(Les Victorieuses)'이다.

여성 궁전은 1926년에 창립된 이래로 변함없이 그 자리를 지켜왔지만, 창립의 주역인 블랑슈 페롱은 최근까지도 그리 알려지지 않은 인물이었다. 과거에 파묻혀 있던 이 인물을 작가가 발견하게 된 계기는 작가 자신의 말에 따르면 아주 단순했다. 어느 날 파리 11구 샤론 거리, 그 건물 앞을 지나면서 건물 외관에 눈길이 갔고 그 독특함에 끌려 그 장소에 대해 알고 싶다는 생각이 들었다고 한다. 1차대전 이전에 주거용으로 지어졌다가 매물로 나온 그 대형 건물이 삶을 새로 준비하는 여자들의 집으로 다시 태어나기까지 역사적 사실을 복

원하기 위해 작가는 그 건물에 대한 자료와 거주자의 증언을 얻고, 그곳에서 일하는 자원봉사자들을 만나는 데만 1년 이상의 시간을 쏟아부었다. 그러고 나자 작가는 여성의 삶을 바라보는 또 하나의 눈이 열린 기분이 들었다고 말하고 있다.

여성 궁전의 역사와 여성의 삶을 위해 싸운 그 창립자는 과거의 망각 속으로 밀려나 있다가 이 작품《여자들의 집》을 통해 마침내 대중 독자에게 알려졌다. 프랑스 내에서도 이 작품을 통해 처음으로 블랑슈 페롱이라는 인물의 존재를, 역사가 지워 버린 그의 투쟁을 알게 된 사람들이 많다고 한다.

여자들의 집

초판 1쇄 인쇄일 2020년 10월 7일 | **초판 1쇄 발행일** 2020년 10월 16일

지은이 래티샤 콜롱바니 | **옮긴이** 임미경 | **펴낸이** 김석원

펴낸곳 도서출판 밝은세상 | **출판등록** 1990. 10. 5 (제 10 – 427호)

주 소 (10881) 경기도 파주시 문발로 119, 202호

전 화 031–955–8101 | **팩 스** 031–955–8110 | **메일** wsesang@hanmail.net

블로그 blog.naver.com/balgunsesang8101 | **인스타그램** www.instagram.com/wsesang

ISBN 978-89-8437-415-7 03860 | **값** 15,000원

잘못된 책은 구입한 곳에서 교환해 드립니다.